日曜の午後はミステリ作家とお茶を

ロバート・ロプレスティ

「事件を解決するのは警察だ。ぼくは話をつくるだけ」そう宣言しているミステリ作家のシャンクス。しかし実際は、彼はロマンス作家である妻のコーラと一緒にいくつもの謎や事件に遭遇し、推理を披露して見事解決に導いているのだ。取材を受けているときに犯罪の発生を見抜いたり、殺人容疑で捕まった友人のため真相を探ったり、犯人当てイベント中に起きた『マルタの鷹』初版本盗難事件に挑んだり、講演を依頼された大学で殺人事件に巻き込まれたり……。結婚20年余りになる作家夫妻の日常と謎解き。図書館司書の著者が贈る連作ミステリ短編集。

日曜の午後はミステリ作家とお茶を

ロバート・ロプレスティ
高　山　真　由　美　訳

創元推理文庫

SHANKS ON CRIME AND
THE SHORT STORY SHANKS GOES ROGUE

by

Robert Lopresti

目次

日曜の午後はミステリ作家とお茶を

シャンクスの最初の友人、キャスリーン・ジョーダンと
シャンクスの最良の友人、リンダ・ランドリガンに捧げる

まえがき

すべてはニュージャージー州モントクレアのカフェからはじまった。そこでレオポルド・ロングシャンクスと出会ったわけではないが、シャンクスについてのあれこれが最初に聞こえてきた、あるいは、こんな男も存在しうるという手掛りのようなものを手に入れた、とはいえるかもしれない。もっとも、ひとつまたひとつと集めたヒントをまとめ、ほんとうにシャンクスを見つけだすまでには、それから十年以上かかったわけだが。

シャンクスはなかなか出てきたがらなかったのだ。ときどきそういうキャラクターがいる。だが、ひとたびストーリーのなかに押しこむと、たいていは熱心に協力してくれて、性格もだんだんと明らかになってきた。はっきりいえば、シャンクスには自我がある。

それはすなわち作者の自我だろう、という人もいるかもしれない。おそらくそのとおりだ。しかし本書を読み返してみると、シャンクスとわたしは完全におなじではない。まず、音楽と酒とスポーツの好みがまったくちがう。それに、遺憾《いかん》ながら、シャンクスのほうがわたしよりも作家として成功している。

本書には、二〇〇三年以降に《アルフレッド・ヒッチコックス・ミステリ・マガジン（AHMM）》（およびその関連ウェブサイト）に発表してきた、シャンクスを主人公とする短編十編をすべて収録してある。そこに未発表の四編を加えた。それから、読者のみなさんへ愛をこめて、それぞれの短編のうしろに「著者よりひとこと」を書き加えた。

なぜ、まえがきでなく、あとがきなのか？　そのほうがネタを割る心配をせずに遠慮なく書けるからだ。もちろん、もしあなたが小説を最終章から読むタイプの読者なら、お気に召すまま、自由に最後までめくって「ひとこと」から読んでほしい。

前置きが長すぎた。みなさんがこの本を買ったのは、わたしでなくシャンクスに会うためなのに。どうぞ楽しい読書を。

二〇一四年三月、ロバート・ロプレスティ

シャンクス、昼食につきあう

Shanks at Lunch

「シャンクス、お願いだからきょうはお行儀よくしていてね」

レオポルド・ロングシャンクスは一方の眉《まゆ》をあげて妻を見た。「お行儀よくってどういうこと？」

コーラは信号機に向かって顔をしかめ、赤信号が秒単位でなく時間単位で自分たちを足止めしているかのようにいらいらと足を踏み鳴らした。二ブロック歩くくらいの時間ならたっぷりあるのに、とは思ったものの、シャンクスにもそれを口にしない程度の分別はあった。

「ごめん、なんていった？」コーラが尋ねた。

「とくにこれはやめて、と思うのはどんなこと？」

「会話を独占しないで」

「独占はなし。わかった」

「それから、でくのぼうみたいに座ってるだけっていうのもやめて」

「でくのぼうもなし。了解」信号が替わり、ふたりはまえへ進んだ。いままでの話だと、自分は口数が多すぎてもすくなすぎても困ったことになるらしい、とシャンクスは思った。やれやれ、楽しい午後になりそうだ。

かわいそうなコーラ。ふだんはこんなふうじゃないのに、初めて記者から取材を受けるにあたって、絞首台へ向かう囚人のような気持ちでいるらしい。

「コーラ」シャンクスは慎重に口をひらいた。見捨てようとしているとは思われたくなかった。「もしぼくがいないほうがいいなら、終わったあとで待ち合わせ……」

「駄目。一緒に来て。むずかしい質問をされるかもしれないから、あなたの豊富な経験を頼りにしているの」

ただの皮肉と思えなくもないが、返事が早すぎた。結婚二十余年ともなると、罪のない嘘がおずおずと顔を出しただけでもすぐにわかる。今回の場合、おそらくコーラは取材してもらうためにベテラン作家の夫の同席を約束するしかなかったのだろう。

残念なことだ、コーラはもっとまともな扱いを受けてしかるべきなのに。しかしシャンクスも作家として長くやってきたので、出版業界がときにフェアでないというのもわかっていた。

待ち合わせのティーショップに到着すると、コーラは正面の窓ガラスに映った自分の姿を見て新たな心配事を発掘した。「やっぱりグリーンのワンピースのほうがよかったかも。これだとジャガイモの袋みたいに見える」

ああ、これなら正しい答えがいえそうだ。「その服だってとても似合っているよ」

「でもあのグリーンのほうが――」

「それはそうだ」

「それはそうだ？」コーラはすごい勢いでふり返ってシャンクスを睨《にら》みつけた。まるで、老けて見えるうえに六カ月の妊婦みたいだ、とでもいわれたように。

「だけど、これから会う女性記者にあまり居心地の悪い思いをさせたくなかったんだろう？　この服ならまだ、相手がそこまで敗北感に打ちのめされることもないかもしれない」

コーラはにっこり笑い、ほんのすこしふだんの調子を取り戻したようだった。「口がうまいわね」

ちょうどふたりが通りに面した窓際の席についたところで先方が到着した。シャンクスの公正な判断によれば、握手を終えるころには、ローズ・マロッタはパンチのない質問や不正確な質問を連発する〝改良型愚問機関銃・雑誌バージョン〟に分類された。もし賭けを持ちかけられたなら、シャンクスはこの取材者が〝最悪の質問〟をするほうに三対一のオッズでも賭けていただろう。

「お会いできてとっても光栄です――」ローズ・マロッタはまくしたてた。「こんな有名作家の奥さんに！　それにレオポルド・ロングシャンクスご本人まで！　あなたのご本は子供のころから読んでます！」こうしてコーラとシャンクスの両方に不愉快な思いをさせてから、ローズは無頓着《むとんじゃく》に座った。

「ミスター・ロングシャンクス、わたしは……」

「シャンクスと呼んでください。みんなそう呼びます」そういうと、テーブルの下で蹴りが飛んできた。どうやらもうしゃべりすぎたらしい。気が滅入るほどお上品なサンドイッチを注文したあと――家に帰ったらステーキを食べなくては――シャンクスはいちかばちかの賭けに出て、もうすこししゃべった。「あのすばらしい第一作についてコーラに取材をしていただけて、とてもうれしいですよ」

「あら、もちろんです」突然ここに来た理由を思いだしたかのように、ローズはぱちぱちとまばたきをしながらいった。「さっそくだけど、コーラ、家のなかに作家がふたりもいるってどんな感じ？」

まあ、一応本筋に戻ったのではないだろうか。妻が念入りにリハーサルした答えを生き生きと話しているあいだ、シャンクスは窓の外を眺めた。女性ふたりが向かい合わせになるように、余分な男はふたりのあいだの席に座っていたのだ。

シャンクスは顔をしかめた。通りの向こうの銀行のまえにベンチがあり、誰かが端のほうに黒い荷物を置き忘れていた。大きさとかたちからして、ノートパソコンの入った革のケースのようだった。

シャンクスはちょうど、〈カドガン警部〉シリーズの小説――テロを主題とした新作――の書き出しを模索しているところだった。バス停に置き去りにされた爆弾？　ちょっとありきたりにすぎるだろう。

ローズのほうは、書くことについて夫からアドバイスをもらったりするのか、とコーラに訊いているところだった。シャンクスはあらかじめ妻に警告しておいた。記者が書くのは、愛する師のような夫に手を引かれて作家への道を歩きはじめたという話か、でなければ、作家の夫を支えるためにいままで自分の執筆は先送りにしてきたという話だ。コーラは数年前に自発的に書くことに興味を持ち、ほぼ独力で腕を磨いてきたわけだが、そういう話は現代の〝神話〟には合わないのだ。だから取材者はコーラを〝幸運な生徒〟か〝自己犠牲を厭《いと》わない妻〟のどちらかの型にはめこもうとするだろう、とシャンクスは思っていた。コーラにできるのは、せいぜいどちらの型にはめられるのがましか選ぶことくらいだった。

　薄茶色のカジュアルなジャケットを着て蝶ネクタイを締めた男が、ベンチに――例の荷物があるのとは反対側の端に――腰をおろし、新聞を広げた。すぐに若い男がやってきた。こちらは赤いナイロンの上着をはおっており、ベンチの反対端に座った。そして荷物を見て、もう一方の男に何やら話しかけた。

〝これはあなたのですか？〟。台詞はこんなところだろう、とシャンクスは想像した。

　蝶ネクタイの男は首を横に振り、新聞に戻った。赤い上着の男が荷物を手にした。

　コーラがまたシャンクスを蹴った。シャンクスは何か質問を聞き逃したらしかった。「あなた、いまローズはね」コーラが食いしばった歯の隙間から小声でいった。「あなたの〈トム＆ティナ・ショー夫妻〉シリーズをどんなに楽しく読んだかって話をしていたのよ」

「女性を描くのがとてもお上手ですね」記者がいった。「すてきな奥さまがティナのモデルなのかしら」

「そうですね」シャンクスは答えた。「女性について知っていることはすべてコーラから学びました。だからコーラが小説を書いてくれてとてもうれしいんですよ。ほかの人もみんなコーラから学べる」

これでしばらくのあいだ話題がシャンクスから離れた。通りの向こうでは赤い上着の男がすでに荷物をあけ――中身はほんとうにノートパソコンだった――それをいじっていた。赤い上着の男は蝶ネクタイの男に何かいい、蝶ネクタイの男は手を貸すためにしぶしぶ席を移動した。

「わたしはあれをロマンス小説とは思っていないんです」コーラが冷ややかな声でいっていた。「どうしても何かラベルが必要なら、女性小説といったほうが正確です」

「あら、わたしも女性作家は大好きなんですよ」ローズがいった。「スー・グラフトンでしょ、サラ・パレツキーに、アガサ・クリスティ、ドロシー・L・セイヤーズ……」

コーラが書いたのはミステリではない。この取材者はそれをちゃんと知っているんだろうか、とシャンクスは思った。

ベンチの上の男ふたりは、コンピューターの画面を見て何やら非常に興奮していた。人目を気にして通りにちらちら目を向けたり、身を寄せあって話をしたりする様子から、何か見てはいけないものを見ているようだった。おやおや。いったいなんだろう？

シャンクスは顔をしかめた。こういう場面にはなんとなく覚えがあった。まえにどこかで読んだような、いや、自分で書いたことさえあったかもしれない。

黒いコートを着た男が、ティーショップの窓の左端に現れた。男はつかのま立ち止まり、それからすぐにベンチのふたりに向かって歩きはじめた。

シャンクスは姿勢を正した。視野の端であの男のためらいを捉えた瞬間に――黒いコートの男が目のまえの光景を吟味《ぎんみ》したうえでまえに進んだのを見て――いま自分が何を見ているのかわかった。〝信用詐欺《ピジョン・ドロップ》〟だ！　詐欺の歴史のなかでも最も古くからある手軽な手口だ（目のまえにある誰のものかわからない大金を手に入れることができるからと偽って、相手から手持ちの現金を騙しとる詐欺）。

　信用詐欺については、最初のエドガー賞受賞作『クローズライン』を執筆したときの調べ物でありとあらゆる文献を読んだ。結局、ピジョン・ドロップなんて古くさくて陳腐でリアリティに欠けると思い、著作には使わなかったのだが、いまここで、マディソンの街角で、実際におこなわれているのだった。

　詐欺師たちは、財布の代わりにノートパソコンを使うことで手口を現代化していた。なるほど、これならおかしくないな、とシャンクスは思った。カエサルの治世、ローマ時代の街角なら、おそらく金貨の詰まった袋を使っただろう。〝カモがいたら手加減するな〟はラテン語ではなんというんだっけ？

　黒いコートを着て灰色のフェドーラ帽をかぶった男が、ベンチのふたりの話を立ち聞きし、無理やり会話に割って入った。ふたりは不承不承、コンピューターのなかに何を見つけたか話していた。

　なんだろう。スイス銀行の口座番号？　株取引の内部情報？　何か即座に現金を要するもので、即座に利益が出ることを約束できるものだ――それが違法だとしても。なるべくなら、金を奪うはずの相手は匿名《とくめい》の企業がいい。いや、公的機関ならさらにいい。あるいはソフトウェア会社の億万長者とか。

いま見ているものについてぜひともコーラに話したかったが、たぶんまずいだろう。ローズの記事が、〝レオポルド・ロングシャンクス、現実の事件を解決する〟という話題一色になってしまい、コーラ・ニールの小説については脚注程度にしか書かれなくなるだろう。離婚の原因になりかねない。

三人の男は頭を寄せあい、共犯者同士のように囁《ささや》きを交わしながら計画を練っていた。〝金を手に入れる方法がわかったぞ！　だけどやつらを出し抜くためにいくらか現金が必要だ〟。あるいは、口座を開設するために。あるいは……口実ならほかにもいくらでもある。

フェドーラ帽が猛スピードでキーボードをたたき、赤い上着が財布を引っぱりだしていた。蝶ネクタイは興奮した様子でうなずき、銀行へ向かった。大事な貯金を引きだすためだ、まちがいない。

詐欺師ふたりは蝶ネクタイを見送った。フェドーラ帽が何かいい、赤い上着が笑った。

一方、ローズは〝最悪の質問〟をしていた。「教えてほしいんだけど、コーラ、小説のアイディアはどうやって思いつくの？」

シャンクスは、この質問については妻に予習をさせておいた。だからコーラは意味のない一般論――つまり、これをいうとどんな作家でも神秘主義者かただの間抜けに見えてしまうという、曖昧《あいまい》な答え――からは断固として距離を置いてしゃべった。「そうですね、この本のアイディアは二年前に読んだある記事から思いつきました。深刻な恐怖症を抱えた人々のための交流サイトについて書かれた記事で……」

シャンクスの指は携帯電話を触りたくてうずうずしていた。警察に電話をかけて……いや、駄目だ。これ見よがしの行動で最初のインタビューを台無しにされたと、コーラに非難されるだろう。

「失礼」シャンクスはいった。「ちょっとお手洗いに」妻の顔に内心がありありと浮かんだ――こんなにあなたを必要としているときに見捨てるのね、でもトイレなら仕方ないか。

シャンクスは店の裏で公衆電話を見つけ、緊急通報番号にかけた。携帯電話でかければ足がつく可能性があったからだ。「ブレイク・アヴェニュー沿いの三丁目と四丁目のあいだ、銀行の真ん前で強盗です。ちがう、銀行強盗じゃなくて。銀行のまえです」シャンクスは被害者とふたりの共犯者がどんな様子か説明した。「こうして話をしているあいだも事件はまさに進行中です。早く来てください。え、名前？　マイルズ・アーチャーです」

シャンクスは席に戻った。蝶ネクタイもベンチに戻っており、赤い上着に分厚い封筒を渡していた。まちがいなく札束の詰まった封筒だ。赤い上着は、金を数えるためにノートパソコンをフェドーラ帽に渡した。

おお、これはすごいぞ。ずっと見ていたシャンクスでさえ、もうすこしで見逃すところだった。フェドーラ帽は黒いケースを黒いコートの内側に一瞬すべりこませ、すぐにまた引っぱりだした。

そしてそれはすでに別物だった。さっきまでのコンピューターはトレンチコートの内側にしまいこまれていた。フェドーラ帽が蝶ネクタイに渡した黒い革のケースには役立たずのポンコツが――あるいはもしかしたら、おなじくらいの重量のただの重りが――入っているはずだった。

赤い上着が蝶ネクタイから受けとった現金を数え終わり、それを自分の金と一緒にフェドーラ帽に渡した。フェドーラ帽は銀行か、株式仲買人のところか、なんであれ相手を信用させるために挙げた場所へ向かうふりをしつつ、堂々と去っていった。赤い上着と蝶ネクタイは、興奮してしゃべりながらフェドーラ帽を見送った。

ローズがペーパーバックにシャンクスのサインをねだった。「甥っ子のために。あなたの本が大好きなんです」記者というのはほんとうに無欲だ。必ず誰かほかの人のためにサインをほしがるのだから。

通りの向こうでは、赤い上着がそわそわしはじめていた。トイレに行きたそうな様子をうまく演じている。しまいには切羽詰まった様子で蝶ネクタイのほうを向き、何かいった。おおかたこんなところだろうとシャンクスは想像した。〝すぐ戻るから、絶対にここから動かないでくれ！　コンピューターはきみが持っているんだからな。信用しているぞ！〟。それからフェドーラ帽が向かったのとは反対の方向へ足早に歩き去った。

そしてひとりしかいなくなった。シャンクスは目のまえの光景にぐっと惹きつけられた。あの男が疑いを抱き、ケースのなかを覗いてみようと思うのはいつだろう？　秘密の公式だか、スイス銀行の口座番号だか、とにかくあると聞かされていたものが入ったコンピューターではないと、いつになったら気がつくだろう？

ランチと取材が終わろうとしていた。どちらもおなじくらい見かけ倒しだったが、コーラはにっこり笑ってローズに自作の情報の載ったパンフレットを渡していた。記者というのは宣伝用の素材を紛失する名人だからね、とシャンクスがあらかじめ警告しておいたからだ。

外には、ちょうどパトロールカーがやってきたところだった。シャンクスが興味津々で眺めていると、警官がうしろのドアをあけ、赤い上着を後部座席から降ろした。手錠はなし。ということは、逮捕されたわけではなさそうだ。しかし自分から喜んでついてきたはずはなかった。おそらく、赤い上着は疑わしい行動をしているところを警官に見つかったのだろう。警察は確認が済むまで彼の身柄を確保することにしたのだ。

いまは蝶ネクタイが警官に質問をされていた。ものすごくやましい顔をして、混乱した様子だった。蝶ネクタイにしてみれば、自分もコンピューターの持ち主から金を巻きあげようとする悪事に一枚嚙んでいるはずだった。それなのに、警官からはあなたが被害者なんですよと聞かされているのだ。それは混乱もするだろう。

「行きましょう」コーラがいった。

シャンクスが支払いを済ませ、三人で日の当たる歩道へ出ると、蝶ネクタイがケースをあけて重りがいくつか転がり落ちたところだった。コンピューターはなし。一瞬のショック状態ののち、蝶ネクタイは喜んで警察に協力することに決めたらしく、赤い上着に向かって声をかぎりに罵声を浴びせはじめた。

ランチを終えた三人はつかのま足を止め、通りの向こうの出来事を眺めた。「いったい何があったのかしら?」コーラがいった。

「さあ?」シャンクスはいった。

ローズが笑みを浮かべた。「これで次のミステリのアイディアを思いついたりして?」

シャンクスは肩をすくめた。「着想の源《みなもと》について、〝現実〟は過大評価されていると思う。〝想像力〟はもっと積極的に名誉棄損裁判を起こすべきだね」

記者は声をたてて笑い、次いでさよならと手を振った。

コーラは長く息を吐いていった。「あれでよかったと思う?」

シャンクスは分別ある大人の顔をしていった。「とてもうまくやったと思うよ。記者の質問より、きみの答えのほうがずっとよかった。まあ、当然だけどね」

そして完璧な幕切れを狙うかのように、フェドーラ帽を乗せた二台めのパトロールカーが到着した。詐欺師たちにとって、きょうはいい日ではなかったということだ。

コーラはシャンクスの手を取った。「ああ、シャンクス。わたしの本、売れると思う?」

「あれはすごくいい小説だよ、コーラ。しかるべき結末ってものがあるとすれば、きっと大丈夫さ」

コーラはため息をついた。「そうね、だけど現実がしかるべき結末におちつくことなんてあるのかしら?」

シャンクスとコーラがそばを通りかかったとき、フェドーラ帽と赤い上着は手錠をはめられているところだった。詐欺師ふたりはひどくムッとした顔つきだった。蝶ネクタイはまだ、妥当かつバラエティに富んだ罵倒をふたりに浴びせていた。

シャンクスは笑った。「まあ、ときどきは。ほんとうにときどきだけど」そして妻の手を取った。

著者よりひとこと

「まえがき」でも述べたように、すべてはカフェからはじまった。妻とわたしと友人で窓際の席についたときのこと、何を話していたかは忘れてしまったが、意識がさまよいはじめ、気がつくとわたしはこんなふうに考えていた。〝外で犯罪がおこなわれているのが窓から見えたらどうする?〟。〝それで、何か理由があって、その犯罪をなんとかするために会話を中断することができなかったら?〟。

このネタは何年ものあいだ温めていた。暴力を伴わない犯罪が必要だった。たとえば誰かが殴られるようなことがあれば、即座に行動する必要が生じるからだ。次に、キャラクターが必要だった。何かが起こっていることに気づき、それがどういうことか考え、適切な行動を起こせるキャラクターが。

メインストリームの小説はキャラクターの上に成り立ち、ジャンル小説はプロットの上に成り立つ、という考え方は広く受けいれられている。また、キャラクターは行動によって決まる、行動こそがキャラクターである、という人もいる。それを実践してみたのが本編だ。

しかしプロットを思いつくのに何年もかかったのは、結果としてはありがたかった。時満ちてレオポルド・ロングシャンクスが生まれたのだから。シャンクスが最初に花ひらいたのは二〇〇三年、《アルフレッド・ヒッチコックス・ミステリ・マガジン》の二月号だった。

観察眼の鋭い(あるいは、声の大きい)読者なら、こう尋ねるかもしれない。カフェはモントクレアだったのに、この話はなぜマディソンが舞台なのか、と。これもまた、本編を書くのにかかった長い時間のせいだ。短編がかたちを取ったときにはすでにニュージャージーを離れて久しかったので、地名がごちゃ混ぜになってしまったのだ。印刷されてから気がついたのだが、時すでに遅し。まあ、どちらもよい町ではある。

シャンクスはバーにいる

Shanks at the Bar

誰かがレオポルド・ロングシャンクスに近寄ってきて、〝型にはまった小説〟をどう思いますかと尋ねてくることが、年に一回か二回ある。

たいていサイン会のときだった。経済的な理由から、シャンクスが礼儀正しくふるまうことを余儀なくされる場面だ。シャンクスは作家らしい、それでいて親しみやすい外見を保とうとしながらテーブルのまえに座り、そこへファンが近づいてくる。

ファンは意を決した顔つきで――ふつうは女性だ――自分の名前をいう。「たぶん覚えていらっしゃらないと思いますけど」とその女性はいう。「去年のコンベンションでお会いしました」

シャンクスの反応はいつもおなじだった。ぼさぼさの眉《まゆ》をあげ、申しわけなさそうに肩をすくめようとし、途中で真剣に集中しているようなしかめ面《つら》をする。そして最後には、ぱっと晴れやかな笑みを浮かべるのだ。

「もちろん覚えていますよ！　場所はバーでしたよね？」

ファンは大喜びだ。有名作家に覚えていてもらえたことで、承認欲求が満たされる。そうなると、驚くべきことに、その場で本を買ってくれることもある。

顔や名前を覚えるのが大得意だから使えるテクニック、というわけではなかった。ミステリ関係のコンベンションに参加するとき、シャンクスはいつだってバーにいるのだ。

たとえば、いまも地域のイベントのさいちゅうなのだが、シャンクスは圧迫感を覚えるほど晴れやかで、恐ろしいほど照明の明るいホテルのバーにいて、一杯のビールをまえにあれこれ考えこんでいた。そしてこう自問した――誰だ、こんなパネルディスカッションのタイトルを思いついたのは？

その日の午後の早い時間に、シャンクスは〈キツネとライオン――腕白坊主vs.長老政治家〉と題されたパネルに登壇したのだった。まったく、長老などと呼ばれるには若すぎるというのに。

それに、あした司会を務める予定のパネルがまたひどい。〈不満はその場で口に出せ――熟練作家からの苦情〉とは。コーラが仕組んだのではないかとシャンクスは半分くらい疑っていた。あなたったらいつも文句ばっかり、とよくいわれるから。

「すみません、ミスター・ロングシャンクスですか？」

シャンクスが顔をあげると、三十代とおぼしき、緊張した面持ちの男がいた。名札にはテッド・グライダーと書かれている。「お邪魔でないといいのですが。お会いできて光栄です、といいたかっただけなんです。あなたの本はずっと読んでいます」

すくなくともこの男は〝子供のころから読んでいる〟とはいわなかった。シャンクスは大の大人からそういわれるのが嫌いだった。まるでエドガー・アラン・ポオが若手だったころから毎年著書を量産してきたようではないか。

やれやれ。ぼくはほんとうに文句ばかりいっているな。

「シャンクスと呼んでください」そういって自動操縦モードに切り替え、グライダーが自分もミステリ作家なんです、まだ出版されてはいませんがと説明するあいだ、シャンクスは礼儀正しくうなずいてやり過ごしながら、こっそり相手の全身を見まわした。まさか原稿を持っているわけではないだろうな？　グライダーが無料の添削を求めているのでなければいいが、とシャンクスは心から思った。あるいは、エージェントに紹介してくれといわれるのはもっといやだった。

しかしグライダーはそこまであからさまに実益を求めているわけではなさそうだった。本人の説明によれば、原稿をつき返してきた理由をわざわざ教えてくれたのは一社だけで、その出版社によればグライダーの小説は平凡なのだった。とくにこれといった個性がなく、既存の多数の作品に比して際立つようなところがないらしい。

「必要なのは」グライダーは話をつづけた。「ギミックだと思うんです」

シャンクスは疑わしげに目を細くした。「ギミック？」

「つまり、何か変わったものです。犯罪を解決する猫とか。犯罪者を見つけるのでなく、隠すヒーローとか。先住民のシャーマンとか」

「そういうものはもうみんな使われているよ」

「そうなんですよ」グライダーは熱意をこめてうなずいた。「だから新しい何かが必要なんです。成功している作家はみんな、ひとつはそういうものを持っています」

「ぼくは何かな?」

「え?」

「ぼくのギミックはなんだろう?」シャンクスは尋ねた。本心から興味があったのだ。

グライダーは考えこむような顔になった。「ええと、あの警官、あれはある意味で……」そこでグライダーは顔をしかめた。「いや、あなたにはありませんね」

「なんだ、つまらない」

「もちろん、あなたの時代にはギミックなしで書くのもずっと容易《ようい》だったわけでしょう。いわゆる黄金時代まで遡《さかのぼ》れば……」

シャンクスはビールをこぼしそうになった。「ちょっと待った! 一九二〇年まで遡ったら、ぼくだって生まれてもいなかったよ」

「ああ、そういう意味ではなかったんですが。参ったな、つまり……」

「こんなところにいたのね!」ありがたいことに、コーラが友人ふたりとともにバーに入ってきた。「シャンクス、あなたがいまうんざりさせている相手はどなた?」

シャンクスは新たにやってきた仲間たちにグライダーを紹介した。「妻のコーラ・ニール。それから、こちらはミーガン・マッケンジーと、ロス・ペリー」

作家志望の青年は、その場にふさわしく感心してみせた。「うわ、おふたりの本は全部読んでいますよ」グライダーはミーガンとロスに向けていった。次いで、コーラにはこういった。「あの、あなたはそのお名前でお書きなんですか?」

コーラは愛想よく微笑んだ。「つまり、わたしの名前を聞いたことがないのね。ええ、そう、この名前で本を出していますけど、書いているのはメインストリームの小説だから。ミステリじゃないのよ、この人たちとちがって」

「だからプロットに煩《わずら》わされることなんかない」ロスがいった。「たいしたものだ」

コーラはロスを無視することにしてつづけた。「ミーガンとわたしは、〈危機に瀕《ひん》した女たち〉っていうパネルを見にいっていたの」

「おきまりの型にはまった話だった」ミーガンがいった。ロマンティック・サスペンスの作家として、ミーガンの著作の数はシャンクスより多いくらいだったが、シャンクスにいわせれば彼女自身もすこしばかり型にはまったところがないではなかった。「それでサイン会の仕事を終えたロスを拾ってここへ来たってわけ」

「もっとずっと早く終わるはずだったんだが」ロスはいった。「大勢の人が集まってくれて、断るのも心苦しかったものだから。私に会える機会だっていうんで、みんなすごく興奮していたからね」

ロスの新刊のスパイ小説は、このコンベンションで発表される賞にノミネートされていた。自分も賞の候補に挙がったとき、こんなにいけ好かない態度だったんだろうか、とシャンクスは思った。まあ、たぶんそうだろう。

「ニックはまだ戻ってない?」ミーガンが尋ねた。ミーガンの夫はミステリの世界の住人ではなく、コンベンションでホテルに泊まるときにはたいてい到着してすぐに最寄りのゴルフ場へ向かうのだ。

シャンクスは首を横に振った。「夕食をどこにするかはもう決めた?」

「まだだけど」コーラがいった。「でも街なかに、すてきなベジタリアン料理のお店があるって何かで読んだわ」

「ふーむ」シャンクスはポーカーフェイスを保ったままいった。もしここで反対すれば、ニンジンとナスを腹に詰めこまれることが確定するだけだった。

「しかしね」ロスが心配そうな顔をしてみせた。「あまり遠くまで行かないほうがいい。授賞式を見逃すといけないから」

「いいところに気がついたね」シャンクスはいった。「ホテルのなかにもまあまあのレストランがあるって聞いたよ。たまたまステーキハウスなんだけど、すごく便利ではある」

「ふーむ」シャンクスの手の内を知り尽くしているコーラがいった。「ニックに決めてもらいましょう」

シャンクスは肩をすくめた。いまや夕食はニックのゴルフの成績にかかっていた。もしスコアがよければ、ニックは血とコレステロールに満ちた食事でお祝いをしたがるだろう。スコアが悪ければ、自分への罰として健康に気を使った食べ物を選ぶだろう。

バーディやイーグルが出ますように、とシャンクスは無言で祈った。

「こうしてここで作家のみなさんと同席できてほんとうに光栄です」テッド・グライダーがいった。「飲み物をご馳走させてください」

全員が快くそれを受けいれた。酒が出てくると、グライダーはまた口をひらいた。「お尋ねしたいことがあるんですが。みなさんのなかで、本物の事件を解決したことがあるかたはいますか?」

コーラが笑った。「この人たちが? みんな車のオイルを交換することさえできないのに。シャンクスなんて……」コーラは夫の手をぽんぽんとたたきながらつづけた。「朝、自分の靴を見つけることもできないんだから」

シャンクスは顔をしかめた。「そのつくり話が仮にほんとうだとしても、それと事件を解決するぼくの能力にどんな関係があるっていうんだ?」

「私の本は、まあ、いってみれば、事件を解決することが主題ではないからね」ロスはインタビュー・モードに切り替えて答えた。「冒険小説であり、社会的な主張を述べてもいる。たとえば『血まみれの騎手たち』は、たまたま今回の候補作でもあるんだが……」

「知ってるわ」ミーガンがいった。「みんな知ってる。だけど真面目なところ、ミステリ作家に本物の事件が解決できるわけじゃないっていうのはよく知られた話よ、テッド。わたしたちは想像力に駆りたてられてしまうの。もちろん、コナン・ドイルはいくつかの事件を解決……」

「ちがうね」シャンクスが不快そうなうなり声でいった。「ドイルは事件を解決したわけじゃない。被告人に対する警察の不備をいくつか指摘したんだ。それは探偵の態度でも作家の態度でもない。批評家の真似事をしただけだ」

「でも、どうしてそれが訊きたかったの、テッド？」コーラがいった。

テッドは肩をすくめた。「僕の家族に起こった、本物の事件のことを思いだして。もしかしたらみなさんがそれを解き明かしてくれるんじゃないかと思ったんです。だけど無理にとは……」

「あら、それはぜひ聞かなきゃ」ミーガンがいった。「話して」おごられた飲み物を半分ほど飲み終えていたほかの面々もうなずいた。

グライダーは深く息を吸いこんでからいった。「昔の話なんですけどね。ええと、従兄《いとこ》のデイヴが一九五四年前半の生まれだから、一九五三年の夏ごろの話だと思います。僕の母の家族はニューヨークのクイーンズに住んでいたんですが、母にはパールという姉がいて、この人がデイヴの母親でした。

パール伯母さんは、ワシントンDCの病院で看護師をしていました。そしてその年の春に、グレン伯父さんと結婚したんです。突然のことでした――ふたりが出会ったのは、伯父が海軍を辞めたばかりのころでした。夏休みに、伯母は伯父を家族にひきあわせようと、車で北へ向かいました」

グライダーはビールをひと口飲んだ。「ふたりはガーデン・ステート・パークウェイをまっすぐ北上したんですが、ちょうどレッド・バンクを過ぎたところで、ひどい交通事故があって」

「どんな？」コーラがいった。

「ふたりのまえで二台の車がすれちがいざまにぶつかって、それぞれ反対側に道を飛びだしていきました。グレン伯父さんはなんとか安全に車を停めて、パール伯母さんは怪我人を助けようと車から走りでました。看護師でしたから」

「みんな大丈夫だったの?」ミーガンがいった。

「一方の車を運転していた男性は外に放りだされ、死んでいました。シートベルトの着用が義務づけられるよりずっとまえの時代の話ですからね。その車の助手席にいたべつの男性は、たいした怪我はしていませんでした。もう一方の車に乗っていたのは女性ひとりだけで、脚と鼻が折れていました。パール伯母さんは救急車が到着するまでのあいだ三十分ほど、怪我人の手当てをしました」

「それで、何が謎なんだね?」ロスがいった。「事故の原因?」

「ちがいます。男性の運転手が酔っていたことははっきりしていました。謎は、グレン伯父さんです」

「伯父さんがどうしたんだい?」シャンクスがいった。

「姿を消しました」グライダーは伯父の不在を示すように、ひらいた両手をあげた。「パール伯母さんは、そのとき車を降りて以来、一度もグレン伯父さんに会っていません」

ミーガンは両手をこすりあわせながらいった。「それはすごい謎ね。伯母さんは警察に届けたの?」

「もちろんです。警察は当然、事故現場にやってきましたから。そこらじゅう探しましたが、見つかりませんでした」

「病院だ」シャンクスがいった。「もしかしたら、怪我人と一緒に病院に運ばれたのかも」

「それも調べました」グライダーはいった。「見つかりませんでした」

「伯父さんは軍服を着ていたのかな?」ロスがいった。

「いいえ。結婚する直前に海軍を辞めていましたから」

「伯父さんと伯母さんが乗った車は、急ブレーキをかけなきゃならなかったんじゃない?」ミーガンが尋ねた。

「わかりません」グライダーはいった。「なぜですか?」

「きっとそうだと思う」ミーガンはいった。「グレン伯父さんはすごい勢いでブレーキを踏んで、フロントガラスに頭をぶつけたのよ」

「それでどうなったっていうの?」コーラがいった。「妻にも顔がわからないほど、救急隊が顔に包帯を巻いちゃったとか?」

「ちがう」ミーガンは満足そうな笑みを浮かべていった。「グレン伯父さんは記憶喪失になったの」

「おいおい、頼むよ」シャンクスがいった。

「わかりきったことじゃない。グレンは急停車したときに頭をぶつけた。パールは怪我人を助けに駆けだしていったけど、自分の夫が怪我をしたことには気づかなかった」ミーガンはまるですべてを見とおすことができるかのように、バーテンダーの向こうを見つめながらつづけた。

「グレンは車を降り、よろよろと事故現場から立ち去った。誰かがグレンを拾い、どこかべつの病院へ連れていった。これが真相よ」

「五十年も記憶を失ったままの人間なんかいないよ」シャンクスがいった。「ずいぶんまえに回復しているはずだ」

ミーガンは熱意をこめてうなずいた。「そこが悲劇なの。回復したときにはグレンはべつの誰かと恋に落ちていた。もしかしたら、運びこまれた病院の看護師とか。なぜ自分が看護師に惹かれるのか知りもしないまま」

「それで、ふたりのうちのどちらかを選ばなければならなくなった」コーラがいった。シャンクスは、コーラがこの話に乗ったことに驚いた。

「そのとおり」ミーガンはいった。「だけどそのときには、パールはもうグレンが死んだものと思いこんでいた。もしかしたら誰かべつの人を見つけて……」

「それはありません」グライダーがいった。「従兄のデイヴは、伯母がひとりで育てました」

「デイヴはいつ生まれたの?」コーラが尋ねた。

「グレン伯父さんがいなくなった半年後です」

「ミーガンの説にはぜんぜん信憑性《しんぴょうせい》がないな」ロスがいった。「記憶喪失はロマンス作家の常套手段だ。実際の人生ではめったに起こらないし、起こったとしてもせいぜい一日で回復する。一年もつづかないだろう」

ミーガンは不機嫌な顔でロスのほうを向いた。「だったら、あなたのご高説を拝聴しようじゃありませんか、候補者閣下」

「簡単だよ」ロスは笑みを浮かべ、マティーニをひと口飲んだ。「グレン伯父さんはワシントンDCに配属された海軍の軍人だった。そうだね？」

「はい」

「だったら、伯父さんはホワイトハウスか、あるいはその川向こうのペンタゴンで働いていたかもしれない」

「それはわかりません」グライダーはいった。「パール伯母さんからは何も聞いていません」

ロスは考えこむような顔でつづけた。「一九五三年か。朝鮮戦争が終わったばかりのころだ。グレン伯父さんは何か軍の機密を知っていたんだと思う。おそらく原子力潜水艦についてだろう。海軍にいたわけだから」

「それで何があったの？」コーラが尋ねた。「原子力で分解されちゃったの？」

「ははは、おかしいね。ちがう、誘拐されたんだ。交通事故はただの事故じゃなかった」

「なるほど、うまいな」シャンクスが感心していった。

「だけど運転手がひとり死んでるじゃない」コーラがいった。「自爆作戦だったの？」

「その可能性が高い。あるいは、生き残った女性ドライバーが仕組んだことだったか」

「それとも、もしかしたら」シャンクスがすっかり乗り気になっていった。「運転手はただ死んだふりをしただけかもしれない」

「そんなことをしてなんの意味があるのよ？」ミーガンがいらいらと尋ねた。

「目くらましだよ、そうやって貴重な情報を握った海軍の軍人を誘拐したんだ」ロスは厳粛《げんしゅく》な面持ちでうなずいた。「グレン伯父さんは、おそらく残りの人生をソビエトの監獄で送ったんだろう」

「ワオ」グライダーは目を丸くしていった。「ほんとうにそう思いますか？」

「いかにもスパイ小説っぽいたわごとね」ミーガンがうなるようにいった。

ロスは顔をしかめた。「五十年におよぶ記憶喪失という厳然たる現実とちがって？　そういいたいのかな？」

「きみはどう思う、コーラ？」シャンクスが尋ねた。「自説はある？」

コーラは微笑んだ。「ええ、じつはね。でも、テッド、あなたはあんまり気に入らないかもしれない」

「どうぞ、話してください」

コーラはワインをひと口飲んだ。「オーケイ。グレン伯父さんは消えたわけじゃない。もともといなかったの」

グライダーは顔をしかめた。「父親がいなければデイヴは存在しないはずです」

「もちろん。だけど必ずしもパール伯母さんに夫がいたとは限らない」

「わかった」ミーガンがいった。「未婚で妊娠したのね。一九五三年には、あまり褒められたことじゃなかった」

「そう」コーラはいった。「だから両親には海軍の船乗りと結婚したと話したの。海に出ているから会わせることができないってわけ。でも最後には言い訳の種も尽きた。北へ向かう途中で……」コーラはいったん口をつぐみ、それから尋ねた。「テッド、事故があったのはほんとうなの?」

グライダーはうなずいた。「新聞の切り抜きを見ました」

「わかった」コーラはつづけた。「真相はこうよ。パールはひとりで北へ向かっていた。たぶん、ご両親にほんとうのことを話すつもりだったんでしょう。あるいは、もしかしたら新しい言い訳を考えてあったのかもしれない。だけど事故を見てアイディアが浮かんだ。絶対確実な逃げ道を思いついた」

「それ、いいわね」ミーガンがいった。

ロスは鼻を鳴らした。「いっただろう、事故はただの事故じゃなかったんだって。誘拐だよ。シャンクス、きみはどう思う?」

「ぼく?」シャンクスは眉をあげた。「じつのところ、コーラの説が気に入っている」ロスが何やら悪口に聞こえるようなことをつぶやいたので、シャンクスはロスを睨《にら》みつけた。「だが、すこしでもパール伯母さんの名誉を考えるなら……」

シャンクスはそこで言葉を切って考えに耽《ふけ》り、いくつかの案を捨てた。「ああ、これだな。梁《はり》が落ちてきたんだよ」

「なんですって?」グライダーが尋ねた。

「ダシール・ハメットは、ある小説にひとりの平凡な男を描いたんだがね。その男は会社員で、ある日、昼食に出かけて工事現場を通りかかったときに、もうすこしでクレーンから落ちてきた鉄の梁の下敷きになって死ぬところだった」

シャンクスはビールを飲み終え、手を振ってもう一杯注文した。「この〝死の警告〟のあと、男は職場に戻る気がしなくなった。それで列車に乗り、新しい街で一からべつの暮らしをはじめた」

グライダーはまばたきをした。「それがグレン伯父さんとどうつながるんですか？」

「グレンにとってはその交通事故が〝落ちてきた梁〟だったんだ。きみの伯父さんはこう思ったはずだ。〝自分があの運転手でもおかしくなかった〟。すると突然、この先の人生がみじめなほど短く思えて、この女性と結婚したり、彼女の両親に会いにいったりすることにその短い人生を費やしたくなくなった」

ロスが弾かれたように立ちあがった。「しまった！　みじめなほど短い時間で思いだした、晩餐会《ばんさんかい》の支度をしなければ。ほら、私は候補作の……」

「はいはい、わかってるってば」グライダー以外の全員がいった。

「わたしたちももう行ったほうがいいかも」ミーガンがいった。「コーラ、一緒に来て。もしかしたらニックは直接部屋に戻ったのかもしれない」

「そうね」コーラは夫のほうを向いた。「あなたは消えようなんて思わないでね、シャンクス。テッド、お会いできて楽しかったわ」

シャンクスはふたたびビールをまえに、テッド・グライダーとふたりきりで残された。「さて、どう思った？」

「すごいですよ！」グライダーは目を見ひらいていった。「有名作家のみなさんとこんなふうにお話しできるなんて！　それに、あんなにいろいろな話をすぐに思いつくなんて信じられない」

「慣れだね。なんといっても生活のためにやっていることの一部だから。しかしぼくが訊いたのは、われわれの話のなかにどれかきみのプロットに役立つものがあったかってことなんだけどね」

グライダーはシャンクスを凝視《ぎょうし》した。「なんですって？」

「きみは作家だっていってただろう。そして見るからに行き詰まり、助けを必要としていた。だから、われわれの話のなかにきみが使えそうなものがあったのかな、と思ってね」

グライダーは肩を落とした。「どうして僕がほんとうのことをいってないと思ったんですか？」

「まず、一九五三年には、ガーデン・ステート・パークウェイはまだ建設中だった。その年の夏には、まっすぐ北へ向かって走ることなんか誰にもできなかった」

「しまった！」グライダーはペンとノートを引っぱりだした。「調べ直さなくちゃ。僕が嘘をついていたことは、ほかのみなさんもわかっていたんでしょうか？」

シャンクスは同業の仲間たちの態度を好意的に解釈することに決めた。「もちろんだよ。だが、きみは飲み物をおごってくれたからね。たぶん従兄のデイヴっていうのはきみの本の主人公で、父親を知らずに育ったことで心に傷を抱えているんだろう」

グライダーはメモの手を止めて、シャンクスを見つめた。「そう、そのとおりです」

「で、グレンに何が起こったか、きみ自身の考えはあるのかな?」

「もちろんです。パールから妊娠を告げられて、グレンは父親になりたくないと思った。それで、次に車を停めたときに立ち去ろうとしていて、それがたまたま事故現場だったんです」

シャンクスは慎重にうなずいた。「シンプルで真実味があると思うよ」

「ええ、僕もそう思っていました。だからあなたが誰もそれを思いつかなかったので驚いたんです」

「いや、たぶん思いついていたよ。すくなくともぼくは思いついた。ただ、問題はそれじゃつまらないってことなんだ。プロの作家は、真実味があるという理由だけで退屈な話を差しだしたりはしないものだ」

グライダーはノートをテーブルに放りだした。「でもそれしかないじゃないですか! 信憑性があって、同時に驚きもあるなんて、どうしたらそんなプロットを思いつくんです?」

シャンクスの顔にぱっと笑みが浮かんだ。「それをコンスタントに考えだすんだ、テッド、そうすればギミックなんて必要ない」

ロビーの向こう端にあるエレベーターの扉がひらき、コーラが現れた。道を踏みはずした夫を追いつめようとする女のような、決然とした表情だった。

「作家になんてなれそうもない」グライダーはうめいた。

「もしかしたら、きみには向いていないかもしれないね」シャンクスは同意した。「泥棒になるっていうのはどうかな？　それならいくらか才能があるんじゃないか」

「泥棒？」グライダーはシャンクスを睨んだ。「いったいなんのことです？」

「きみは嘘をついて四人の専門家からそれぞれ一時間を盗んだ。全員、きみが何杯かの飲み物と引き換えに受けとったようなアドバイスをするのに、ふだんならかなりの相談料を請求できるレベルの作家だよ。というわけで、ここで犯罪があったことを認めてもらおうか」

青年はシャンクスを凝視した。「僕――僕は――」

シャンクスはしばらくグライダーを慌てさせておいて、それからいった。「まあリラックスしたまえ。何も世紀の大犯罪というわけじゃない。おそらく今週いちばんの犯罪ですらない」シャンクスはビールのジョッキを空《あ》けた。「ああ、ところで、じつはぼくも最近、あるギミックを思いついたんだが、べつの本を書くのに忙しくて自分で使えなくてね。もし使いたければ、きみにあげるよ」

「ほんとうですか？」グライダーはノートを拾いあげた。「どんなアイディアなんですか？」

シャンクスはプロらしいしぐさで指先を合わせた。「ポオ以来、ミステリのジャンルではシリーズ探偵が多用されてきた。多種多様な人々が多種多様な犯罪を企てるが、主人公はひとりで本から本へと渡り歩く」

「もちろんそうですね」グライダーは熱心にうなずいた。

コーラはすでにふたりに狙いを定めていた。妻がこちらを向き、断固たる足取りで向かってくるのがシャンクスにも見えた。

「また、近年、新しいタイプのキャラクターが生みだされた。シリーズものの悪党だ。さまざまな探偵と戦いながら次から次へと攻撃を繰りだす、悪事の首謀者やシリアルキラーだね」

「そのとおりです」グライダーはよだれを垂らさんばかりに同意した。

「さて、そこでぼくも新しいギミックを考えた。これをきみへの贈り物にしよう」シャンクスはテーブルの向かいへと身を乗りだし、内緒話をするかのようにいった。「毎回ちがう探偵とちがう殺人者が出てくるシリーズを書くんだ。ただし――ここにひねりがあるんだが――どの小説でも、おなじ人間が殺されるんだ！」

グライダーは興奮に震えた。「それはすごい！　それは誰もやっていませんよ！」

「きみが最初になるね」シャンクスはうなずいた。

「こんなところにいたのね」コーラがいった。シャンクスがさっきまで一緒にいたテーブルではなく、カウンターのうしろにでも隠れていたかのような言い草だった。「テッド、もうこの人を連れていかなきゃならないの。夕食の時間よ、あなた」

「そうだね」シャンクスは立ちあがった。「会えて楽しかったよ、テッド。幸運を祈る」

グライダーは当惑顔でいった。「だけどどうしたらおなじ人が……」

「みんな待ってるのよ」コーラはそういい、シャンクスの腕をがっちりつかんで引っぱった。

「それで、どこへ行くことになった？」

「ニックはステーキが食べたい気分なんですって。九十を切るスコアを出したんだとか。わたしには意味がよくわからないんだけど」

「それじゃあ、ベジのお店はまたこんどってことだね」ニック、いいやつだ。

「テッドはあそこで何を叫んでいるの？　〝どうやったらおなじ被害者で書けるんだ？〟って、なんのこと？」

「さあ、なんだろうね」

著者よりひとこと

シャンクスの最初の短編を《アルフレッド・ヒッチコックス・ミステリ・マガジン》に売ったあと、当然のことながら、単発作品だったものをシリーズにしたくなった（二作めは続編、三作でシリーズである）。

「シャンクスはバーにいる」は、いままでに参加したたくさんのミステリ・コンベンションから思いついた。また、読者と話をすることに関するトニイ・ヒラーマンの愉快な逸話も念頭にあった。ヒラーマンは、なぜ主人公の名前をジョー・リープホーンからジム・チーに変えたのかと、ある女性読者に訊かれたそうである。その読者には、ナヴァホ族の警官はみなおなじように見えたのだろう。

不幸にも、《アルフレッド・ヒッチコックス・ミステリ・マガジン》のすばらしい編集者キャスリーン・ジョーダンは、二〇〇二年に突然亡くなった。「シャンクスはバーにいる」は、新しい編集者リンダ・ランドリガンに送った最初の短編だ。リンダはこれをボツにしたので、わたしは自分の将来に――そしてシャンクスの将来にも――大きな不安を覚えた。

本編が不採用だったのは、犯罪の要素がすくないからだろう。まあ、シャンクスは犯罪が起こったと強弁しているわけだが。もちろん、ほんとうの理由はわからない。編集者は必ずしも理由を説明する必要はないし、それでいいと思う。多くの場合、不採用の理由は〝お粗末だと思った〟からだろうし、そういう意見を前向きに役立てることのできる作家などいるだろうか？

リンダとシャンクスとわたしにとって幸運なことに、のちに事態は好転した。そんなわけで、本編はこれが初の公開である。

シャンクス、ハリウッドに行く

Shanks Goes Hollywood

レオポルド・ロングシャンクスは道化を演じるのが好きではなかった。馬鹿に見えることに我慢がならなかった。それはもう、アレルギーに近いほどに。

しかし警察署のなかにいるいま、待っているのはまさにそういう事態だった。家から五千キロ近く離れた場所だったので、ここの人たちにはもう二度と会うこともないはずで、その事実がいくらか慰《なぐさ》めになってもよさそうなのに、そうはならなかった。

シャンクスはため息をついた。これからいおうとしていることのおさらいをして、すこしでも見苦しくないように編集しようと努めたが、どう手を加えても結局こんなふうにしかならなかった——〃こんにちは、刑事さん。ぼくはミステリ作家なんですが、ここに来たのは、あなたがたが殺人犯としてまちがった人間を逮捕してしまったことをお話しするためです。ゆったり座って、くつろいで、アマチュアがあなたがたに仕事のやり方を教えるのをどうか黙って聞いてください〃。

この事態を絵として完成させるために、ピエロの衣装でも着たほうがよさそうだった。

なぜこんなことになったのか？　けさ、エド・ゴッドウェンが殺人罪で逮捕されたと新聞で読んだときには、関わるつもりなどいっさいなかった。それどころか最初にもれたつぶやきはこうだった。「思ったとおりだ」

「何が？」コーラが尋ねた。妻は朝食のためにホテルの部屋を出るまえに、書類を片づけているところだった。

「エドはジーンと離婚してロスに移り、女優と再婚したんだが、その新妻を殺したんだ。カリフォルニア暮らしが向かない人間もいるんだよ」

「イソップのすっぱいブドウの話みたいに聞こえるけど」コーラはいった。

シャンクスはぼさぼさの眉《まゆ》をぐっとあげていった。「何が？ 女優と結婚ってところ？」自分より二十歳年下の女性と結婚するなど、考えるだけで恐ろしい。ふたりでどんな話をしたらいいかさえ見当もつかなかった。

「ちがう。エドがベストセラーを書いてお金持ちになって、ハリウッドからひっきりなしに声がかかっているところ」

ああ、それか。シャンクスの書くミステリ小説が売上記録を打ち立てるようなことはまずなかった。そのうえ、ハリウッドはごく稀《まれ》にシャンクスに声をかけることがあっても、まるで相手をまちがえたかのようにおずおずと、気乗りのしない様子で接触してくるのだ。

シャンクスとエドは何十年もまえ、ふたりともまだ新人だったころに出版社のパーティーで知りあった。それ以来、ふたりは友達付き合いをつづけてきたが、シャンクスのほうはひそかにエドの小説を、まあ、いってしまえば、つまらないと思っていた。どれも信じられないほど悪いやつが世界征服を企む話で、紙みたいに薄っぺらいヒーローがすこしばかり最先端技術を使ってその悪党を倒すのだ。ガジェットはどれも、ポルノ以外ではめったにお目にかかれないような、形容詞のふんだんに盛りこまれた仰々しい文体で描写されている。しかしまあ、何万ものファンの目がおかしいなどということはもちろんないのだろう。

要するに、エド・ゴッドウェンが無実の罪で逮捕されたとは、シャンクスはまったく思っていないのだった。なのになぜ警察に来て、馬鹿面《づら》をさらそうとしているのか？

エドの最初の妻、ジーン・ゴッドウェンのせいだった。ジーンはまだ生きている。その朝、サンディエゴからこちらに向かいながら電話をかけてきて——ジーンは離婚後、サンディエゴに移っていた——ロングシャンクス夫妻を昼食に誘った。

コーラは丁重に断った。エージェントやテレビのプロデューサーらと食事の予定があったからだ。コーラとシャンクスが西海岸を訪れたのは、ケーブルテレビからコーラに声がかかったからだった——ミステリではなく、ロマンスに。

シャンクスとしても妻の成功は喜ばしかった。ほんとに。いや、ほんとに。

コーラは、ジーンとふたりで昼食をとることをシャンクスに勧めた。「もしかしたら、エドのおもしろいゴシップが聞けるかもしれないじゃない」

それは部分的には当たっていた。

「エドは彼女を殺してない」シャンクスが席につくなりジーンはいった。シャンクスはあたりを見まわした。マリブビーチのアウトドアのカフェでさえ、開口いちばんのその台詞は人目を引いた。「それはあなたにもわかってるでしょう」

「いや、どうかな」シャンクスは静かにいった。「自分のことだってわからないからね、ついカッとなるような状況ともなれば。ましてや、エドはぼくより怒りっぽいし」

「シャンクス、アビサを殺した真犯人を見つけて！」

「ぼくが？」シャンクスはジーンを凝視《ぎょうし》した。「馬鹿なことをいわないでくれ。本物の事件を解決する方法なんて知らないよ。ぼくはそういう話をつくっているだけなんだから」

「知り合いのなかでいちばん頭がいいのはあなただって、エドがいってたわ」

いや、どうだろう。それが事実かどうかは疑わしかったし、エドがそういったかどうかも疑わしかった。仮にそんなに頭がいいなら、なぜ売れないミステリを書いてローンの支払いに汲《きゅう》汲《きゅう》としているのだ？　エドはといえば、テクノスリラーが売れて別宅まで構えたというのに。

「あなたくらい頭のいい人なら、警察がどこでまちがえたかわかって……」

「たぶんまちがえていないよ。警察が殺人の罪で誰かを逮捕するときには、ふつうはそれがほんとうの犯人なんだ。被疑者が裕福な有名人ともなれば、警察はなおさら慎重になる。それに……」シャンクスはここで躊躇《ちゅうちょ》した。

「なあに？」ジーンのグレーの目はおちつきと決意をたたえていた。美しい女性だ、とシャンクスは思った。エドは馬鹿だ、ジーンを捨てるなんて。

「妻が殺されれば、夫が被疑者になるのは当然なんだ。しかもエドはずいぶん年下の美人女優と結婚したわけだからね」

「それよ。警察は事件の捜査なんかしなかった。自分たちの固定観念を当てはめただけ。エドは犯人像にぴったりだったというだけ」

「ジーン、こんな話をしても意味がないよ」

ジーンがあまりにもきつくナプキンをひねるので、シャンクスは布が破けるんじゃないかと思った。「わたしのためだと思ってやってちょうだい、シャンクス」

それは紛れもなく脅《おど》しだった。「やらない、といったら?」

「わたしとあなたとのちょっとした火遊びのことをコーラに話すわ」

シャンクスは目を見ひらき、次いで声をたてて笑った。「まったくね、そんな無茶苦茶な話は聞いたこともないよ。ぼくを強請《ゆす》ろうとするわりには、ずいぶんお粗末なネタを使ったもんだね」

「それはどうも」

「怒るなよ、ジーン。もちろんきみならコーラの嫉妬《しっと》を煽《あお》るには充分だ。だけどぼくらがつきあっていたときには、きみもぼくも独身だった。ぼくなんてまだコーラに出会ってもいなかったよ。スキャンダルとはいえないな」

「そのとおりね」ジーンはグレーの目を糸のように細くしていった。「それなら、コーラにはわたしたちのことは話してあるのね?」

話したっけ? 「いや、それはない。紳士はそういうことは口にしないものだ」

ジーンはにっこりと微笑んだ。まるでまた一羽、カナリアを仕留めた猫のように。「じゃあ、四人で集まったりしたときも、コーラはわたしがあなたの昔の恋人だったことは知らなかったわけね？　コーラがそれをいやがらないと思っているなら――まあ、あなただって女性のことはそれなりに理解しているんでしょうし――あなたのいうとおり。わたしには使えるネタなんかひとつもない」

ううむ。


そんなわけで、シャンクスは警察署で捜査担当者との面談を待っていた。現れたのはマイク・クレインプールという名の刑事だった。ブロンドで筋肉質の三十代。実物の刑事というよりは、警察映画の主人公のような外見だった。

運がよければ面談は短時間で済むだろう、とシャンクスは思っていた。エドに会わせてくれと頼み、殺人事件の捜査の邪魔だと文句をいわれ、謝り、十五分ほど、まあ、長くても二十分で外に出られるはずだ。そうなれば、できることはすべてやったと、嘘偽りなくジーンにいえる。

「ミスター・ゴッドウェンの弁護士ではありませんね」クレインプールはいった。「弁護士ならもう来ている。親戚ですか？」

シャンクスは首を横に振った。「ただの友人です。おなじ仕事をしているんです」

「だったら、ミスター・ロングシャンクス、申しわけないが、ミスター・ゴッドウェンとはきょうは面会できません。あした移送される予定で……」刑事はそこで口をつぐみ、顔をしかめた。「ロングシャンクス。どこかで聞いた名前だな」

「作家です」シャンクスはいった。

クレインプールの顔に、ぱっとうれしそうな笑みが浮かんだ。もし予想してみろといわれても、次に起こったことは絶対に思いつかなかっただろう。「〈スコーピオの街角〉の作者だ！」

シャンクスはぱちぱちとまばたきをした。「まあ、そうです。脚本を書いたわけじゃないけど」

「そうそう、ノベライズを書いた人だ」

シャンクスはひどく眉をひそめ、険悪な表情になった。「ぼくが書いたのは原作で、それに基づいて脚本が書かれたんだ。ノベライズと小説を一緒にしないでくれ。あれは小説の影みたいなものだ、脚本の幽霊がいっぱしの本のふりをして……」

ああ、黙れ、この警官にはどっちでもおんなじだ、とシャンクスは自分にいい聞かせた。

クレインプールはまだ笑みを浮かべていた。「あの映画は大好きでね。最高ですよ」

そういわれてもすごく趣味がいいとは思わなかった。〈スコーピオの街角〉はシャンクスの初期の一作に――おおまかに――基づいてつくられた映画だった。スタジオの天才たちはカドガン警部を――怠惰でありながらときに極端な行動にも走る、ぶっきらぼうな中年男を――スポーツカーを運転して悪態をついているだけの若い武道の達人に変更してしまった。ごく稀にこの映画の話をするとき、シャンクスはこれを〝あのビデオ公開だけの映画〟と呼ぶ。それがおおよその実態だった。

「気に入ってもらえたならうれしいですよ」

刑事は椅子の背にもたれ、狡猾《こうかつ》そうとしかいいようのない目つきでシャンクスを見た。「まあ、あなたをミスター・ゴッドウェンに会わせても、なんの害もないでしょう」

シャンクスはあんぐりと口をあけた。あんなひどい映画をそこまで好きな人間がいるとは。

「その代わりといってはなんだけど、こちらの頼みも聞いてもらえませんか」

そういうことか。シャンクスの頭のなかに警鐘が鳴り響いた。この刑事は原稿を持っているのだ――あるいは、ロスアンジェルスという場所柄を考えれば脚本かもしれない。それをエージェントに渡してくれとでもいうつもりか。もっと悪くすれば、この刑事も、作家はつねにアイディアに飢《う》えているものと思いこんでいる人種のひとりかもしれない。〝警察で働いていておれの身に降りかかった驚くべき事件を全部話してやるよ。あんたはそれを小説にするだけでいい。簡単な仕事だろう。で、おれの取り分は印税の五十パーセントだ〟。

しかしクレインプールは謎めいた笑みを浮かべたまま、詳しいことはいわなかった。「その話は、あなたがミスター・ゴッドウェンと会ったあとでいい」

やられた。すでに受けてしまった厚意へのお返しを拒《こば》めるのは、よほど粗野な人間だけである。シャンクスは心のなかで、自分をこんなめにあわせたジーンを思いきり呪った。

数分後、クレインプールはシャンクスを取調室に案内した。壁がひとつ、マジックミラーになっている。

「ミスター・ゴッドウェンに触れないこと。何かを渡してもいけません。そういうことがあれば面会は即刻終了です。それから、鏡の向こうで誰かが話を聞いていると思ってください」
それはシャンクスも予測していた。

部屋に入ってきたエドは、手錠こそかけられていないものの、収監者用の明るいオレンジ色のジャンプスーツを着ていた。「シャンクス！　ほんとにきみか？」

エドは前回会ったときよりも十歳は老けて見えた。その前回というのは、エドが二年前にアビサ・ピールと結婚してからまもなくのころだったはずだ。シャンクスはその晩のことをよく覚えていた。

花嫁の女優は自分自身にしか関心のない不機嫌なエゴイストで、会話がすばらしい話題――つまりアビサ自身のこと――から逸れるとすぐにむくれた。シャンクスとコーラが彼女の出演した映画を一作しか見ていないと知るとたんに機嫌を損ね、夕食の店に向かう車中ではずっとむっつりしたままだった。レストランに到着すると、こんどはへつらい顔のウェイターを圧倒する勢いで長々と自分のアレルギーを並べたてた――マッシュルームに、ナス、オリーブ、パプリカなどなどなど。それを聞いているうちにシャンクスはすっかり食欲をなくしてしまった。

エドはどうしてこんなに老けこんだのだろう。殺人事件のせいだろうか、それとも結婚生活のせいだろうか。「プライベートな会話はできないよ」

「隠すことなんか何もない。それにしても、きみは何をしにきたんだ？　まさかおれに会うためだけに東海岸から飛んできたわけでもないだろう？」

シャンクスは自分のカリフォルニア旅行の目的を説明し、次いで警察署訪問の理由を話した。元妻が大慌てで助けを求めたと聞いてもエドは驚いていないようだった。「ジーンのいうとおりだ、シャンクス。おれはアビサを殺してない。ベタ惚《ぼ》れだったんだからな」

「まずはメディアが情報を正しく伝えているかどうか確認しよう。新聞によれば、きみはマリブのビーチハウスにいた。ひとりで本を書く仕事に取り組んでいた」

「そのとおり」

「自宅に書斎はないのか?」

「もちろんある。執筆はたいてい自宅でするが、今回はちがったんだ。新作のアウトラインを考えていてね。キャラクターとプロットを書いた索引カードが二百枚ほどあって、それを床に広げたかった。数日のあいだカードを入れ替えながら全体の構成を考えるんだ。大きな部屋が必要だった。書斎より大きな部屋が。それにアビサが……あれだ」

「きみがリビングを散らかすのをいやがった」

エドは恥ずかしそうな顔をした。「まあ、そういうことだ」

「アビサはもともとビーチハウスに寄る予定だったのか?」

「いいや、ロケ地にひと晩泊まるはずだった。ネバダとの州境のホテルだ。撮影が早く終わったんだろう。それで帰宅したんだな」

「だろうね。その日はアビサと何か話をした?」

「いいや。リムジンがアビサを迎えにきたとき、おれはまだ眠っていた。次にアビサを見たのは……」エドは深く息を吸った。「翌朝九時ごろだった。カーポートに行ったら、そこにいた」

シャンクスはうなずいた。新聞記事によれば、アビサは死体で発見された――シャンパンの壜《びん》で頭部を殴打されて。警察は遺体のすぐそばにピクニックバスケットを発見した。足跡や指紋が発見されたかどうかは、メディアには明かされていなかった。

「夜のあいだに妙な物音が聞こえなかった？」

「海のそばはけっこううるさいんだ、きみも知っているだろう。それに、プロットを考えているさいちゅうだったんだぞ……」

それは理解できた。シャンクス自身、産みの苦しみのなかでやかんを空焚《からだ》きしたことがなんどもあった。やかんが死に物狂いでピーピー音をたてていても、頑固なキャラクターや行き詰まったプロットに取り組んでいるときは耳に入らないものだ。

「新聞によれば、アビサは午後八時ごろきみの自宅を出たらしい。たぶん途中でピクニックバスケットを受けとって――〈ブラス・ライオン・ケータリング〉という業者のものだ――ビーチハウスに向かったんだろう。自宅とビーチハウスはどれくらい離れてる？」

「夜のその時間なら、一時間弱で着ける」エドはもぞもぞ身動きした。「警察はどう思ってるんだ？　妻がピクニックディナーでおれをびっくりさせようとしたところ、おれがカーポートで出迎えて殺したって？　馬鹿な」

シャンクスはかぶりを振った。「いや、そうは思っていないだろう。事件がどんなふうに起こったかは、ぼくなら一ダースは思いつく。警察だっておなじさ。アビサが到着したとき、訪問者がいたのかもしれない」恋人が、とはいわずにおいた。「あるいは、きみたちふたりが口論になった可能性もある」

「夫婦喧嘩なんか一度もしたことがないんだぞ！」

「いやいや、わからないよ。去年、別居していたって新聞で読んだし」

「アビサは映画の撮影でアルゼンチンにいたんだ。おれはこっちで小説を書いていた。離れていたのはそのときだけだ。まったくね、シャンクス、きみだってメディアがどんなものかは知っているだろう。汚点を見つけられなければ、でっちあげるんだよ。そうでもしなけりゃ、あんな魚のフライの包み紙なんか誰も買いやしないんだから」

「夫婦でセラピーに通っていたじゃないか」

「ここはロスなんだぞ。セラピーのひとつも受けなければ、金がないと思われるだけだ」

「だったら、きみがあの夜アビサと離れて過ごしていたのはひとえに……」

「アビサがロケ地に泊まる予定だったからだ」

「きみがビーチハウスにいることをアビサは知っていたのか？」

「いい質問だ。昼ごろ電話したよ。携帯電話を家に置き忘れてしまったから。妻がおれに電話したくなったときのために、自分がどこにいるか知らせておきたかったんだ。アビサはセットに入っているところだったから、アシスタントのひとりに話しておいた。シェリルだったか、ニーナだったか。アシスタントの子たちの名前がどうにも覚えられなくてね。アビサに伝えたかどうか彼女らに訊いてみてくれ。ん？　何を考えている？」

シャンクスはマジックミラーになっている壁を見ながらいった。「きみがビーチハウスにいることを知らなかったなら、もしかしたら、アビサのピクニックディナーは誰かほかの人間のために用意したものかもしれない」

エドは青くなった。「アビサが浮気してたってことか。で、その恋人がアビサを殺した」

「可能性はある」その光景がシャンクスの頭にありありと浮かんだ。アビサがべつの男と一緒にビーチハウスに到着し、カーポートで夫の車を見つける。欲望が罪悪感と怒りに変わる。失望した恋人はシャンパンのボトルを手に取り――

もちろん、そういう場面ならかなりもっともらしく書ける。

「馬鹿げてるよ、シャンクス。アビサが浮気していたなんて信じられない。その説はボツだな」

「じゃあ、いまのところは脇へ置いておこうか。クレインプール刑事がピクニックバスケットの中身のリストを見せてくれたから、それを検討してみよう。もしかしたら、何か目につくものがあるかもしれない」たとえば、エドが嫌いな食べ物があれば浮気説が補強されるかもしれない。だが、そうはいわずにおいた。

「さて。ローストチキンがある。シャンパングラスがふたつ」シャンクスは巧妙にシャンパンボトルそのものを省いた。「フランスパン。スプレッドはキャビア、タプナード、サルサ。生《クル》野菜《ディテ》の盛り合わせ」

「なんの盛り合わせだって？」

「切った野菜だよ。ディップをつけて食べるんだ。デザートにはタルト。なかなかおいしそうな食事だな。きみの嫌いなものがあったか?」

「知ってるだろう、シャンクス。おれは好き嫌いがほとんどない。えり好みしないんだよ」

そうなのだ。その点では、エドはアビサと正反対だった。アビサのほうは好き嫌いが激しく、ひどいアレルギー体質で、拒食症といってもいいほど——

シャンクスは顔をしかめた。「なんだか引っかかるな」リストをざっと見直す。「タプナードだ。なぜアビサがタプナードなんか買おうとするんだ?」

「さあね。タプナードってなんなんだ?」

「ディップだよ。あるいはスプレッド。おもな材料はオリーブだ。アビサはオリーブにアレルギーがなかったっけ?」

エドの目が上を向いたので、頭のなかで妻のアレルギーの長いリストをたどっているのがシャンクスにもわかった。「ああ、そうだ。オリーブは絶対に駄目だった。そのタフィーオッドとかいうやつにオリーブが入っているのは確かなのか?」

「タプナードだよ。確かだ。なぜアビサは自分が食べられないものを注文したんだろう?」

「おれはオリーブが好きだよ。たぶん、おれのために注文してくれたんじゃないかな」

アビサほど自己中心的な女が、自分が食べると気分の悪くなるものをわざわざ買うとは思えなかった。たとえエドのこの世でいちばん好きな食べ物であったとしても。しかし礼を失せずにそれを伝える言葉を思いつかなかった。「もしかしたらね。だが、アビサが注文したんじゃないとしたら?」

エドは大きく目を見ひらいた。「きみには驚かされるよ、シャンクス」

「ミスター・ロングシャンクス、あなたにはがっかりしましたよ」クレインプール刑事は悲しそうに首を振った。「ミスター・ゴッドウェンと話をしてもいいですよといったときには、あなたが刑事役を演じるとは思ってもみませんでした。捜査はわれわれの仕事なんですがね」

お叱りの言葉というわけだ。警察署に足を踏み入れたときには小言のひとつやふたつは覚悟していたが、いざいわれてみると妙にいらいらした。「だから、ピクニックバスケットを誰が買ったかだけ調べてくれればもうお邪魔はしませんよ」

刑事はため息をつき、腕を組んだ。「三文小説のなかでどんなふうに書かれているかは知りませんが、警察はけっこう有能なんですよ、ミスター・ロングシャンクス。それならけさ調べました」

「誰があのバスケットを買ったんですか?」

クレインプールはにやりと笑って答えた。「アビサ・ピールです」

くそっ。いかにもうぬぼれた笑みをまえに、シャンクスは努めて身を縮めまいとした。「ほんとうに? アビサがタプナードを選んだというのが、どうもしっくりこない。そのピクニックバスケットは中身の決まったセットだったのかな?」

「いいえ、ケータリング業者のウェブサイトを見て全部自分で選んでいますね。で、アシスタントに電話をかけさせた」

「自分ではかけなかった?」

「映画スターは自分じゃなんにもしないんですよ、ミスター・ロングシャンクス。バスケットを受け取りにいったのもアシスタントでした。ケータリング業者によれば、アシスタントの男性が到着したのは閉店の十分まえだったそうです」

「そうか」こんどはシャンクスが笑みを浮かべる番だった。「それはとてもおもしろい」

「なぜ?」

「エドの話では、妻のアシスタントはシェリルとかニーナとかいう名前だった。どっちが男性だと思いますか?」

クレインプールはラミレスという名の刑事を呼び、ふたりで電話上手の真髄《しんずい》を披露した。一時間もするころには、ふたりの電話でさまざまなことが明らかになった。

たとえば――アビサ・ピールには男性のアシスタントはいなかった。アビサの事務所の人員や、広報担当者や、弁護士のなかに男性職員はいたが(すごいな、映画スターを支えるにはこんなにたくさんの人間が必要なのか、というのがシャンクスの感想だった)、そのなかにケータリング業者に電話をかけた者はいなかったし、誰かが嘘をついていると考える理由もなかった。

ケータリング業者の人々は、女優本人が食べ物を取りにこなくてがっかりしたのを覚えていただけだった。受け取りにきた男については、現金で支払いをしたという事実以外は何も引きだせなかった。

「いちばんの被疑者は誰だかわかりますか？」クレインプールがいった。

シャンクスは眉を寄せた。「いや」

「あなたのお友達、つまり被害者の夫です。妻を驚かすために、彼が買ったのかもしれない」

シャンクスはつかのまそれについて考え、すぐに首を振った。「それはないですよ、刑事さん。エドが激怒した勢いで妻を殺すところなら想像できるけど、ピクニックバスケットを注文するような情熱はない」

クレインプールは顎《あご》を掻いた。「ロマンティストというわけではないんですね？」

「フライドチキンの六ピースバーレルくらいかな、エドが思いつきそうなのは」

刑事はため息をついた。「またケータリング業者に話を聞きにいかなければ。店員がもっと何か思いだせないか確認します」

「ちょっと思ったんだけど。わりと高級な店なんじゃないかな？　シャンパンとか、キャビアなんかを売ってるくらいだから」

「そうです。それが何か？」

シャンクスは一方の眉をあげていった。「防犯カメラが設置されていたりして？」

防犯カメラの映像が届いたときには、シャンクスはすでにコーラのいるホテルに電話を入れて、帰りが遅くなりそうだと伝えてあった。「局の人たちとのミーティングはとてもうまくいったと思う」コーラはそういっていた。「先方の最新のオファーは大はしゃぎするほどのものでもなくて、まあおもしろいかなという程度なんだけど。パットがいうには、あしたまでには真剣に金額を提示してくるだろうって」

「それはすばらしいね、コーラ」

「エドはどう？　警察はほんとうにエドがやったと思っているの？」刑事部屋の向こう端ではクレインプール刑事がビデオテープをデッキに入れ、画像の粗さに顔をしかめていた。

シャンクスは笑みを浮かべた。「警察も正気に返りつつあるところだ。じゃあ、できるだけ早く戻るから」

シャンクスは電話を切り、ビデオデッキのほうへ急いだ。「エド・ゴッドウェンじゃないね」

「確かにちがいますね」クレインプールはいった。個人的に侮辱を受けたかのような口ぶりだった。「一体全体、これは誰なんだ？」

アビサのアシスタントを名乗ったのは、痩《や》せぎすで、細く尖《とが》った鼻をした三十代の男だった。男の顔には、道端で見かけたら通りを渡って避けたくなるような笑みが浮かんでいた。

「いったいこの男は何をヘラヘラ笑っているんだ？」刑事がつぶやいた。

勤務交替の時間が迫っており、点呼に向かう巡査連中が通りかかった。そのなかのひとりが足を止め、画面を覗きこんだ。「ふん。こいつ、いつ出てきたの」

シャンクスとクレインプールはふり返ってその巡査を見た。彼女の名札には〝ゲズニー〟と書かれていた。

「グロリア、この男を知ってるのか？」クレインプールが尋ねた。

「もちろん。新人だったとき、一度裁判所まで付き添ったことがあるんです」ケズニーは顔をしかめた。「名前はなんだったかな。ローガン？　ちがう、スローカムだわ。虫ケラ野郎ですよ。ニュースキャスターの女性をつけまわしていたんです、大恋愛が進行中だと思いこんで。レストランに電話をかけては彼女の名前で予約を入れて、自分は店に行って席について、彼女が現れないと怒りだすんです。もちろん、大恋愛なんて全部スローカムの頭のなかだけの話なんですよ。彼女のほうはスローカムの存在すら知りませんでした」

「ああ、あったな」クレインプールがいった。「思いだした。最後にはキャスターを誘拐したんじゃなかったか？」

ケズニーはうなずいた。「彼女を家から引きずりだし、銃を突きつけて、予約を入れたレストランに無理やり連れていったんです。当然、痴話《ちわ》喧嘩にしてはおかしいと支配人がすぐに気づいて、緊急番号に通報しました。それですべて丸く収まり、スローカムは刑務所行き」

「どうやら出所したらしいな」クレインプールはいった。

「そうですね。またレストランに予約を入れてるんですか？」

クレインプール刑事は寛大にも、答える機会をゲストに譲《ゆず》った。シャンクスは肩をすくめた。

「この男はアビサ・ピールをアウトドア派だと思ったらしい」

「それで、このスローカムってやつはしばらくまえからアビサをつけまわしていたようなんだ」

ホテルに戻ったシャンクスはコーラに話した。「一緒にピクニックに行く約束だと思いこんでいたんだよ。ニュースキャスターのときとおなじように」

「気持ち悪い」

「ほんとうに気持ち悪いよ。スローカムはアビサの名前で食べ物を注文して、自分で店に取りにいった。それからアビサの自宅に向かい、彼女が出かけるとあとをつけた。アビサがビーチに向かったものだから、スローカムの妄想にぴたりとはまったというわけだ」

「ビーチハウスに着くと、スローカムはピクニックバスケットを持ってアビサに会いにいった……」

「アビサにはその男が誰だかまったくわからなかった。おそらく馬鹿にして笑ったんだろう。スローカムはカッとなってシャンパンのボトルでアビサを殴った。警察はいま、スローカムを探している」

「警察にわかってよかったわね」

「ほんとうだよ」シャンクスは、この件で自分が果たした役割についてはあまり触れなかった。正直にいったが最後、コーラは向こう五年はパーティーのたびに客人たちに向かって、夫が刑事役を果たした事件をおもしろおかしく話して聞かせるだろう。

「ところで、その刑事の頼み事ってなんだったの？」

「ああ、それか」シャンクスはにやりと笑った。「ミツィー・トリチエリに紹介してほしいんだってさ」

「それは誰？」

「女優だよ。ぼくの第二作からつくったあのひどい映画でヒロイン役を演じたんだ。きみも覚えてると思うけど、赤毛で、現実離れしたデカい……」

「覚えてる。で、手を貸してあげるの？」

「プロデューサーに電話しておくと約束した。あのプロデューサーはどう考えてもぼくに借りがあるからな。あんな無茶な経費の運用を訴えなかっただけでもありがたく思うべきなんだから」

「それで、エドは自由の身になったのね？」

「ああ。これからどうするか決めるまでのあいだ、ホテルに滞在するそうだ」

コーラは考えこむような顔でうなずいた。「問題は、彼女によりを戻すつもりがあるかどうかよね」

シャンクスはコーラを凝視した。「誰と誰がよりを戻すって？」

まったく鈍いんだから、といわんばかりの目でコーラはシャンクスを見た。「ジーンがエドとやり直す気があるかどうかよ、もちろん」

「どうしてエドがそれを望むと思うんだ？　離婚を切りだしたのはエドのほうなのに」

コーラは首を横に振った。「絶対望むようになる。独り身でいることに耐えられない男っているんだから」シャンクスのほうを見ずにコーラはいった。そのくらいの礼儀はわきまえているようだった。

「もしほんとうにエドがよりを戻したいなら、ジーンは絶対受けいれると思うよ。だって、そうでなければなぜあんな手間をかけてぼくを巻きこんで、警察署に行かせたりする？　ジーンには確実にその気があるよ」

「そうはいいきれない。彼女のなかではすっかり片がついているのかもしれない。あなたに丸投げして、自分は手を引いたのかも」コーラは微笑んだ。「ジーンはなかなかの女だもの。昔、あなたがつきあっていたのもわかる」

シャンクスは顔をしかめた。「それ、話したっけ？」

「当然。あのふたりにわたしを紹介した日に、エドにジーンを盗まれたっていってたじゃない」

それをしっかり覚えているなんていかにもコーラらしい、とシャンクスは思った。それをしっかり忘れてしまったなんていかにも自分らしい、とも。

コーラは遠くを凝視していた。そのまなざしはシャンクスにも覚えがあった。作家が産みの苦しみのなかでする、彼方まで見とおす目つきだった。「わたし、今回の件で一本書けると思う」

「ずるいぞ！」シャンクスは異を唱えた。「ぼくが先に見つけた事件なのに」

「おちついて。あなたはどんな話を考えているの？」

「ストーカーがシリアルキラーになって、犯罪現場でクラシック映画のシーンを再現するんだ。きみは？」

「ある女性が主人公で、昔の夫が新しい妻と死別するの。彼女は彼とよりを戻すかどうか決めなきゃならない。どうやら、あなたの足を踏んづけているわけじゃないみたいね」

「そうだね」シャンクスは首を振った。「驚きだな。作家がふたりいて、おなじ事実を耳にしながら、まったくちがう発想が生まれるなんて」

コーラは立ちあがった。「まあね、でもあなただって、ふたりがあんまり似すぎているのはどうかと思うでしょ？」

「それはそうだけど。どこに行くの？」

「お風呂に入るの。ルームサービスに電話して夕食を頼んでおいてくれない？　ワインも」

「それはいいね」シャンクスはにっこり笑って受話器を手に取った。これまでにも一度ならず感じたことではあるが、シャンクスは改めて思った。読むならミステリのほうがいいけれど、実生活ではロマンスのほうがずっと楽しい。

著者よりひとこと

本編は《アルフレッド・ヒッチコックス・ミステリ・マガジン》の二〇〇五年四月号に掲載され、これでシャンクスはすくなくとも二回の登場となった。本編のアイディアがどこから来たかは忘れてしまったが、わたし自身は南カリフォルニアが嫌いだし、オリーブも大嫌いだ。

この短編でいちばん気に入っているのは（すこしばかり文学的な気取りにおつきあいいただきたい）、テーマが統一できている点だ。エドとコーラは例外と見なしてもいいかもしれないが、この短編の登場人物はみなロマンティックな衝動によって動かされている。頭のおかしい殺人者さえも。

それから、中年の作家夫妻に活発な夜の生活があるところも気に入っている。仲良きことは美しきかな。

シャンクス、強盗にあう

Shanks Gets Mugged

誰かがまぶしい明かりをレオポルド・ロングシャンクスの目に向け、馬鹿げた質問をしていた。

「いまの大統領は誰ですか?」

「ミラード・フィルモア」

救急隊員は、シャンクスをもっとよく見ようと懐中電灯を下げた。「誰ですって?」

シャンクスはため息をついた。真っ暗なマディソンの街角は、アメリカ史のクイズにつきあいたいような場所ではなかった。「冗談だよ。大統領はわかっているし、自分がどの町にいるかも、きょうが何曜日かもわかってる。ぼくがなくしたのは財布だ。正気をなくしたわけじゃない」

「これが標準的な手順なんですよ、ミスター・ロングシャンクス。側溝に倒れている男性を見つけたら……」

「犯人に突き飛ばされたんだ、それだけだよ。ひと息ついたら自分で立ちあがるつもりだった」

「……とくにあなたの年齢の男性の場合には……」

シャンクスは思いきり顔をしかめ、そのせいでさらに頭が痛んだ。「年齢がどう関係するっていうんだ？　五十歳になったとたんにエイリアン扱いされるなんて冗談じゃない。一度も購読したことのない雑誌が送られてきたり、割引を提供されたり、まるで施《ほどこ》しの対象みたいに……」

「サー？　病院までお連れしなくて、ほんとうに大丈夫ですか？」

「家まで乗せてくれれば充分だ。それから、きみ……」シャンクスは、退屈そうな顔でそばに立っている警官に向かっていった。「さっきいった特徴は覚えているね？　とくにスニーカーだ。白のハイトップで、横に二頭の狼のマークがついた……」

「ドス・ロボスです」警官がいった。「今年、ギャングのあいだで流行っているんですよ。この郡だけでも何千足も見つかります」

「しかしそのなかに、緑と赤のペンキが散ったものが何足あるっていうんだ？　やれやれ、メモも取っていないのか？」

そのとき、コーラの車がかなりのスピードで近づいてきた。救急隊から身も凍るような連絡を受けて、ブリッジのゲームを抜けてきたのだ。そのときの話はあとでたっぷり聞かされるんだろうな、とシャンクスは思った。「シャンクス、大丈夫？　頭をひどく殴られたって聞いたけど」

「ちょっと誇張があるね。強盗に突き飛ばされて頭をぶつけたんだ。もう大丈夫」

「ほんとうは病院に行ったほうがいいんですけど」救急隊員がコーラにいった。

「行かないわね」コーラは請けあった。

「まったくそのとおり」シャンクスがいった。

「この人、病院が怖いんだもの」

「おいおい、ちょっと待った！」

「いますぐ家に連れて帰ってあげるから」コーラはシャンクスの肩に手を置いていった。「だけどこんな時間に町なかで何をしていたの？」

「プロットを考えながら散歩していたんだ。以前は暗くなってからでもこの町は安全だった」

「古き良き時代は過ぎ去ったのよ、シャンクス。そのへんはわきまえないと。とくにあなたの年齢なら……」

「みんなそういうんだが、ほんとうにやめてほしいね。このくらいの年齢といえば、作家としてはピークに達したばかりだ」

「車に乗って、シャンクス。うちに帰って何件か電話をかけないと」

「電話？」シャンクスはコーラを凝視《ぎょうし》した。「ぼくが強盗にあったって、メディアに宣伝でもするつもり？」

コーラはいらいらと首を振り、運転席に乗りこんだ。「財布を盗られたんでしょ？　だったらクレジットカードを止めたり、いつも財布に入れて持ち歩いているような領収書とか請求書からわかりそうな相手に連絡を入れておかないと」

もちろんコーラのいうとおりだった。そう思うとなおさら腹が立った。

翌日は丸一日、路上強盗にあった余波として、書類仕事と格闘して過ごした。まったく、怪我に屈辱の上乗せか。免許センターに新しい自動車免許を取りにいくことなど、そういう〝お楽しみ〟のほんの一例にすぎない。

その後、〝念のために〟かかりつけの医師のところへ行くようにとコーラからいわれた。ドクター・クレブスは、シャンクスの額《ひたい》のこぶを見てもとくになんとも思っていないようだった。「心配しなきゃならないのは腹についたこぶのほうだよ、シャンクス。運動して、すこし体重を落としたほうがいい。とくにきみの年齢なら……」

ものごとがほぼふだんの状態に戻ると、シャンクスはやっと仕事を再開することができた。再開にあたって唯一の問題は、最新の小説のアイディアが手のなかですっかり縮こまって、死んでしまっていることだった。さらに悪いことに、これがもう三回もたてつづけに起こっていた。結局、書斎にこもって強盗のことをくよくよ考えるしかないのだった。

警察に電話をかけたが、すでに知っていることを確認しただけに終わった。たいした怪我も伴わない強盗事件の捜査は優先順位が非常に低いのだ。犯人が署名済みの供述書を手にぶらりと署に立ち寄ったりでもしないかぎり、警察の注意を引くことはなさそうだった。

というわけで、シャンクスはまたもやくよくよ考えていた。盗られた金額の問題ではなかった。クレジットカードその他もろもろを新しくするためにかかる手間の問題でもなかった。道義の問題だった。

若造にナイフを向けられ、財布を寄こせといわれたのだ。いや、正直になろうじゃないか。こういわれたのだ。〝財布を出せよ、じいさん〟。この言葉に刺されたのだった。

次作のいっこうに進んでいないコンピューター画面を睨《にら》んで、シャンクスは顔をしかめた。しょうがないな。いまは筆が進まないというなら、ほかに何ができる？

その夜、夕食の席でシャンクスはコーラにいった。「ずっと考えていたんだけど、やっぱりきみが正しいってわかったよ」

コーラは夫を凝視した。「あら。ちょっと鉛筆を取ってくる」

「なんで？」

「カレンダーのきょうのところにしるしをつけておこうと思って。毎年お祝いするの」

「ははは、おかしいね」

「それで、具体的にはわたしの何が正しいと思ったの？」

「作家ふたりが住むにはこの家は狭すぎるって文句をいっていたよね。しょっちゅうぶつかるし、どっちかが電話をしているときにもうひとりが邪魔になるし」

コーラは眉《まゆ》を寄せた。「何カ月かまえにそんなことをいったような、ぼんやりした記憶ならあるけど。あれはあなたがオペラ歌手の出てくる小説を書こうとして、インスピレーションを得るために最大のボリュームでステレオをかけるっていい張ったときじゃない？　それをいまになって、わたしが正しかったっていうの？」

「きみの叡知《えいち》が染みこむまでに時間がかかったんだ」

「みたいね。で、どっちが出ていくの？」

「ぼくがモリスタウンのあたりに小さな事務所を借りようかと思うんだけど。まあ、試しに何カ月か。どう？」

コーラは考えこむような顔をしていった。「いいんじゃない？」

「ほんとに？」シャンクスはもっと反対されると思っていた。

「もちろん」コーラはにこやかにいった。「そういう変化があなたの気分転換になるかもしれないから」

ああ、コーラはぼくがスランプを抜けだすための新しい方法を模索してると思っているのか。好都合だ。ほんとうに考えていることを説明するより、そのほうがはるかに簡単だった。

義兄のアドバイスを受けいれるくらい若くて愚かだったころ、シャンクスはコーラの兄のボブから何かビジネスをはじめるようにと説得された。ハリウッドがシャンクスの小説を買うようになって札束が洪水のように押し寄せてきたら、そのビジネスが税金対策になるはずだった。結局、ハリウッド・マネーは旱魃《かんばつ》とごく軽い霧雨の中間くらいの勢いでしか降ってこず、会社名義の書類仕事だけが残ったのだった。

シャンクスはその会社の名義でモリスタウンに小さな事務所を借りた。自宅から五、六キロのところにある建物の二階だった。椅子ふたつと机を家主が貸してくれたので、自宅からはコンピューターとファイルキャビネットをひとつ持ちこむだけでよかった。

そして次が大事だった――装飾品だ。作家に転身するまえ、コーラはしばらくのあいだ画廊を経営していたことがあり、予備の部屋にいまでも絵画を詰めこんであった。飢《う》え死にしそうな画家たちから買いあげたものだったが、シャンクスが絵を見たかぎりでは、そうした画家の多くは飢え死にして当然だった。コーラの許可を得て奇抜な絵画を何枚か選び、新しい事務所へ運んだ。それからニューススタンドでアート関係の雑誌を何冊か買った。

最後に、地元の新聞に載せる広告を書いた。

四月三日にモリス郡にて目撃された、ペンキ汚れのあるドス・ロボスの白いハイトップのスニーカーの持ち主に、**五百ドルの賞金を進呈する**。

四月三日は強盗事件の前日だった。広告の末尾には、会社の名前と事務所の電話番号を付記した。

この広告は日曜日に掲載された。そして月曜日、電話が鳴りはじめた。シャンクスが思ったとおり、スニーカーを自分の好きな色に塗って五百ドルをせしめようとする大勢の人々から電話がかかってきた。もちろん、全員が経費に見合った収入を得られずに立腹しただけに終わったのだが。

ひとりなど、あらゆる色の組み合わせを考えて何度も電話を寄こし、賞金を勝ちとろうとした。シャンクスは予備の質問を繰りださなければならなかった。「そのスニーカーは四月三日にモリス郡のどこで目撃されましたか?」

電話の相手には、何が正しい答えかわからなかった。

じつはシャンクスにもわからなかった。ただのはったりだった。だが、これで何人かの偽者をうまく追いはらうことができた。

火曜日の朝、女が電話をかけてきた。若く、ためらいがちな声だった。その女はブルックと名乗った。「どうしてそのスニーカーについて知りたいんですか?」

これは見込みありだ。仮に小説の一場面を書いているのであれば、まさにシャンクスが書きそうな台詞だった。「あるアートの企画のためです」シャンクスは説明した。「しかしまず、そのスニーカーが正しいものであるかどうか確認させてください。付着しているペンキは何色ですか?」

「赤と緑です。それはどういう企画なんですか?」

「電話で説明するには込み入った話でして。どうでしょう、そのスニーカーを持ってきていただいて、こちらで話しあうというのは?」

「スニーカーはわたしのじゃないんです。あなたはそれが男物か女物かも知らないの?」

「すみません。あなたがボーイフレンドか親戚にでも頼まれて電話しているのかと思ったのです。その男性にも一緒に来ていただいてかまいませんよ」

強盗犯がこちらを覚えている可能性も考えたが、まずないだろうという結論におちついた。マディソンの裏道で、シャンクスはレインコートを着て帽子をかぶっていたし、街灯の下で強盗犯に見られたのはほんの何秒かだった。もちろん、悪人にはシャンクスの運転免許証を見て顔を覚える時間くらいいくらでもあったが、なぜわざわざそんなことをする？　シャンクスはミスター・リプトンという名で自己紹介をすることにした。シャンクスのまえにこの事務所を借りていた人物で、まだ名前がドアに書いてあったからだ。

反対に、シャンクスのほうは強盗犯を見ればわかると思っていた。ブルックと名乗った女と一緒に来た男は、絶対にちがった。ポールという名の二十代前半とおぼしきその男は、年齢はだいたい一致したが、犯人より痩《や》せており、背も低く、脂《あぶら》ぎった髪は長すぎたし色も明るすぎた。

ポールはドス・ロボスのスニーカーを履いていたが、黒のハイトップで、見えるところにペンキはまったくついていなかった。

ブルックの年齢を判断するのはむずかしかった。もしかしたらまだ十八くらいかもしれないが、メイクと、たぶん生活苦のせいで、それより数歳は老けて見えた。

「五百ドルっていうのはほんとうなのか？」ポールが尋ねた。

「スニーカーがわたしの探しているものであれば。どうぞ座って。コーヒーか、紅茶でも？」

ポールは首を横に振った。ブルックは紅茶をお願いしますといったが、自分の言葉に自分で驚いているような声だった。

「わたしはね、大勢のアーティストの代理人なんですよ」シャンクスはそういって、おかしな具合にぴかぴか光っているキャンバスがいくつか掛かった壁を身振りで示した。「あの広告はクライアントのひとりから頼まれて出しました。いまのところまだクライアントの名前は明かせませんが、コンセプチュアル・アートやパフォーマンス・アートの作品を多く手がけている、ほんとうに才能のある芸術家でね。そのジャンルのことは知っていますか？」

客人ふたりは首を振った。ポールは顔をしかめて。ブルックは目を見ひらいて。

「そこにある雑誌にいくつか書いてありますよ」シャンクスはテーブルの上に広げておいた雑誌を指差した。こうした雑誌には、頭を剃《そ》って髪を詰めたバッグを一万ドルで売った新進の天才や、空《から》っぽの画廊のまえに立って、アートを見にきた人々に向かって卑猥《ひわい》な言葉を投げつけるだけの鬼才について書かれた記事が載っていた。

こういう自称レンブラント級のアーティストたちに比べたら、自分がいまから説明しようとしている企画はノーマン・ロックウェルのような軽いタッチのものだ、とシャンクスは思った。

「これがアートなのか？」ポールがいった。どうやらシャンクスが思ったより趣味はまともなようだった。

シャンクスは笑った。「それに金を出している人々にとってはそうなんでしょう。さて、わたしのクライアントはたまたま四月三日に恋に落ちました。そしてその経験に関するすべてのものから作品をつくろうと思いたった。そのとき自分が着ていた服、新たに恋人となった人が着ていた服、ふたりで入ったレストランのメニュー……」

「それがアートなのか？」ポールはくり返した。

「すてきじゃない」ブルックがいった。

シャンクスは賛成するような笑みをブルックに向けた。「それで、クライアントとその恋人が最初に言及したもののなかに、ふたりがともに目にしたスニーカーがあったわけです。当然のなりゆきとして、クライアントはそれも彼の立体芸術作品《アッサンブラージュ》に加えたいと思った」

「その代物を売るつもりなのか？」ポールが疑わしげにいった。

シャンクスは雑誌を身振りで示した。「驚かれるかもしれませんが、芸術作品だと思えば、人はどんなものだって買うんですよ。それで、問題のスニーカーは持っているんですか？」

「わたしたちの友達が」ブルックがいった。

「ああ、それならそのお友達に、スニーカーを持ってここへ来るようにいってください。四月三日に彼がいた場所と、わたしのクライアントが話していた場所が一致したら、五百ドルはあなたのものだと伝えてください」

「おれたちはどうなる？」ポールが尋ねた。

シャンクスはぼさぼさの眉を落として考えこんだ。「ふーむ。発見者への謝礼もあってしかるべきですね。通常なら十パーセント。だからスニーカーの購入が成立したら、あなたがたは五十ドル受けとることになります」

ポールは値上げの交渉をしたがったが、シャンクスはスニーカーの持ち主にかけあうべきだと提案した。その幸運な男性は友人にもおすそ分けをしたいと思うはずですから、と。

おなじ日の後刻、ふたりはその幸運な男を連れてきた。男は困惑しており、喧嘩腰だった。名前はカール・ネスミス。この男が強盗犯だろうか。シャンクスは迷った。

だが男が口をきくと、シャンクスは確信した。ポーカーフェイスを保つのも容易《ようい》ではなかった。ネスミスはシャンクスの記憶よりも身長が低かった——手のなかのナイフのせいで数センチ高く錯覚したのだろう——が、まちがいなくあの男だった。

シャンクスは、ネスミスの友人たちに話したのとおなじつくり話をくり返した。

ネスミスはほかのふたりほど興味を示さなかった。もちろん、シャンクス本人に対してもなんら興味を示さなかった。「これがその靴だ」ネスミスはいった。「金はどこだ?」

シャンクスはスニーカーを見て震えを抑えこんだ。蹴られるんじゃないかと思いながら、側溝に倒れたままこの醜いデカ靴を凝視していたのを思いだした。

「四月三日には、どこにいましたか?」シャンクスは尋ねた。感情のこもらない声を出そうと努めたが、警察が尋問するときのような声に聞こえたのではないかと思った——該当する日の夜中に、あなたはどこにいましたか?

ネスミスはいくつか場所を挙げた。酒屋、公園、雑貨店。ごく平凡な一日のようだった。強盗犯というのは阿片窟《あへんくつ》やギャングのアジトのような場所で一日を過ごすものではないのか?

「ああ、ヴェローナ・パーク。そこです、わたしのクライアントがスニーカーを見たのは。どうやら正しいかたのようですね」シャンクスはネスミスとその友人たちに向けてにっこり笑ってみせた。「小切手を切りましょう。あなたはこの書類に記入してください」

「書類ってなんだ?」ポールがいった。「書類のことなんか何もいってなかったじゃないか」

「ただの受領書です、標準的な譲渡証書ですよ。ご承知のとおり、これは芸術作品の一部になるものですから、きちんとした書類が必要なのです」

「どうして芸術家本人がこういう仕事をしないんだ?」ポールは尋ねた。いい質問だ、とシャンクスは思い、心のなかでポールに悪態をついた。

「芸術家タイプの人間がどんなふうかは、あなたがたもご存じでしょう」シャンクスはぼさぼさの眉をあげてみせた。「彼らはアイディアを思いつくだけで、あとの大変な仕事はすべて人任せなんです。そしてすべてが整ったら手柄は独り占め」

三人全員がうなずいた。どうやらそういうタイプの人間に心あたりがあるようだった。

「ほんとうに社会保障番号まで必要なのか?」ネスミスが尋ねた。

「すべて標準手続きの一部です」シャンクスは小切手にサインをしながら請けあった。ロングシャンクスとも、リプトンとも、ノーマン・ロックウェルとも読めるようなサインだった。


翌日、事務所をたたむ準備をしながら、シャンクスは自分が大きな面倒を背負いこんでしまったことにようやく気がついた。いまや犯罪者であることが確実な人間の名前と住所、それに社会保障番号まで知っているのだ。この情報をいったいどうしたらいい?

それをまだきちんと考えていなかった。

暗い路地で待ち伏せして、ネスミスを鉛のパイプで殴る？　シャンクスのスタイルではなかった。それに自分のような年齢の男が……やれやれ、自分でいっていれば世話はない。

もちろんマディソンの警察に知らせることもできた。この情報に基づいて法的に何ができるかはよくわからなかったし、仮に何かができるとしても、警察はそこまで手間をかける気にならないかもしれない。しかしそうなれば、すくなくともそれは警察の落ち度であって、シャンクスの落ち度ではない。

それに、いま気づいたのだが、もし警察が実際になんらかの行動を起こしたら、シャンクス自身がマンガのキャラクターか何かのように——ミステリ作家、自警団員になる！——ニュースに出るはめになるかもしれない。シャンクスだって、評判になるのはほかの作家に負けず劣らず好きだったが、それは小説が注目された場合であって、馬鹿げた売名行為のようなもので噂になるのはいやだった。〝マディソンのミス・マープル〟？　願い下げだ。

だったら、このまま黙っている？　その場合、モリス郡で強盗があったというニュースを読むたびに、自分が刑務所送りにできたはずの男がまた誰かから金品を奪った——あるいはもっとひどいことをした——のだろうか、とくよくよ考えることになるだろう。

しかし実際のところ、シャンクスは自分にネスミスを刑務所へ送る責任があるとは思っていなかった。人を更正させることについては、既存の法システムは決して成績良好ではないからだ。だが無防備に散歩をしているほかの人があの無骨者にナイフを向けられることのないよう、何かしら手を打たなければならなかった。

　自宅でコンピューターの荷ほどきをするころには、何をすべきかわかっていた。シャンクスは車で〈トゥルース・タウン〉へ向かった。

〈トゥルース・タウン〉は、一般的な市民が眉をひそめて「それって合法なの？」と問うような品物を専門に扱う店だった。ちなみにその問いの答えは、たいていはイエスだった――条件つきで。

　もし隣人をひそかに見張りたいとか、こっそり電話の通話記録を取りたいとか、娘の婚約者の身元調査をしたいと思うなら、〈トゥルース・タウン〉はそれにふさわしい装置と説明書を売ってくれる。怪しげな商品を購入するたびに、店主のサム・シリアーノは関連する法律のコピーもくれる。顧客が罪のない目的を追求する際に、うっかり一線を越えてしまわないように。

　奇妙に思えるかもしれないが、サムの顧客の大半はその道具を合法の範囲で使っていた。顧客には私立探偵や弁護士、それに警察官もいた。ときにはミステリ作家も。

「で、きょうはどんなご用かな、シャンクス？」サムはがっしりした体格の男で、髪は黒い巻き毛、鼻は斧の刃とおなじくらい大きくて尖《とが》っていた。

「去年、変声機を見せてくれたことがあったね。あれはまだある？」

「いいや。あのときよりずっといいモデルがある。テクノロジーの進歩は速いからね。このちっちゃい天使を見てくれ」サムはシャンクスの記憶にあるよりも小さくて洒落《しゃれ》た機械をぽんぽんとたたいた。「この新しいやつを使えば十種類以上の声が出せる。男の声でも、女の声でも。カメラはどうだい？　ネクタイのなかとか、靴のなかに仕込めるやつもある……」

「ありがとう、そっちはきょうはいい。だけどインターネットで個人情報を探すための最新マニュアルがほしい」

「それならすばらしいものがあるよ。新作のための調査かね？」

シャンクスは一方の眉をあげて答えた。「ほかにどんな目的があるっていうんだい？」

「そりゃそうだ」

「悪党がいたとして、そいつがウェブ上である個人のことを調べたら、どれくらいのことがわかる？」

「その悪党が何を知っているかによるな」

「じゃあ、彼がターゲットの名前と住所と電話番号、それに社会保障番号を知っているとしたら？」

サムは重低音の小さな笑い声をもらした。獲物に狙いを定めた野生動物のような声だった。

一週間後、カール・ネスミスはクレジットカード会社からの電話でたたき起こされた。電話の向こうから聞こえてくるのはいかにも事務員そのものといった声だった。単調な、機械的ともいえるような声。「ミスター・ネスミス、カードを止めさせていただきました。今週中にお支払いをいただけないようであれば……」

ネスミスは目をこすりながら身を起こした。「おいおい、なんの話だよ？　そのカードでは、そうだな、五百ドルくらいしか借りてないはずだぞ？」

「こちらの記録はおっしゃる内容とちがいます、ミスター・ネスミス。じつは最後の二回のお取引はわたしどものほうで停止するべきでした。お客さまのクレジット上限を優に超えて……」

「ちょっと待ってくれよ！」ネスミスは立ちあがり、散らかった室内を見まわした。「そのカードだったら、ええと、一週間は使ってないぞ」

「そんなはずはありません、サー。昨夜、リヴィングストンのレストラン〈シャトー・グリ〉で二名様分のディナーのお支払いを……」

ネスミスは激怒していった。「なんでだよ！　そのシャトーなんとかなんて店には行ったこともないんだぞ。誰かがカードを盗んだんだ」財布はバスルームのカウンターの上にあった。クレジットカードは運転免許証のすぐ横に入っていた。くそっ、とネスミスは思った。「たぶんそっちのミスかなんかだろう。カード番号は？」

事務員は番号を読みあげた。

くそっ。

「わかった、誰かがおれの番号を不正に使ったんだ。番号は合ってるが、おれは使ってない」

事務員は、こんなやりとりならもう何度も経験してきたといわんばかりにため息をついた。

「では、最新の明細をお持ちですか、サー？」

あればいいがと思いつつネスミスはいくつか紙の束をめくったが、見つからなかった。ちゃんと整理しておくべきだった。「こっちからかけ直す」

ネスミスは電話を切り、コーヒーテーブルの上のジャンクメールの山をあさった。見つからなかった。

また電話が鳴った。べつのクレジットカード会社だった。「あんたのところのカードは持ってないぞ！」

「それはどうでしょうか、ミスター・ネスミス」事務員がいった。お高くとまった女の声だった。「こちらにはお客さまの署名があるんですよ、先月カードをおつくりになったときの。お支払いの期限がきました」

「詐欺だ！」ネスミスは大声を出した。「金は支払先から回収してくれ」

女は声をたてて笑った。「それは無理ですよ、ミスター・ネスミス。お取引の大半は慈善活動への寄付です。そうした組織からお金を取り戻そうとした経験はおありですか？　払ったほうがましだと思うはずですよ」

「なんなんだよ？」

この魔女からの電話を切ると、ネスミスは明細を探すのをあきらめ、ビールを探しはじめた。すくなくとも、ビールはあるべき場所で見つかった。しかし缶をあけたとたんにまた電話が鳴りだした。

相手は金融会社だった。ネスミスの手形が不渡りになり、五時までに先方の事務所に出向かなければ、誰かがネスミスの車を回収しにくるという。その後、ネスミスは電話に出るのをやめたが、だからといって電話が鳴りやむわけではなかった。

　それから携帯電話が鳴った。この番号はほとんど誰も知らないはずなのに。ネスミスが受話ボタンを押すと、また知らない声が聞こえてきた。こんどは男だった。

「ミスター・ネスミス？　切らないでくれ。いい知らせだ」

「ああ？　なんだ？」

「きょうきみが受けた電話の相手はみな、名乗ったとおりの人間ではない」

　ネスミスはビールを落としそうになった。「マジか？　あんた、自分が何をやってるかわかってんのか？」

「将来、きみの身に起こりうることについて、ちょっとデモンストレーションをしただけだよ。いや、近い将来、確実に起こるといったほうがいいかな。ああ、まずこう尋ねたほうがよかったかな？　われわれがいまふりでやってみせたことを、実際にできるといったらきみは信じるかね？　もうわかっていると思うが、われわれはきみの社会保障番号も、クレジットカード情報も……」

「ああ、もうそれはわかってる。あんたらはハッカー集団かなんかなんだろ。それか、ＦＢＩとか？　それで、おれにどうしろっていうんだ？」

「非常に簡単なことだよ、ミスター・ネスミス。きみに違法行為をやめてもらいたい」

　ネスミスは大きく目を見ひらいた。「違法？　おれがなんの法律を破ったって？」

「多くの法律を破った。ああ、路上の二重駐車とか、税金をきちんと納めているかどうかなどは気にしないよ。きみが暴力行為に及ばなければ、われわれは満足だ」

ネスミスはビールを飲み終えた。頭痛がした。「あんたたちはいったい何者なんだ？」

「わたしは更生に強い興味を持つ組織の代表だ。われわれのところにはきみの活動の全記録があるんだよ、ミスター・ネスミス。警察も読みたがるはずだ、それは保証する」

そりゃそうだろうとネスミスは思った。いまやびっしょり汗をかいていた。「いったいなんなんだ？　強請《ゆすり》かよ？」

「そう呼びたいならどうぞ。われわれとしては、きみに選択肢を提示しているだけなんだがね。もしきみがまた法律を破るなら……まあ、逮捕されたときには余罪もすべて警察に明かされると思ってもらおう。その後、きょうの午前中にきみが受けたような電話が殺到する。ただしこんどは本物だ。警察からは逃げられるかもしれないが、債権者からは逃げられない」

「もうひとつの選択肢は？」

謎の声はもったいぶった間《ま》をおいてからいった。「きみが住んでいる町に専門学校がある。われわれの基金はきみのための口座を開設した。そこからきみが取りたいコースの一学期分の授業料が支払われる。ちなみに払い戻しはできないから、現金が手に入るとは考えないように」

ネスミスは痛む頭を抱えて尋ねた。「それがおれの選択肢だっていうのか？　学校に行くか、刑務所に入るか」

「そのとおりだ、ミスター・ネスミス。成績がよければその先の授業料も一部われわれが負担しよう。さて、どうかな？」

ネスミスはぜひとももっと酒がほしかった。こんな馬鹿げた電話はすぐにでも切って、何もなかったことにしたかった。あと一時間もすればポールが迎えにくるだろう。それからふたりで、盗品の携帯電話をいくつか手に入れた友人のアパートメントに向かうはずだった――

ネスミスは顔をしかめた。クレジットカード会社がまた電話をかけてくるのが聞こえたような気がした。それに警察も。

「その専門学校だけど」ネスミスはいった。

「なんだね？」

「自動車整備のコースはあるかな？」

シャンクスは電話を切り、変声機のスイッチも切った。これでネスミスが生活を変えてまっとうに生きるようになるかといえば、その可能性は低かったが、すくなくとも裁判所に送ったのと同程度の効果はあるのではないかとシャンクスは思った。いずれにせよ、警察よりよほど力を尽くしたとはいえそうだった。

シャンクスは机の一隅を占めている変声機に向かって顔をしかめた。たぶん、返品して金を取り戻すにはもう遅すぎるだろう。

金か。このちょっとしたいたずらのために、いくらかかっただろう？　変声機、賃貸のオフィス、強盗犯のための専門学校の授業料。ネスミスが強盗としてシャンクスから奪った金などまったく取るに足りないと思えるほどの金額だった。

それに、このいたずらに費やされたひと月という時間があった。執筆にあてるべきだった時間が。しかし最近のスランプを思えば、こちらはたいした損失ではないかもしれない。三本の小説がたてつづけに草稿の途中で行き詰まっているのだから。

自分が考えたこの入念な復讐計画は、べつの小説を書きはじめることから逃げるための凝《こ》った方法――スランプから目を逸らすための馬鹿げた気晴らし――にすぎなかったのではないか。シャンクスは肩をすくめた。なんであろうと、もう終わったことだ。おかげでもう余計なことは考えなくてよくなった。

折りたたまれた紙に向かって顔をしかめながら、コーラが入ってきた。「シャンクス、いまクレジットカードの明細が届いたんだけど。あなた、〈トゥルース・タウン〉でいったい何を買ったの?」

「ああ」どんないい逃れをするのも悪手に思われた。ことにすぐそばの机の上に証拠が鎮座しているとあっては。「変声機だよ。ほら、見て」

コーラは見た。とくに感心した様子はなかった。「また何かの小道具? 今月は厳しいのよ、シャンクス。しばらくは、いまあるおもちゃだけで遊んでちょうだいね」

「もちろん」シャンクスは、専門学校の費用を自分の個人口座から払っておいた幸運に感謝した。コーラはこの口座の金を〝怒り貯金〟と呼ぶ。コーラが怒ったときになだめるためのプレゼントを、シャンクスはふだんこの口座の預金で買うからだ。

「ふーむ」コーラは明細をたたんで変声機を見た。「これがあなたの役に立つといいわね、シャンクス」

シャンクスは一方の眉をあげた。「どういう意味？」

コーラは明細を持った手で機械をさしながらいった。「だって、この小道具はいま考えてる新作のために買ったんでしょ？　今年、あなたが苦労しているのはわかってる。だからこのアイディアが最高のものになるといいなと思って」

シャンクスはコーラを見つめた。頭のなかをいくつかのイメージが駆け抜けた、まるでページがめくれるように。〝ある男が強盗にあう。男は被害者支援グループに参加してほかのメンバーを説得し、復讐と犯人の更正のための入念な計画に助力を求め……〟。

心臓が激しく鼓動した。ここ何カ月かで初めて、キーボードをたたきたくて指がうずうずした。「そうだね、コーラ。ほんとうに最高の作品のひとつになるかもしれないよ」

書評家も読者も同意見だったようだ。『あなたの年の男なら』と題したシャンクスの新刊は、ここ何年かでいちばんの売れ行きだった。

著者よりひとこと

この短編は自転車事故から思いついた。家に向かって自転車で走っていたと思ったら、次の瞬間には真っ暗なトンネルでぼんやりした明かりを見つめており、誰かに名前を呼ばれていた。次いで明かりから引き離されるような、奇妙な感覚があって……

臨死体験について本が一冊書けそうだって？　残念ながら、トンネルは救急車の内部で、明かりは晴れた午後の戸外の光、声は誰が到着する予定かを病院に伝える救急隊員のもの、そしてうしろに引っぱられるような感覚はもちろん、ストラップで留められた担架ごと救急車の奥へ押しこまれたときのものだった。

だからベストセラーが書けそうな霊的な記憶はないのだが、脳震盪《のうしんとう》のおかげでこの短編の出だしを思いついた。

いくつかの理由から、シャンクスの話のなかではこれがいちばん好きでない。ほかの話とまったくちがうからだ。たいていの短編は昼食をとっているあいだとか、タクシーに乗っているあいだとか、長くても週末いっぱいでだいたい書きあがる。ところがこの短編には何カ月もかかった。それにネスミスの視点で語られるシーンがある。シャンクス側から書こうとしてもうまくいかなかったのだ。

それでもこの短編は《アルフレッド・ヒッチコックス・ミステリ・マガジン》の二〇〇五年十二月号に掲載され、多くの人が最後の段落を気に入ってくれた。正直にいって、わたしもここは気に入っている。

シャンクス、物色してまわる

Shanks on the Prowl

玄関の呼び鈴が鳴ったとき、レオポルド・ロングシャンクスは自分にいい聞かせた——これはただの悪い夢だ。しかし呼び鈴が三回鳴るにいたって、ようやく現実の世界がほんとうに自分の注意を引こうとしているのだと納得した。

シャンクスはコーラを見やった。午前二時に人の家を訪問する無礼な輩《やから》には気づかないまま、穏やかな寝顔をしていた。シャンクスが夜中の十二時に帰宅したときにも起きなかったし、いまも身動きすらしなかった。

シャンクスはバスローブをはおってよろよろ寝室を出ると、階段を降りて玄関へ向かった。ドアスコープから外を覗くと制服姿の女性警官が見えた。三十にはなっていないだろうという若さだったが、警官らしい外見はすでに身についていた。つまり、退屈そうな顔をしつつ、警戒は怠《おこた》っていない様子だった。

シャンクスはローブのまえをしっかり合わせ、ドアをあけた。「なんれしょう？」呂律《ろれつ》がまわらなかったが、なんといっても午前二時なのだから仕方がない。

「すみません、サー」警官がいった。「ちょっと一緒に来てもらえますか？　あなたの車が物《ブ》色《ラウルド》されたようなんです」

シャンクスは無意識のうちにこう答えた。「それは他動詞なのかな?」

シャンクスのしかめ面《つら》に、警官もしかめ面で応じた。「は?」

「〝プラウル〟は他動詞じゃないと思う。〝(人が)うろつく《プラウル》〟とも〝(人が)うろついている《オン・ザ・プラウル》〟ともいえるけど、〝車を物色する《プラウル》〟のようには使えない。〝車を微笑ませる〟といえないのとおなじだよ。自動詞は目的語を取らない」

警官はため息をついた。あるいは大きく息をしただけかもしれないが。「サー、あなたの車が車上荒らしにあったんです。一緒に来ていただけますか?」

行く気はあった。しかしまずは階上《うえ》に戻って着替えをしなければ。コーラは依然として目を覚まさなかった。シャンクスがうっかり衣類の引出しをうるさくしめても。それも二回も。

シャンクスの家には車二台分のガレージがあったが、実際には一台しか入らなかった。一方のスペースには運動器具や古い洋服の詰まった箱などといった、数年ごとに引っ越したり離婚したりする知恵のない夫婦がためこみそうなガラクタが詰まっていたからだ。

その夜はたまたまシャンクスの車が私道に出ていた。月二回のポーカーの会に出かけていたからだった。コーラはこれを〝ボーイズ・ナイト〟と呼ぶ――〝ボーイズ〟の部分を強調して。コーラの考えでは、五十代の男ならこういうものは卒業していてしかるべきなのだ。やれやれ。

シャンクスは自分のトヨタのある場所まで警官についていった。警官はデレスク巡査と名乗った。車はまったく異状ないように見えた。

シャンクスはデレスク巡査を見た。「この車に誰かが押し入ったというのは確かなのかな？」

デレスク巡査はうなずいた。「犯人たちをブロックの端で捕まえたんです、ミスター・ロングシャンクス。連中は……」

「シャンクスと呼んで。みんなそう呼ぶんだ」

「窃盗犯は〝ジミー〟を持っていました。ジミーというのは車のウィンドウに差しこんでロックをはずす道具で……」

「それが何かは知っている」相手の不思議そうな表情に答えて、シャンクスは肩をすくめた。「作家だから。ミステリを書いている」

「ああ、だったらどこかで名前を聞いたことがあるはずですね」

昔からよく口にされるこの手の社交辞令には〝知ったことか〟と答えるしかないのだが、午前二時とはいえ、警察官に対していうのに妥当な言葉とは思われなかったので、シャンクスはまた肩をすくめた。

シャンクスは車のドアをあけ、内部を見まわした。「ＣＤを入れたケースがなくなってる。十枚くらい入っていた。全部ジャズだった、盗品の分類に必要ならいっておくけど」

デレスク巡査はメモを取った。「ほかには？」

「見てすぐわかるものは何も。ああ、ここに小銭があったはずだ、パーキングメーターに入れるための。一ドルもなかったと思うけど」

「トランクの中身はどうですか？」

シャンクスの記憶では、ブースターケーブルが入れてあるだけだった。

デレスク巡査がさっきいっていたことがふと引っかかり、シャンクスは眉《まゆ》を寄せた。「この道の先で犯人を捕まえたなら、連中がうちにも来たってどうしてわかった？」

「犯人を捕まえたあとに警察犬を連れてきたんです」

シャンクスは巡査を凝視《ぎょうし》した。「なんのために？　犯人はとっくに捕まっているのに」

「犬に犯人たちのにおいをかがせて経路をたどり、犯人グループが立ち寄った家を割りだしました」

シャンクスは興味をそそられた。自分では絶対に思いつかなかっただろう。悪党を追いつめるために犬を使う、それならあたりまえだ。だが悪党をスタート地点として、連中の経路を反対にたどる？　犬を使ってバックすることができるなど考えたこともなかった。

これを最新作になんとか使えないだろうか。

警察は、逆戻りすることでシャンクスの家にたどりついた。シャンクスは、いま自分がどう感じるべきか考えていた。犯罪について長年研究してきた身であってみれば、侵害されたような、大きな怒りを覚えてもいいはずだった――若造どもに個人空間を荒らされた、といって。

しかし実際にはすっかり魅了されていた。夜中にこっそり通りを歩きまわって、車上荒らしをしているところを想像してみる。そこに足跡をたどる犬たちの登場だ。怒って無視するにはもったいないアイディアだった。

窃盗犯たちに会わせてもらうわけにはいかないだろうなと思うと非常に残念だった。ぜひともインタビューしたかった。

デレスク巡査はいつのまにか無線で緊急指令を受けていた。巡査は顔をしかめ、次いで肩をすくめた。「ミスター・ロングシャンクス、もうすこし時間をいただけますか？　巡査部長があなたと話をしたいそうです」


シャンクスとコーラはレナペヒル・レーン八〇番地に住んでいた。長い坂のあるブロックのてっぺん近くだった。デレスク巡査の説明では、犯人は十代で、自分たちの車を坂のいちばん下に停めて坂の頂上まで歩き、西側、つまりシャンクスの家のある側の通りを下りながら盗みを働いたらしい。

「パートナーとわたしでパトロールをしていて、このブロックはあと一軒、というところで捕まえたんです」

すでに警察車輛《しゃりょう》が何台か到着しており、人々は絶えずこちら側の家々を出入りしていた。大半が住人で、警官が同伴していた。バスローブ姿のまま出てこなくてよかった、とシャンクスは思った。

「何をしているんだろう？」シャンクスは尋ねた。

「わかりません」デレスク巡査は正直に答えた。

動きの中心はブロックの最後の家だった。そこの住人が照明をつけて私道を照らし、私道のまんなかには警察のハンヴィーが停まっている。警察が隣人たちを明かりの輪のなかへ連れていったり、そこから連れだしたりしていた。

シャンクスが到着すると、担当者はちょうどベン・カノーテ――レナペヒル・レーン八六番地の住人――との話を終えたところだった。シャンクスとカノーテは隣人同士だったが、友人ではなかった。何度か口論したこともあった。隣人の芝が一センチ伸びすぎているとか、隣人の音楽が一デシベルうるさすぎるといっては、ベンが市役所に苦情の電話をかけるからだった。シャンクスには、そんないいがかりを我慢するつもりはなかった。

「やあ、シャンクス」カノーテは、ちょうどクラスメートの陰口をたたいたばかりの男子学生そのものといった薄笑いを浮かべていた。

「こんばんは、ベン。何か盗られたものでも?」

「おれが? いや、おれの車には警報システムがついているからな。きみは?」

「王冠の宝石をいくつかね。破産ものだよ」シャンクスはカノーテに冗談をいうのが好きだった。ぜったいに通じないのだから。

警察の担当者はライス巡査部長と名乗った。どこに住んでいるか、何を盗まれたかについてシャンクスが二、三の詳細を話したあと、巡査部長は考えこむような顔をした。「ミスター・ロングシャンクス、あなたは作家なんですよね?」

「そのとおりです」

「犯罪小説をお書きになる」

「大半はそうです、ええ」

ライスはうなずいた。「これがなんだか、わかりますか」そういってライスは警察車輌のうしろに積みあげられた盗品のそばへ行き、覆いをめくって、輝く鋼鉄のどっしりした固まりをあらわにした。

「ワオ」シャンクスはいった。

「見分けがつきますか、サー？」

「セミオートの機関拳銃みたいですね。光沢仕上げ。ＰＣＫですか？」

ライスは感心したようだった。「そのとおり、ＰＣＫ４４０です。銃に詳しいんですね」

シャンクスは肩をすくめた。「こういう仕事をしていると、すこしは知らなきゃならないんですよ。世のなかには銃の描写のまちがいを見つけるためだけにミステリを読むような人もいますから。そういう人たちは、一語でもまちがえれば何カ月もメールを寄こすんです」

「では、銃を何か実際に所持していますか？」

シャンクスは首を横に振った。「ひとつも持っていません。銃について書くのに、所有する必要はありませんからね。これは合法の銃なんですか？」

「いいえ。しかしわれわれが逮捕した若い犯人たちは、この近隣の車のトランクで見つけたといっていまして」

シャンクスはまばたきをした。「レナペヒル・レーンで？　違法の機関拳銃を？」

巡査部長はうなずいた。

「どの車ですか？」

「それが問題なんです。犬の反応を見るかぎり、犯人はすくなくとも八軒に立ち寄っています。しかしどの家に銃があったかは覚えていない」

「ぼくのものではありませんよ、そうお考えなら先にいっておきますが。犯人たちはほんとうのことを話しているんでしょうか？」

ライス巡査部長は皮肉交じりの笑みを浮かべた。「すこしでもトラブルが減るなら、彼らは喜んで協力しますよ。ところがそれも問題なんです。犯人ふたりがそれぞれべつの家を挙げているんですが、どちらもあまり確信がないようでして。これを法廷に持ちこむとなると……」

ライスは言葉を切り、首を横に振った。

シャンクスにも何が問題かはよくわかった。犯人ふたりは、実質的に〝あんたたちのほうで車を特定してくれ、おれたちはそれに同意するから〟といっているも同然なのだ。警察がこれをそのまま地方検事のところへ持っていった場合、そしてその地方検事が正直な人物だった場合、検事はどちらの犯人のことも証言台に立たせることができない。だが、もし警察が独力でどの家か特定できれば、検事への報告にしっかり事実を反映できる。

「隣人のなかに、銃を所有している人はいませんか？」ライスが尋ねた。

シャンクスは懸命に考えた。暗くなった周囲の家々を眺め、いまも人影が坂を上り下りしている様子を眺めた。典型的な郊外の住宅地だな、とシャンクスは思った。十年もこの家に住んでいるのに、おなじブロックの住人の半分は名前と顔が一致しない。

「カブリッツィ一家かも」シャンクスはようやくそういった。「釣りをするんですよ。狩りもするかどうかは知りませんが」

「そのご一家はどこに住んでいるんですか？」

シャンクスは通りの向こうを指差した。

ライスは首を横に振った。「犯人がいうには、ブロックの西側から出なかったそうです。犬の反応も犯人の言葉と矛盾しません。西側、つまりあなたがお住まいの側です。こちら側の住人について、何か思いつくことはありませんか？」

何もなかった。ベン・カノーテを指名する理由が見つかればよかったのだが、何も思いつかなかった。「ひとつ見つかったんだから、銃はもっとあるかもしれない。捜索令状を取って……」

巡査部長は首を振った。「半ダースもの家宅捜索のための令状を？　そのうちの一軒が銃を所持していたかもしれないというだけで？　そんな令状を出す判事はいませんし、また、出すべきでもありません」

ライス巡査部長はため息をついて、名刺を引っぱりだした。「もし何か思いついたら連絡をください、ミスター・ロングシャンクス」

シャンクスが坂を上っていくと、下りてくる巡査とすれちがった。「デレスク巡査、除外できた家はあるのかい？」

デレスクは顔をしかめた。「まさか探偵ごっこをするつもりじゃないでしょうね？」

「とんでもない。おやすみ」

家に入ると、コーラがバスローブをはおって廊下に立っていた。「シャンクス、午前三時よ。年甲斐もなく、朝方までカードゲーム？」

「何時間もまえに一度帰ってきてるよ、コーラ」

「じゃあ、外で何をしていたの？　それに、あなたがしゃべっていた相手は誰？」

シャンクスはため息をついた。「警官だよ。ぼくの車が物色されてね」

コーラは顔をしかめた。「それ、他動詞だった？」

やはり妻も作家なのだった。


コーラに全部話すことができたのは、遅めの朝食のときだった。「マシンガンが何挺《ちょう》も？　レナペヒル・レーンに？」

「機関拳銃が一挺だけだ」シャンクスは訂正した。「それにマシンガンっていうのは完全にオートマチックなんだ。見つかった機関拳銃はセミオートで……」

「こまかいことをいわないで、シャンクス。わたしが何をいいたいかはわかるでしょ。まともじゃないわ。この近隣で……ねえ。ここはわたしの領分であるべきなのに。あなたの領分じゃなくて」

コーラのいっていることはシャンクスにもわかった。コーラはミステリ作家ではなく、ロマンス作家だった。

「残念ながら、犯罪はもう街の路地裏だけでおこなわれるものじゃないってことだ」シャンクスは立ちあがった。「ちょっと散歩に出かけてくる。一緒に来るかい?」

コーラは身を震わせた。「野外の戦闘地帯に? 遠慮しとく。新作のアウトラインと格闘してるだけで充分危険だっていうのに」

というわけで、シャンクスはひとりで歩きまわった。問題のブロックの坂を上ったり下りたりしながら、知っている隣人やまったく知らない隣人について考えた。

誰が違法の銃を持っていそうか、しかもその銃を車のトランクに置いておきそうか。それがわかるほどここの住人たちをよく知っているふりをしてみても仕方ない。だが、何か自分にもわかることがあるはずだ。


シャンクスが帰宅したとき、コーラは仕事部屋で忙しくしていた。シャンクスは自分の仕事部屋に行き、警察署に電話をかけた。そしてデレスク巡査と話がしたいと伝えた。

「ちょうど勤務を終えるところだったんです」デレスクはいった。「ライス巡査部長に話してください。この事件の責任者ですから」

「きみに話すから、きみから部長に話すといい。あの銃はレナペヒル・レーン六四番地から出てきたんだと思う」

一瞬の間《ま》があった。「ミスター・ロングシャンクス、何をしたんですか?」

「通りを歩いただけだ。まえに確認したときには、それをするのに警察のバッジは必要なかったはずだけど」

デレスク巡査はため息をついた。「そうですね。どうしてその家だと思ったんです?」

「消去法だよ。窃盗犯はブロックのいちばん上から取りかかった。つまりレナペヒル・レーンの一〇〇番地だ、そうだね?」

「だと思います」

「ふたりが銃を見つけたのはその最初の家じゃない」

「なぜですか?」

「だって最初の家だからさ。最初の家なら犯人も容易《ようい》に覚えていられる」

巡査は考え考え答えた。「なるほど。理《り》にかなっていますね」

「その隣に住んでいるのはヒッピー一家だ」

「なんの一家ですって?」

「ヒッピーだよ。名前は知らないが、夫のほうはビジネススーツにポニーテールという格好をしている。それに毎年クリスマスになると、玄関のドアにピースサインの電飾をつける」

「で、ピースサインを飾るくらいだから銃は持っていないだろうっていうんですか?」巡査の声には明らかに嘲《あざけ》りが交じっていた。

「ちがうよ、あの家の私道にある車はフォルクスワーゲン・ビートルなんだ。それも七十年代モデルのオリジナルだ、リメイクじゃなくて」

「だから?」

「だからトランクがまえなんだよ、エンジンはうしろに積んでいる。そこから盗ったなら犯人たちも覚えているはずだ、そう思わない?」

間があった。「つづけてください」

「次はベン・カノーテの家だ。カノーテはいつも自慢ばかりしているんだが、車の防犯アラームの自慢もしてる。アラームの点滅光が見えただろうから、窃盗犯たちはその車はとばしたはずだ。でなければ、近所じゅうにアラームが鳴り響いただろう」

「うなずけますね」

「その次がぼくの家だ。銃がなかったのは自分でわかっているけど、それでは警察は納得してくれないだろうね」

「そうですね。でも、とりあえずほかの家に進みましょうか」

「うちの反対隣はスプリーウェル一家で、車はSUV。これもトランクがない。窃盗犯は車体後部をあけてものを盗んだはずだけど、あれをトランクとは呼ばないだろう」

「いい指摘ですね。先をつづけてください」

「次がレナペヒル・レーン六四番地。そこが銃のあった家だ。ぼくの記憶が正しければ、女性が息子と一緒に住んでいる。息子は十一歳か十二歳。どちらが銃の所有者かはわからない」

「オーケイ、つづけてください」

「次の家は、ピックアップトラックだ」

「トランクがありませんね」

「そのとおり。そしてその次の家を最後に、連中は捕まった、そうだね?」

「だと思います」

「銃が出てきたのが最後の家なら覚えているはず。そうじゃないかな?」

すこしのあいだ、沈黙がおりた。「全部筋が通っていると思います。どこまで持ちこたえるかはわかりませんけど」

「まあ、ライス巡査部長に伝えてみることだ。ぼくの名前は出さないように。いいね?」

「そうなると、捜査が二軒に集中することになりますけど。あなたの家と……」デレスク巡査は紙をぱらぱらめくってつづけた。「アイクワース家に。これがレナペヒル・レーン六四番地に住む一家の名前です」

「調べればいい」シャンクスはいった。「ぼくなら捜査されても大丈夫だから」

シャンクスは、午前中の残りの時間を最新作のある章を書き直して過ごした。悪党がひとり死んだあと、カドガン警部のすばらしいひらめきによって、警察犬の力で悪党どもの隠れ家を探しだすことにしたのだ。

芸術は人生を模倣する。なぜなら、人生は盗作で作家を訴えたりしないからだ。

なかなか生産的な数時間を過ごしたあと、気がつくと、会話のなかに読点を打つか打たないかで堂々巡りをしていたので、休憩を取ることにした。

コーラは電話中だった。郊外の住宅地で発見されたサブマシンガンの話を友人に聞かせているのだろう。シャンクスは外に出て郵便箱を確認した。

坂の下を見渡すと、警察車輛が三台見えた。もちろん、レナペヒル・レーン六四番地を中心として停まっていた。

自分には関係のないことだ、とシャンクスは思ったが、体はすでに坂を下りはじめていた。犯罪現場——とシャンクスが見なした場所——を通り過ぎ、ブロックの端まで歩いた。近隣をぶらぶら歩いている住人はひとりだけだった。坂を上って戻る途中で——なぜこの坂は年々勾配がきつくなるんだ？——顔見知りの女性が玄関のドアから出てくるところを見かけた。

「デレスク巡査、きみは非番になることがないのかな？」

巡査はシャンクスを見て驚いた顔をした。「特別な場合ですから、ミスター・ロングシャンクス」

巡査は肩越しにふり返り、シャンクスを警察の車から引き離した。「あなたのところに捜査の手が及ぶ心配はなさそうです」

「アイクワース一家が自白した？」

デレスクはうなずいた。「あなたが覚えていた十二歳の少年は、十九歳でしたけどね」

「ほんとに？」シャンクスはぼさぼさの眉をあげた。「時が経つのはほんとうに早いな」

「捜査でほかの家がほぼ除外されたことを知らせてひと押ししたとたんに、ミズ・アイクワースは……」巡査はシャンクスと目を合わせずにつづけた。「降参しました。息子が銃を所有していたんです。それを彼女が家に持ちこませなかった」

「だから車に置いてあったんだね。そもそもなんでそんなものを持っていたのか、息子は説明したのかな？」

デレスク巡査は肩をすくめた。「インターネットで通販の事業をはじめたかったんだといっています。商品のなかにいくつか違法のものがあるとは知らなかった、と」

「いくつか？　なんのことだい？」

「すぐに新聞に載りますよ、たぶん。息子は家の地下室に母親の知らないものを隠していたんです」

「銃を？」

「銃、サイレンサー、その他もろもろ」デレスク巡査は笑みを浮かべた。「自宅の近所にあるなんて知りたくないようなものが」

「洒落《しゃれ》にならないね。まあ、きみが解決してくれてよかった。じゃあ、これで」シャンクスは自宅へと向きを変えた。

「ミスター……あの、シャンクス」

シャンクスはふり向いた。「何かな？」

デレスク巡査は困ったような顔をしていた。「わたし、あなたに失礼なことをいいました。探偵ごっこをするな、とか」

「ああ。きみは自分の仕事をしただけだよ」

「そうです。だけど、どうしてわたしに情報をくれたんですか？　ライス巡査部長に直接いわずに」

シャンクスは顎《あご》を掻いた……「きみのキャリアの助けになるかと思って」

「確かにマイナスにはなりません。だけど、なぜわたしに？」デレスクは戸惑ったような声でいった。

「ちょっとしたお詫びのしるしだよ」シャンクスは肩をすくめた。「辞書で確認したんだ。〝プラウル〟は他動詞として使われることもある。〝暗い路地をうろつく《プラウル》〟ともいえるし、〝青いトヨタを物色する《プラウル》〟みたいな使い方もできるんだ」


コーラはキッチンで夕食をつくっていた。材料から判断するに野菜料理で、ボリューム満点というわけではなさそうだったが、ともかくおいしそうなにおいはしていた。

「郵便箱に何か興味をそそるようなものはあった？」コーラが尋ねた。

「もっとクレジットカードをつくりたいならね。ブロックをちょっと行ったところの緑色の家のまえにパトロールカーが来てる。銃はあの家の人たちのものだったみたいだ」

「アイクワースさん？　あの男の子はいま何歳だっけ。十七？」

「十九だ」シャンクスはキッチンテーブルに向かって座った。「コーラ、ぼくたちは近所の人たちのことをもっとよく知るべきだよ」

「そうね」コーラは白人参《パースニップ》だか蕪《ターニップ》だかを刻みつづけた。「テーブルの上を見て」

シャンクスは見た。コーラが書きあげてプリントアウトしてあったのは、このブロックで親睦会をひらく相談をする会合の招待状だった。

「完璧だ。きみは美しいだけでなく頭もいい」

「それに料理も上手」そういいながらコーラはフライパンにニンニクを入れた。「日程はそれでいい？」

コーラの計画では、会合はシャンクスの次のポーカーの日と重なっていた。ポーカーはおあずけだ。

シャンクスはため息をついた。「かまわないよ、コーラ」

ふたりとも隣人のことはあまり知らなかったが、お互いのことはよくわかっていた。

著者よりひとこと

最初の場面は事実に即している。警官がシャンクスについてくるようにいう直前までは。唯一のちがいは、警官に起こされて〝あなたの車が物色《ブラウルド》されています〟といわれたときに、〝プラウル〟は他動詞だったっけ、と尋ねる度胸がわたしにはなかった点だ。考えはしたのだが。

ここで作家がカーテンの内側に隠しているものをちょっと覗いてみよう。なぜこの短編のタイトルは「シャンクス、物色《オン・ザ・プラウル》してまわる」なのか？　「シャンクス、徘徊《はいかい》する」のほうがほかのタイトルとも合っているのに。じつはこれは狙って選んだタイトルなのだ。

デレスク巡査はこの話の最初から最後まで、自分に対するシャンクスの親切心にすこしばかり不安を感じている。自分が話をしているのは、制服姿の若い女に不健全な興味を持った中年男ではないだろうか——そういう男と話をするのは、これが初めてというわけでもない。だから終始無愛想で事務的な態度だった。

もちろん、こうしたことはすべて表立って書いてあるわけではない。はっきり問題が見えているわけではないが何かある、と漠然と読者に気づいてもらいたい部分だ。

〝オン・ザ・プラウル〟というフレーズには、〝恋人を求めてうろつく〟あるいは〝ナンパして歩く〟といった含意がある。だから読者の意識をそちらへ誘導しようとしてつけたタイトルなのである。

もちろん、デレスク巡査はまちがっていた。シャンクスはその手の火遊びはしない。ラストで明らかになるように、シャンクスの動機は動詞についてまちがったことをいった気恥ずかしさと関係があった。

ちなみに巡査の名前は、わたしの友人であり司書仲間でもあるジョー・デレスクからもらったものだ。こちらのデレスクは、ミス・ズーカスという主人公が活躍するすばらしいミステリのシリーズを書いた作家でもある。
本編は《アルフレッド・ヒッチコックス・ミステリ・マガジン》の二〇〇六年五月号に掲載された。

シャンクス、殺される

Shanks Gets Killed

レオポルド・ロングシャンクスは〈ミステリ・ウィークエンド〉がまるで好きになれなかった。確かにシャンクスは探偵小説を書くことを生業《なりわい》としていたし、それをなかなかうまくこなしていた――自分ではそのつもりだった。なのになぜミステリファンというのは、独自に新しい探偵小説を考えて、それを演じたりするのだろう？　こちらのほうがおもしろいといわんばかりに。

シェイクスピアにだってひとりやふたりのファンはいただろうが、そのファンたちはマクベスやフォルスタッフのような扮装《ふんそう》をして、新しく考えた独白をいきなり披露したりはしなかった、そうだろう？　もしやるとしても、すくなくとも詩人《バード》その人に参加を求めることをしない程度には礼儀をわきまえていた。

それなのにシャンクスはといえば、そんな大騒ぎのために週末をひとつ失おうとしている。だがこの問題についてシャンクスに選択の余地はなかったので、せめてしのごのいわずにお行儀よくつきあうしかなかった。

「まったくひどい騒ぎだよ、うんざりだ」シャンクスはそういい放った。

「仕方ないじゃない」コーラはいった。運転しているのはコーラだった。シャンクスにハンドルを握らせたら、ついうっかりまちがった郡に到着してしまうだろうと判断したからだった。

もちろん、シャンクスがこんな週末を迎えようとしている原因は妻のコーラにあった。〈ミステリ・ウィークエンド〉は、コーラの兄の死因となった病気を撲滅《ぼくめつ》するためのチャリティ活動としては、気のきいたアイディアだった。コーラにいわせれば、悪いことにはならないはずだった。だが、もしディクシー・トレイナーが――ディクシーはこうしたイベントを取り仕切るのが好きな、おおいに変わった女だが――今年はチャリティの著名人ゲストにカエルの格好をしてもらうと決めたら、シャンクスは緑色の顔料に慣れるか、それがいやなら離婚を申したてるしかないのだった。

「なぜぼくが被害者にならなきゃいけないんだ」

「ディクシーが気を使ったのよ。あなたがこういう室内ゲームを好きじゃないって知ってるから、あなたのパートがすぐに終わるようにしたの。そうしたら、あなたは残りの週末を好きに過ごせるでしょ」

「ほかのみんなが忙しくしているあいだにかい」もしかしたら、いくらか仕事ができるかもしれない。

「それに、役についている人は演技をしなきゃならないのよ、シャンクス。あなたそういうのはまったく駄目でしょう」

その悪口に反応できずにいるうちに、コーラは指差していった。「あ、ここよ」

看板には〈石楠花《しゃくなげ》荘〉とおかしな綴《つづ》りで書いてあった（原文ではMountain Lorrel Inneという綴り。正しくはMountain Laurel Inn）。これもいらいらすることのひとつだった。商売に使う名前をわざとまちがったスペルで書くことを格好いいと思う人々がいるのだ。骨董屋などもそんなふうに綴られることがある（原文にはOlde Tyme Kurio Shoppeとある。正しくはOld Time Curio Shop）。

まちがった綴りのその宿は、百年ほどまえに農家として建てられたものらしかった。農業は順調だったようで、長年のあいだに部屋がいくつも増築されていた。それがいまや古風な趣《おもむき》をたたえ、渋滞のない週末を求める都会人たちに人気のリゾートホテルとなっていた。

コーラはシャンクスに先立ってインド更紗やレースの敷物がいたるところに置かれたロビーを横切り、やけに大柄な男のいるカウンターへと向かった。男はふたりを見て驚いた顔をした。まるで、見知らぬ人間がチェックインしようとしてチェックイン・カウンターに向かうことが思いがけないことであるかのように。

男はウォルター・ロレル（Lorrelという綴りの姓）と名乗った。これで宿の綴りの理由がわかったわけだが、このフットボール選手のような体格のロレルが自分の名前から石楠花を連想することはあるのだろうか、とシャンクスは思った。

それにしても、石楠花は緊張したりはしないものだが、ロレルは緊張していた。「レオポルド・ロングシャンクスとコーラ・ニール」ロレルはそう復唱し、キーボードをたたいた。「えと、おふたりはスタッフですか、ゲストですか？」

スタッフ？　床を掃いてベッドメイクをしてくれといわれるのではないかと思い、シャンクスは一瞬面食らった。コーラのほうが反応が早かった。「わたしたちは出演者です。だからきっとスタッフね。参加費を払って来る人たちがゲストなんでしょう」

「ああ」ウォルター・ロレルがいった。「そうです、そのとおりです。ミズ・トレイナーから、あなたがたのことは西棟に案内するようにといわれています。ミズ・トレイナーは――その、あなたがたは本物のお客さまがたとは離れていたいかもしれない、と」

いい考えだ。金を払ってこのイベントに参加するのは、たいていは熱心なミステリファン――全員に神の祝福がありますように――なのだが、ファンには気力を挫《くじ》かれることもあった。とりわけ、著書を知っていることと作家自身を知っていることとを混同するファンには。

ロレルからキーをもらい――古いタイプの大きなキーで、ロレルはそれを二回も落とし、方向感覚を失って東のほうを指差した――ふたりは自分たちの部屋を見つけて荷ほどきをはじめた。

すぐにノックがあり、邪魔が入った。ディクシー・トレイナーは明るい目をした弾丸のような女で、短い髪は明るいブロンドに染められていた。「コーラ！　シャンクス！　遠いところをわざわざありがとう」ジョージア生まれのディクシーには、かすかに訛《なま》りが残っていた。

「もちろん、絶対来るに決まってるじゃない」コーラがいった。

シャンクスは礼儀正しく微笑んで、あとのことはあえて沈黙に語らせた。

誰かが自分の存在を主張するわざとらしい咳ばらいをした。三人がふり向くと、ディクシーについてきた若い男が立っていた。

「ああ、おふたりさん！　チェット・チャップリンを紹介させて。チェットはすごい才能の持ち主で――」母音を引きのばした、南部人らしいゆったりした話しぶりでディクシーはいった。「――今回の企画は全部チェットのおかげで実現したの」

そのすごい才能の持ち主は二十代で、くせのある黒い髪とみすぼらしいヤギひげを生やしていた。プラスティックの黒いフレームに分厚いレンズのはまった眼鏡をかけている。「どうも」

ディクシーがコーラに週末の詳細を話しはじめたので、シャンクスは新しい知り合いのほうを向いた。「この企画のために、きみは具体的には何をしたのかな？」

「ああ、〈ミステリ・ウィークエンド〉のためのストーリーを書きました。『暗闇のなかの死』というんですが」

「じゃあ、きみも作家なのか」

「僕が？　ちがいます、プログラマーですよ。でもRPGが趣味なんです」

シャンクスの眉《まゆ》があがった。「RPGっていうのは？」

「ロール・プレイング・ゲームです。だいたいいつもシナリオを書くかプレーするかしてますね」

「〈ミステリ・ウィークエンド〉がそんなにたくさん実施されているとは知らなかったよ」

「ミステリ？　ちがいますよ、今回のはほんの小さな仕事です。いつもはファンタジーが多いんです。ドラゴンスレイヤーとか、バンパイアとか」チェットはシャンクスに向かって顔をしかめてみせた。「魔力を持たないキャラクターを使ってプロットをつくるのはほんとにたいへんでしたよ」

「魔力を持たずに暮らすっていうのもたいへんだよ」シャンクスはいった。「じゃあ、いままでにミステリをたくさん読んできたのかな？」

「僕が？　まさか。ディクシーがほかの〈ミステリ・ウィークエンド〉のあらすじをいくつか読ませてくれました。それで充分だからっていって」

シャンクスはため息をついた。

ディクシーと、彼女のお気に入りのコンピューターおたくが立ち去ったあと、シャンクスとコーラは腰をおちつけて、演じることになるはずのキャラクターの説明を読んだ。シャンクスの役は簡単だった。約束どおり、すぐにくたばることになっていたからだ。しかしコーラの役柄のプロフィールは何ページにも及んだ。

コーラは顔をしかめた。「これはひどい」

幸せな結婚生活がこんなに長くつづいている理由のおよそ半分はシャンクスにあったので、「だからいっただろう」などという言葉が口をついて出ることはなかったし、それに類する言葉が脳みその端をかすめることさえなかった。「ふーん？」シャンクスはそういっただけだった。

「わたしはロマンス作家の役なんだけど――」

「はまり役だね」コーラは実際にロマンス小説を書いていた。もっとも、女性小説という呼び名のほうが好きだったが。

「だけどその作家の人生ときたら、最悪のロマンス小説そのものなの。ううん、それより、つまらない連続ドラマといったほうがいいかも。高校のころの恋人は飛行機事故で消え、最初の夫は轢《ひ》き逃げ事故で死んで犯人は捕まっていない。彼女自身は、毎年ヴァーモント州の小さな町へと謎の訪問をしている――で、わたしはこの情報を全部何気なく会話に紛《まぎ》れこませなきゃならない。どうしたらそんなことができるの？」

「きみならきっとうまい方法を見つけるさ」

コーラは首を横に振った。「あのチェットって男の子、自分が何をしてるかわかっていないのね。ディクシーに最初の計画のまま進めてもらうべきだったわ」

「それはどんな計画だったんだ？」

「あなたにシナリオを書いてもらうのよ」

シャンクスは小さな幸運に感謝した。


午後の遅い時間になるころには、大半の著名人――ミステリ作家とその配偶者――が到着しており、西棟の談話室に集まってディクシーの激励の言葉を聞かされていた。シャンクスは似たような考えの友人数人とベランダに抜けだして、ホテルの向こうの林檎の木立を眺めていた。

「一体全体、なんでおれは説得されちまったんだ？」エド・ゴッドウェンがいった。エドはテクノスリラーを書いており、ほかの全員を合わせたよりも稼いでいた。

「それは」妻のジーンがいった。「あなたが殺人罪で逮捕されたとき、シャンクスがあなたを助けてくれたからでしょ」

「ああ、やれやれ。そのとおりだ」エドは悪意に満ちた視線をシャンクスに向けた。「まあ、これで貸し借りなしだ」

「まちがいなく」シャンクスはいった。

エドはキューバ産のシガーに火をつけた。ホテルは禁煙だったが、エドの独断によればベランダは除外されるのだった。

「あなたはどうしてここにいるの、ロス？」ジーンが尋ねた。

ロス・ペリー――スパイ小説の書き手――は肩をすくめた。「コーラのせいだ。自然の猛威のような女性だよ」

「コーラが主催だからさ」シャンクスが説明した。「チャリティについては強引になることもあるんだよ。もしぼくが――」

「シャンクス！」話題の女性がドア口に現れ、きつい声で呼びかけた。「みんなも入って。もうはじまってるわよ」

「お客さんとご対面の時間ってわけね」ジーンがいった。

大勢の本物の客が到着していた。みなホテルの部屋代に募金分を上乗せして支払っている。シャンクスは大きな書斎を見まわして、ファンとマニア、作家志望者とゲームプレイヤー――

後者はバンパイアを討伐する一団にいるほうが幸せそうだ――を見分けようとした。全員が、チャリティのロゴのついたキャンバス地の大きなバッグを握りしめていた。バッグのなかには、この週末の活動に使う書類が入っている。

ディクシーは立ちあがって客人たちを迎えた。「みなさんにおいでいただけてとてもうれしいです。ご存じのとおり、この週末には犯罪が起こります。それを解決するために、みなさんの助けが必要です。そして謎を解いたかたにはすばらしい賞品が贈られます。チェット、お見せして」

部屋の奥に、チャリティ支援のためのパンフレットが積みあげられたテーブルがあった。シャンクスが見たところ、パンフレットの山は医療情報に関するものと寄付のお願いときちんと分けられていた。

チェットはそのテーブルの向こうに立っていた。そして大仰に銀の盆のふたを持ちあげた。いままでに何千本ものつまらない映画で何千人もの執事がくり返してきたようなしぐさだった。チェットが持ちあげた盆の中身は、カバーのない、表紙のひどくすれた小さな本だった。

「紳士淑女のみなさま」ディクシーが厳《おごそ》かにいった。「これはダシール・ハメットの傑作、『マルタの鷹』の初版本です」

適度な歓声があがった。

「この稀覯本《きこう》は、わたしたちの組織の匿名《とくめい》の支援者から寄贈されました」ディクシーは微笑んだ。「はっきりいって、札束ひとつ分くらいの価値はあります。みなさんは、犯罪の謎を解くだけでこれを勝ちとることができるのです」

ディクシーはいま一度、全員にルールを説明した。作家たちが役についているのは特定の時間内で、質問をしていいのはそのときだけ。それ以外の時間の尋問は厳禁だった。

作家たちは、夕食の会場ではあちこちに散らばって愛想よくふるまうよう命じられていた。

シャンクスとコーラは四人の一般読者とともにテーブルを囲むことになっていた。自分でも気づかないうちに、シャンクスは彼らを顧客と見なすようになっていた。

四人のうちのふたりは遅れて駆けこんできた。「飛行機が遅れちゃって」二人組の女のほうがシャンクスに説明した。「それに信じられます？ 航空会社に荷物をなくされたんですよ」

シャンクスには、まず飛行機というのが信じられなかった。「ここまでわざわざ飛行機で？〈ミステリ・ウィークエンド〉のために？」大半の客は町からほんの数時間の運転で到着しているはずだった。

先ほどの女が――名札にはルース・ウォールと書いてある――うなずいていった。「こちらは夫のトムです。夫はこういうイベントが大好きなんですよ。あちこちまわって、毎年五、六回は参加します」

「そうですか」シャンクスは、自分がたくさんの小さな世界を見過ごしていることを自覚しており、そういうものにはいつでも興味をそそられた。「サークルみたいなものがあるんですか？」

「そうです。毎回見かける人が何人もいます。なかには――」ルースは夫のほうを向いてぐるりと目をまわしてみせた。当の夫はコーラと話していて気づかなかった。「ものすごく負けず嫌いな人もいるんです。きっとあなたが役を演じていないときにも情報を聞きだそうとしますよ」

シャンクスはすぐに死んでしまう役なのだが、それはいってはいけないことになっていた。

「ルール違反じゃないんですか?」

「トムがいうには、本物の探偵ならルールなんか気にしない、それに休んだりもしないだろうって」

「ああ、だけどミス・マープルだってときどきは昼寝をしたり、ソファのカバーを洗ったりすると思いますよ。あなたはトムほど負けず嫌いじゃないんでしょう?」

「この馬鹿げたイベントに関してはね。あら、気を悪くしないでくださいね」ルースは急いでいい添えた。

「いや、これが馬鹿げてるってことについてはあなたと同意見ですよ」

「わたしは写真家なので、そちらについては競争心もあるんですけど。でも、こと芸術に関しては賞がすべてじゃありませんもの、そうでしょう?」

「その質問は、尋ねる相手をまちがっていますよ」シャンクスの背後から陽気な声がした。シャンクスがふり返ると、三十代とおぼしき男が微笑んでいた。男はスリーピースのスーツを着こんでおり、場にそぐわない、ちょっと着飾りすぎた印象を与えた。

「シャンクスは去年、ミステリ関係の大きな賞にノミネートされているからね。受賞こそしなかったけれど」笑みを浮かべた男がいった。「だからもしかしたら、芸術関係の賞の話題にはすこしばかり敏感になっているかもしれない」

それをいまここで持ちだしてくれるとはご親切なことで、とシャンクスは思った。見知らぬこの男の名札には、フィリップ・フォールと書いてあった。

「ノミネートされるというのは名誉なことですよ」体面を保つために何度もいってきたことを、シャンクスはまたくり返した。「あなたも参加者なんですか、ミスター・フォール？」

「フィルと呼んでください、シャンクス。ええまあ、おもしろ半分でね。じつは私もミステリ作家なんですよ」

おっと。「ほんとに？」

「去年、最初の本が出ました」フィルは上着から販促用のポストカードを引っぱりだし、シャンクスとルースに手渡した。ふたりはわざわざフォークやナイフを置いて受けとらなければならなかった。

「知らない出版社だな」シャンクスはいった。

「ああ、自分で出したんです」フィル・フォールは笑みを浮かべたまま答えた。「大きな版元が私たちのような作家を搾取《さくしゅ》する現状にうんざりしてましてね」

一緒にしないでくれ、きみはまだ作家志望者だろう。

シャンクスはルースとの話に戻ろうとしたが、フィル・フォールは断固として作家同士の会話をつづける気でいるらしかった。一方の作家はまったく興味を示していないというのに。ふだんなら、シャンクスは偉そうな顔をしないように気をつけていた。作家を志す人々に対しては礼儀正しく接したかった。次世代の才能が現れたなら、そのうちの何人かは自分で発見したいとさえ思っていた。だが、すでにすっかり一人前であるかのようなフォールの自信満々な様子にはなんとなく苛立《いらだ》ちを覚えた。

シャンクスはデザートのあいだじゅう、これはチャリティ・イベントで、ミスター・フォールは寄付をしてくれる顧客のひとりなのだと自分にいい聞かせなければならなかった。

ディクシーが立ちあがって、そろそろ次へ進みましょうといいだした。彼女の声を聞いてこんなにありがたいと思ったのは初めてだ。「みなさん、わたしたちのささやかな謎の最初の一幕を披露する時間です」ディクシーは宣言した。「チェットのあとにつづいて図書室へ移動してください」

ここはシャンクスの見せ場だった。シャンクスは部屋の奥のテーブルにつき、著名な作家たちが指示されたとおりシャンクスのうしろに並んだ。

間《ま》の悪いことに、部屋の反対側でチェットがまた大仰に盆のカバーを持ちあげ、何人かの客人を相手に『マルタの鷹』を見せびらかしていた。空気の読めないやつめ。

シャンクスはディクシーに声をかけた。「きみのお気に入りの天才に、観客の気を散らすのをやめるようにいってもらえないかな?」

ディクシーがチェットを追いたてているあいだに、シャンクスは目のまえのページを見直した。台本が用意されているのはシャンクスだけだった。これがイベント全体のはじまりとなるからだ。

そして与えられた役柄にだけは文句がなかった——邪悪で強欲で、他人を意のままに操ろうとする出版社社長の役である。かなり真に迫った演技ができるはずだった。こういってはなんだが、すばらしいお手本を何人か知っていたから。

「みなさん」シャンクスは重々しくいった。「カーネギー・ブックスとその作家たちを祝う週末のイベントへようこそ。私は社長のケン・カーネギー、この集まりの主催者です。わが社のすばらしいベストセラー作家たちをご紹介しましょう。まあ、売上には個人差があるわけですが」

当然、うしろに並んだ作家陣からブーイングが起こった。

シャンクスは出版不況への不満をもらし、じつはここにいる作家の大半はこちらが期待するほど売れていないので、そろそろ何人かは刊行を打ち切りにするかもしれないと説明した。チエットはここに過剰なヒントを盛りこんでいた。妥当な稼ぎがなければ仕事をつづけられないかもしれないこと、それについてはもしかしたら強請《ゆすり》などもあるのかもしれないとにおわせること。この時点では、社長が強請の被害者なのか、加害者なのか（あるいはその両方なのか）、はっきりしないのだが。

その後、シャンクスは作家たちを、いや、作家たちが演じているキャラクターを順に紹介しなければならなかった。しかし全員分の役柄をわざわざ覚えるつもりはなかった。シャンクス自身はどうせあと数分のうちに死んでしまう役なのだから、忘れたところでなんのちがいもないのだった。

友人や同業者が抱えているほんとうの秘密なら覚えていた。

たとえばあそこにいるフィオナ・メイカム。赤い巻き毛に緑の目、厚化粧をして縄編みのセーターを着たあの作家だ。フィオナはすてきなアイルランド訛りで話し、アイルランドの三十二州を舞台にしたミステリを書いている。『ドニゴール州の死』からはじまって、『スライゴ州の殺人』、『コーク州の麻薬事件』といった具合に。ほんとうはオレゴン州スキャプーゼの生まれであることや、母親の旧姓がウィシンスキーだったことなどは、きっと世間には知られたくないだろう。

それからレスリー・ワースだ。彼は一風変わった細身の作家で、アートやアンティークの世界を舞台としたコージーミステリを書いている。もしベトナムで歩兵隊にいたことが読者に知れ渡ったら、たぶんよい評判はたたないだろう。

そしてスパイ小説の作家、ロス・ペリー。いまは静かにクラブソーダを飲んでいる。ほんのひと握りの人間しか知らないことだが、ロスは飲酒に問題を抱えていた。しかも飲酒運転で二回捕まっている。

それからエド・ゴッドウェン。まあ、二番めの妻を殺した容疑で逮捕されたことについては世間に知れ渡っているが、現在の妻のジーンは株の仲買人だから、あの夫婦にはうしろ暗い秘密のひとつやふたつはあるだろう。

コーラについては、ぼくとの結婚生活がなんとかつづいているだけで充分謎めいている、とシャンクスは思っていた。ほかの秘密など必要ないほどに。

シャンクスは不吉な脅《おど》しでスピーチを締めくくった。曰く、このすばらしい作家たち――芝居のキャラクターのほうだ――のうち、すくなくともひとりはまもなく出版社の後ろ盾を失うだろう。観客は礼儀正しく拍手をした。

するとそのとき、まさにぴったりのタイミングで明かりが消えた。「みなさん、おちついて」シャンクスはいった。「きっとすぐにすべてもとどおり――」

誰かに背中をぽんぽんとたたかれた。話すのをやめてくずおれるようにとの合図だった。ケン・カーネギーがいま殺されたのだ。

すこしでもいい芝居にしようと、ディクシーは殺人者を演じる当人にしか犯人を教えないことにしていた。しかし覚えのある香りがしたため、シャンクスには誰がやったかまちがいなくわかった。

明かりが戻ったとき、シャンクスは頭と肩をテーブルに伏せていた。長い時間この姿勢のままでいるのは勘弁してもらいたかった。かなり苦痛だった。

しかし効果的ではあった。女の観客がひとり、小さく叫び声をあげた。悲鳴はくすくす笑いで終わったのだが。ジーン・ゴッドウェンがすぐにまえへ進みでた。ジーンはカーネギー・ブックスから回顧録を出した警官として紹介されていた。

「みなさん、ダイニング・ルームに移動してください。そのあいだに、わたしがミスター・カーネギーを調べます。私語は慎んでください」

一分後、ジーンがシャンクスの肩をたたいた。「みんないなくなったわよ、ミスター・K」

「やれやれ、ありがたい。この格好だと背中が痛くてね」

「死体なんだから、感覚があるってだけでありがたがるべきじゃない？　いい死亡シーンだったわ」

「どうも。で、次は？」

「あなたは部屋に戻ってくつろいでいて。残りのわたしたちは殺人事件を解決しなきゃ」

「幸運を祈っているよ」

数時間後、コーラが部屋に戻ってきたとき、シャンクスは満ち足りた気分でポール・ケインのパルプフィクションを読んでいた。亡くなっている作家は楽しみのために読む。存命中の作家は市場調査のために読む。

コーラはハンドバッグを部屋の向こうへ放り投げていった。「あの人たち、頭おかしい」

シャンクスはほくそ笑んだりしないように、意志の力を総動員しなければならなかった。

「どんなふうに？」

「警官でさえ訊かないような……ましてやアマチュア探偵なら絶対に訊かないような質問をするの。〝あなたは浮気をしていましたか？〟とか。〝最初の夫を殺したんですか？〟とか」

「まあね、それなりの理由があるんだろう」

コーラは厳しいまなざしを向けた。シャンクスがにやついているのではないかと疑うかのように。実際、すこしにやついていたかもしれない。

「長い週末になりそう」コーラはいった。そして歯ブラシをぎゅっと握った。そうしないと歯ブラシが逃げてしまうとでもいうように。

「力を貸してちょうだい。たいへんなのよ！」

シャンクスは読んでいたページから視線をあげた。ほかのみんなが室内で殺人事件を解決しようとしているあいだ、シャンクスはポーチに座り、陽光の降り注ぐすばらしい土曜日の朝を楽しんでいた。

しかしいま、ディクシーとその影のようなチェット、それに宿の主《あるじ》のロレルが、シャンクスにのしかかるようにして立っていた。三人とも、よくない検査結果を聞こうとする患者のような顔をしていた。ミスター・ロレルは大柄なせいか、とくに重圧感があった。

「どうした？」

「賞品よ！　誰かが賞品を盗んだの！」

シャンクスは眉をひそめた。「それは比喩《ひゆ》なのかな？　つまり、誰かが不正に勝とうとしているってこと？　それとも、あの本がほんとうになくなったのか？」

チェットがうなずいた。嵐の海を行くボートのように、喉ぼとけが上下に揺れた。「そうです。本がなくなったんです」

「どこに置いてあった？　図書室のテーブルに置きっぱなしだったのかな？」

「そう」ディクシーが答えた。「夜のあいだは部屋に鍵をかけておいたの。小悪党がヒントを求めて入りこんだり、歩きまわったりしないように。はっきりいって、仮に警察があれだけの執念を持って捜査したら、わたしたち全員に何かしら留置場送りになる理由が見つかるでしょうね」

ぼさぼさの眉毛がさがり、シャンクスはしかめ面《つら》になった。「誰も図書室に入っていないというのは、どれくらい確かなことなのかな?」

ディクシーとチェットはミスター・ロレルのほうを向き、ロレルは神経質そうにごくりと唾を呑みこんだ。「あの部屋の鍵はふたつしかありません。私の手もとにあったものは誰も使いませんでした」

「僕が預かっている鍵はずっとポケットに入っていました」チェットがいった。

シャンクスはまた顔をしかめた。「だったら、本が盗られた可能性のあるタイミングは一度しかない」

三人はシャンクスを見つめた。「まさか。いつ?」

「ぼくが殺されたとき。明かりが消えていたあいだだよ」

シャンクスは、ディクシーとチェットが頭のなかでその場面を再現するのを見守った。

「あなたのいうとおりだわ、シャンクス」ディクシーがいった。「だけど盗むチャンスがあるなんてどうしてわかったのかしら?」

「だってタイトルが『暗闇のなかの死』だから。シャーロック・ホームズじゃなくたって、夜のどこかの時点で明かりが消えるであろうことは予想できる」

「そのとおりですね」チェットが興奮していった。「きっとテーブルのそばに立っていた人たちの誰かだ。僕たちが配ったキャンバス地のバッグに押しこめばそれで済みますからね」

「ディナーの席でぼくの隣に座っていた女性が写真家だったよ」シャンクスはいった。「で、何枚か写真を撮っていた」

「そうだったわね」ディクシーがいった。「チェット、昨夜の写真があるかどうか訊いてきて。でもわたしたちの……ちょっとした問題については話さないで」

チェットがいなくなると、ディクシーはシャンクスのほうを向いた。「さて、シャンクス、あなたは――」

「待った、ディクシー。その先はちょっと待って」シャンクスは宿の主のほうを向いた。「ミスター・ロレル、すこしのあいだふたりきりにさせてほしいんだけど、いいかな?」

大柄な男の目がぐっと見ひらかれた。「ここはまっとうなホテルです」

ロレルはぼくが道徳に反してディクシーへの情熱を抑えられずにいるとでも思ったのだろうか。シャンクスは一瞬そう思って身を震わせた。

「もちろん、まっとうなホテルよ」ディクシーがいった。

「ここでトラブルが起こったことはいままで一度もありません」大男はそういって、まばたきをした。「まあね、新婚の夫婦が喧嘩をして、妻のほうがネグリジェ姿のまま町まで行ってしまったことはありました。しかし深刻なトラブルが起こったことはないんです」

「殴り合いの喧嘩になったりはしないよ、もしそういうことを心配しているのであれば」シャンクスがいった。

ロレルは悲しそうな顔をシャンクスに向けた。「心配しているのは警察ですよ。いつも巡回して目を光らせておく必要があるたぐいの場所だと思われては困るんです」

「心配しないで」ディクシーが請けあった。「警察を呼んだりはしないから」

「ちょっと待って」シャンクスはいった。「守れない約束をしたら駄目だよ」

「あら、守るわよ」ディクシーはロレルのほうを向いていった。「受付デスクに戻らなくていいの？」

「私ですか？　ああ、そうですね。だけど忘れないでください――警察は、なしで」

大男がいなくなると、シャンクスはディクシーに口をひらく隙を与えずにいった。

「ちょっと待った」シャンクスはこのうえなく獰猛《どうもう》な顔をしてみせた。「もしきみがみんなをあっといわせようとしてひと芝居打っているなら、白状するチャンスはいまこの瞬間だけだぞ」

ディクシーの目が大きく見ひらかれた。「何をいってるの？」

「もしかしたら、ふたつめの犯罪でこの週末をさらに活気あるものにしようと思いついたのかと。俳優の友達か誰かが警官役でやってきて、なくなった本を探すとかね。だけどもしそういうことなら、いまいってくれ。ほんとうはきみの車かどこかに隠してあるのに、週末じゅうぼくにその本を探させるつもりなら、誓っていうが、コーラとぼくはきみのイベントには二度と手を貸さないよ。わかってもらえただろうか？」

「どうしてわたしがそんなひどいことをすると思うの？」ディクシーは目の焦点を遠くに合わ

せ、夢見るような顔になった。「だけどまあ、そのアイディアも悪くなかったかも」シャンクスはため息をついた。「わかった、信じるよ。例の本がどこにあるか、きみもほんとうに知らないんだね。それなら警察に電話だ」

これを聞いたとたんにディクシーは現実に戻った。「ちょっと、どうかしてるんじゃない？みんな寄付をしてくれている人たちなのよ？その人たちを警察に差しだすなんて、できっこないじゃない」

「だけどそのうちのひとりは窃盗犯だ」シャンクスはディクシーに事実を思いださせた。「それに、みんなミステリファンなんだから。プロの仕事を見るチャンスを喜ぶべきだよ」

「ちょっと。それ、本気でいってるわけじゃないでしょ」

「喜ぶべきだといったんだよ。たぶん喜ばないだろうと思ってることは認める。だけどほかにどんな選択肢がある？」

ディクシーは目を細め、抜けめなさそうな顔をした。「簡単よ。西洋でいちばん頭のいい探偵小説の書き手がひとり、暇を持て余してぶらぶらしてるじゃない」

シャンクスは反論したが、いやいやながら犯人探しを引きうける結果に終わった。選択の余地はほとんどなかった。

チェットがルース・ウォールを従えて戻ってきた。「何があったんですか？」ルースが尋ねた。「どうしてわたしのカメラが必要なんです？」

シャンクスはルースが犯人であるとは思っていなかったが、ルースの夫のトムについてはそこまで確信が持てなかった。だから嘘をついた。「参加者のひとりが不正をしたという申し立てがあったんですよ」

「まさか。お行儀よく遊べないのはどのお子ちゃまかしら？　トムじゃないといいんですけど」

シャンクスは首を横に振った。「ちがいます。詳細はお話しできないんですが、ディクシーがまだ配っていないはずのプリントを誰かが見ていたという申し立てでした。それで、あなたの写真に何か写っていないかと思いまして」

ルースはカメラの電源を入れた。そのあいだ、ずっとかぶりを振っていた。「参加者たちがいかにもやりそうなことですね、うちの夫も含めて。あの人たち、取り憑《つ》かれてるもの。そうでしょう？」

シャンクスも大勢のファンを見てきたのでわかっていた。「そうですね」

「ノートパソコンはありますか？　写真をダウンロードできるし、そのほうが見やすいんですよ」

もちろんチェットが持っていた。昨夜のルースの収穫はすぐに取りこむことができた。シャンクスは画面をルースから見えないほうへ向けた。

「何かわかりそうですか？」ルースは尋ねた。

「たぶん」シャンクスはあるグループの写真を指差した。「チェット、この人たちの名前がわかるかな？　何があったか見える位置にいたかもしれない」

じつのところ、その写真に写っていたのは、明かりが消える直前に陳列テーブルの向こうに立っていた人々だった。

「わかりますよ」

「それで、シャンクス、どんな具合?」ディクシーが彼女らしくもなくためらいがちに尋ねた。

「残りの写真もざっと見せてもらうよ。ミズ・ウォール、停電のあいだは写真を撮らなかったようですね」

「筋書きを明かしてしまうかもしれないと思ったんです。フラッシュで殺人の現場が見えてしまったら困るでしょう?」

「それは妥当な考えですね」シャンクスはそう認めた。そして先へ先へと写真を見つづけ、ある一枚で止めて姿勢を正した。このドラマにふさわしい演技になっているといいが、と思いながら。

「ちょっとこれを見て」シャンクスはノートパソコンをまわし、ディクシーとチェットに画面を見せた。友人のエド・ゴッドウェンが隠すのも忘れて大あくびをしている写真だった。「これではっきりしたと思う」

「そう?」ディクシーが疑わしげに尋ねた。

「確実にね。不正の告発は否定された」

「どの写真だったんですか?」ルースが気を引かれて尋ねた。

「すみません。詳しいことはいえないのです」シャンクスはカメラを返した。「ご協力、ほんとうにありがとうございました」

ディクシーがルースを外へ連れだすと、シャンクスはチェットに向き直った。「それで、テーブルの向こうの五人は誰だった？　そのうちのひとりが窃盗犯のはずだ」

五人中のふたりは、写真家の夫のトム・ウォールと、フィル・フォールだった。「自費出版の男」とシャンクスはつぶやいた。

ほかの三人とはまだきちんと対面していなかった。「でもちゃんと話してみないと」シャンクスはディクシーにいった。「もしこの件を調べろっていうならね」

「その人たちを尋問するなんて駄目」ディクシーはいった。「わたしの仕事が台無しになっちゃう」

「だったら作家のルールに従うんだ」シャンクスはいった。「疑わしきはでっちあげろ、だよ」

コーラは自分の自由時間――コーラ自身の言葉でいうなら、〝アマチュア・ファシストたちに尋問されて〟いないとき――にシャンクスが忙しくなると聞いて驚き、それをすこしも喜ばなかった。しかしシャンクスがディクシーのためにやっていることなので文句はいえなかった。まあ、そんなには。

「資金集めについて何か知ってるの？」コーラは尋ねた。

「なんにも。だけどディクシーはだいたい決まったメンバーから金を集めているみたいだね。常連の人たちが、たまにはべつの顔を見たいと思うくらいに」

シャンクスは自分がアマチュア探偵を演じていることを認めたくなかった。ディクシーは参加者のなかから〝ランダムに〟選んだ人々とシャンクスが話せるように手筈《てはず》を整えた。あとはシャンクスが彼らにしゃべらせればいいだけだった。

最初の調査対象については簡単だった。メアリー・アイズリーについては、質問をさしはさむチャンスをどう見つけるかだけが問題だった。ファンの分類でいえば、メアリーは七つめのカテゴリーに属した。目を大きく見ひらいたおしゃべり噴出型、つまりつねに気が散っているタイプで、これで書店を、あるいは図書館を——こちらのほうがより可能性が高いが——見つけることができるのだろうか、とシャンクスはいつも思うのだった。

「こういうイベントってすばらしいですよね」小さな応接室で腰をおろしたとたんにメアリーはいった。「本物の作家のみなさんにお会いするのが大好きなんです」

「確かに興味深い人種ですよ」シャンクスは認めた。「ところで、ぼくの殺人事件の謎は解けましたか?」

「ああ、わたしそういうのはほんとに駄目なんです」メアリーは快活にいった。「ただ楽しいから来ているだけなんですよ」

「賞品を手に入れるチャンスを逃すのは残念ですね」シャンクスはいった。「ダシール・ハメットの初版本というのはかなり特別な品ですよ」

メアリーは眉を寄せた。「ごめんなさい、その人のことは知らないんです。今回この会場に来てます?」

シャンクスのペンが机の上に落ちた。「いや。もう亡くなってます、ええと、四十年以上まえに」

「わたしは生きてる作家のほうが好きなんです。生きてる作家さんたちに会うほうが」

「これも謎解きの一部なんですか?」トム・ウォールはそういいながら着ているシャツをぐいっと引っぱった。シャツが大きすぎるせいで、トムは飢饉《ききん》の犠牲者のように見えた。

シャンクスはまばたきをした。トムが口にしたのは、シャンクスがディクシーにしたのとおなじ質問――あるいは、すくなくともおなじ考え――だった。「どういう意味ですか?」

「あなたは演者のひとりでしょう。だから、こうして話すのも、私にヒントをくれようとしているのかと思って」

「残念ながらちがいます。ぼくの演技は、役が死んだところで終わっていますから。ぼくはただ、チャリティのためのアンケートを取っているんですよ。みなさんが気に入ったものとそうでないものを確認するために」

「なるほど。次回はもっといい〈ミステリ・ウィークエンド〉ができるように?」

「まあ、ぼくにはそこのところはよくわかりませんが。毎年新しいアイディアを思いつくのはディクシーなので」

「だったら私と話しても意味はありませんよ。私は〈ミステリ・ウィークエンド〉と名のつく催しならなんでも参加することにしているんです。それがルースと私の楽しみなんですよ」

「このイベントのために飛行機で来たと聞きましたが」

「ええ、しかも航空会社に荷物をなくされましてね。これを見てくださいよ」トムは着ているシャツを指差した。「マネージャー氏からの借り物です。私とはまったくサイズがちがうのに」

「ああ、なるほど」

「かわいそうに、ルースはあのディクシーという女性から服を借りなきゃならなかった」

だからか、とシャンクスは納得した。写真家のルースは、朝食におりてきたとき、まったく彼女の趣味ではなさそうなパステルカラーの——ライムグリーンとレモンイエローの——服を着ていたのだった。

「しかしイベントのほうは楽しんでいるんでしょう?」シャンクスは尋ねた。

「そうでもないですね。芝居には本物の俳優を使ったほうがいい、作家のみなさんじゃなくてね。気を悪くしないでほしいんですが、あなたがたはあまりこういうことに向かないんじゃないかな」

シャンクスは思わず同意しそうになった。何しろ会話の舵取《かじと》りにさえ苦労しているのだから。

「賞品についてはどう思いましたか?」

トムは顔をしかめた。「ああ、あの本ですか? 気にもしませんでしたよ。ほんとうの賞品は、さっさと謎を解いて、あの負け犬たちを叩きのめすことですから」

「〈ミステリ・ウィークエンド〉を渡り歩いてる人は大勢いるんですか?」

「まあ、すこしは。私がトップですが」

このひとことに、シャンクスは眉をあげた。「トーナメントか何かがあるんですか? 公式の？」

「必要ありませんよ。今年はもう三回勝ってます。ほかには二回勝った人すらいませんから。それに、去年は……」

去年の話などまったく聞きたいと思わなかったが、そろそろ謎解きのための次のセッションがはじまりそうだと指摘するまで、トムを追いだすことはできなかった。

ウォーナー・ボリスターは、まさにディクシーが敵にまわしたくないと思いそうな人物だった。年齢はシャンクスとおなじくらいで、五十代前半といったところだったが、シャンクスよりも若く見えた。おそらく家柄のせいだろう。貴族の血にいい遺伝子が含まれているのか、それともそう見せかけるための戦略的な手術を何回もこなしてきたのか。

「今年のイベントはそんなに気に入らなかったと、ディクシーに伝えてもらってかまわない」ボリスターはそういい放った。

「それを聞いたらディクシーはきっとがっかりするでしょうね」シャンクスはいった。「どこがよくなかったですか？」

「探偵ごっこがね。とても子供っぽいよ、そうは思わないかね？」ボリスターは優雅に手を振ってつづけた。「あなたは探偵小説を書いて生活しているのだろうし、それに反対するつもりはないが、あれは大の大人がわざわざ時間を割くようなものじゃない」

ディクシーを巻きこんだトラブルに発展しそうな返答しか思いつかなかったので、シャンクスは笑みを浮かべるにとどめた。「では、あなたの時間を割く価値のあるものとはなんですか、ミスター・ボリスター？」

「馬だね」億万長者は目をぎらぎらさせながらまえに身を乗りだした。「競馬場でこういうイベントをやってみるべきだと、ディクシーにもいったんだ。だが彼女は、現金が全部、大事なチャリティではなく掛け金へと流れてしまうんじゃないかと心配しているんだね」

「ディクシーにそういっておきますよ。今回の賞品についてはどう思いますか？」本はいないたりオート麦を食べたりしないので、この男の興味を引くことはなかろうとシャンクスは思ったが、ボリスターは意外なことをいった。

「『マルタの鷹』か。映画はすばらしいが本は読んだことがない。小説を読む時間が取れなくてね。しかし、初版本に大金を投資している友人なら何人かいる。小さいし、簡単にしまっておけるし、価値があがるからね」ボリスターはいま初めて見たかのようにシャンクスに目を向けてつづけた。「あなたの初版本にはどれくらいの価値が？」

「高くて二桁でしょうね。もちろん、ぼくがほんとうに死んだとなれば価値はあがると思いますが」

「ふうむ」ボリスターは値踏みするように上から下までシャンクスを眺めた。

「あの男は私のことをなんといっていましたか？」レッド・ギャレットが尋ねた。ニックネームから察するに、昔は赤毛だったのだろうが、いま残っている髪を見ると大部分は灰色だった。

いまは三十代だが、四十代になるころには禿《は》げているだろう。神経質でおちつきのない男だった。

ギャレットを連れてくるのに、チェットは苦労したようだった。いまはギャレットのうしろに立っている。力ずくで捕まえたわけじゃないだろうな、とシャンクスは思った。

「誰が何をいったですって？」シャンクスは尋ねた。「ミスター・ボリスターですか？」

ギャレットはかぶりを振って否定した。「ウォールですよ。あのペテン師」

これはおもしろいことになってきた。「ミスター・ウォールがこの週末のイベントで不正を働いたということですか？」

「絶対そうですよ、いつもそうなんだから。しかし今回については証拠はありません。まだ」

「おふたりは以前にも何度かこうしたパーティーで顔を合わせているんですね」

「パーティーだって！」ギャレットはたっぷりと嘲《あざけ》りをこめていった。「これはコンテストなんですよ、ミスター・ロングシャンクス。競争なんです、最良の頭脳が勝つんです」

「では、あなたも賞品を狙っているんですか？」

「え、あの古い本ですか？　あんなものはただの記念です。大事なのはトム・ウォールみたいなペテン師を打ち負かすことなんです」

「ミスター・ウォールはどんな不正をするんですか？」

「ふん。去年はボストンの〈ミステリ・ウィークエンド〉で一緒になりました。あそこでは俳優が役柄を演じていたんですが、休憩のさいちゅうにあいつが女優のひとりと話をしているのを見つけたんです。その女優の役柄について質問していたんですよ！」ギャレットは、自分が表明している嫌悪を天の神にも見てもらいたいといわんばかりに両手をあげた。

「それだけですか？」シャンクスはいった。

「それで充分ですよ、ミスター・ロングシャンクス。ほかの参加者がまわりにいないときに事件について演者と話すのは禁止されているはずです」

「彼のいい分は？」

「デートに誘っていたんだといい張っていましたよ。馬鹿馬鹿しい。あの男は結婚しているのに！」

チェット・チャップリンは咳の発作に見舞われたようだった。

「だからといって誰もが行動を慎むわけでもない」シャンクスはいった。「しかしあなたがいいたいのはこういうことですね、ミスター・ウォールは不正を働いてでもほしいものを手に入れる」

「そう、そのとおりです。探偵でも雇ってやめさせるべきです！」

「いい考えですね」

「最後の容疑者を連れてきましょうか？」チェット・チャップリンが尋ねた。

「客人だ。容疑者じゃない。まあ、連れてきてもらわなきゃならないだろうね」シャンクスは顔をしかめた。フィル・フォールは後まわしにしたのだった。あの自費出版の男に話を聞かなくても謎が解けることを期待して。

そんな幸運には恵まれなかった。

「調子はどうですか、シャンクス？」その当人がぶらぶらと入ってきた。「そうだ、オーディオブックの出版社について訊きたいことが――」

「それはまたこんど」シャンクスはいった。「ご存じかと思いますが、今回のイベントのどこが好きでどこが気に入らなかったか、何人かの参加者から話を聞いてほしいとディクシーに頼まれましてね――」

その話題について、フィル・フォールにはたっぷり考えがあるようだった。とくに、もっと若くてフレッシュな作家がキャストに入れれば全体が改善されるのではないかと思っているらしかった。「もちろんあなたがたはすばらしいですよ、シャンクス、だけどこういうイベントはいつもおなじ顔ぶれだっていう不満も聞こえてきたものですから。わかりますか？」

「わかりますよ。だけどもし役についていていたら、当然あなたには賞品を勝ちとるチャンスがなくなるわけですが」

「あのダシール・ハメットの本ですか？」フォールの目が大きく見ひらかれた。「正直にいって、あれはぜひほしいですよ、シャンクス。ダシールには感謝しているんです、わかるでしょう？　ほんとうにたくさんの影響を受けています。あなたは彼の本を読んでいますか？」

図書室のドアが勢いよくひらき、ディクシーが駆けこんできた。ディクシーは急停止すると、目を丸くして三人を凝視《ぎょうし》した。三人のほうも目をむいてディクシーを見つめ返した。「シャンクス！」

全員が立ちあがった。「ディクシー、何があった？」

ディクシーは口をひらきかけたところでフィル・フォールに目を向け、自重した。「フィル、席をはずしてくださらない？　わたしはこの紳士ふたりに話があるの」

シャンクスがオーディオブックの出版社の話はあとでしようと約束すると、長身の男は部屋を出ていった。

ドアがしまるとすぐに、ディクシーは震えだした。まるでプラグの差し込み口に手を突っこんで感電したかのように。「戻ってきたのよ！」

シャンクスは顔をしかめた。「本が？」

「そう！　ミスター・ロレルが食品庫の棚で見つけたの」

「いったいなんだってそんなところに？」チェットがいった。

「誰かが置いたんだよ」シャンクスがいった。「それも偶然じゃない。最後に棚を見たのはいつか、ロレルは覚えてた？」

「ランチのあとっていってたと思う。だけどシャンクス、いい？　本は戻ったの。捜査はもういいのよ！」

シャンクスはしかめ面のままいった。「それはないだろう、ディクシー。無理やり汚れ仕事をやらせておいて途中でやめろなんて。あれは結局誰がやったんだろうと悩みながらこの先一年を過ごすなんていやだよ」

「面談で何か手掛かりが見つかりましたか?」チェットが尋ねた。

「手掛かり? 山ほど。謎解き? それはまだ」シャンクスはぼさぼさの眉をあげてつづけた。「本が戻された事実は明らかに鍵になる。あれを数時間盗みだしたことによって何がなしとげられたのか? ぼくの一日を台無しにした以外に」


夕食後、参加者の大半が図書室に集まり、クラシカルな犯罪映画が何本か上映された——シャンクスのこの時間は、フィル・フォールとの長ったらしいおしゃべりでつぶれたわけだが。その後、シャンクスは数人の作家とともにこっそり抜けだして、息抜きに西棟へ向かった。

「あの人たち、まるでハゲワシね」フィオナ・メイカムがうめくようにいった。

「あの立ち入った質問ときたら」レスリー・ワースがかすかに身を震わせながらいった。「どうしても、自分が演じているはずの馬鹿馬鹿しいキャラクターのことじゃなくて、僕自身のことを訊かれているような気分になってしまう。何か余計なことを白状しそうになるね」

「第一のルールを思いだすんだ」エド・ゴッドウェンがいった。「人生においてどんな困難が起ころうと、酒を飲めば耐えるのも容易《ようい》になる。ビールがほしい人?」

シャンクスはビールをまわすのを手伝った。

ロス・ペリーは断った。「禁酒中なんだ」

「あら、それはよかったわ、ロス」コーラがいった。

ロスは笑い声をあげた。「読者にはいわないでくれ。スパイ小説の作家が禁酒してるなんて」

「飲酒運転で免停を食らうよりマシだよ」シャンクスがいった。「ほら、トニックウォーターもある。ところで、誰か、参加者が賞品について話しているのを耳にした人はいるかな？」

「あの『マルタの鷹』？」フィオナが尋ねた。「カメラを持った女の人が、あれはハンフリー・ボガートが書いたわけじゃないって夫に説明してるのを聞いたけど」


「ずいぶん機嫌が悪そうね」寝る支度をしながらコーラがいった。「ディクシーに頼まれた調査がうまくいかなかったの？」

「ディクシーは結果だけで満足しているよ。ぼくにとっては決して楽しい土曜日じゃなかった。きみのほうは？」

「訊かないで。チェットが考えたお粗末な手掛かりを忘れないようにしながら、絶え間ない尋問に対処するなんて……」コーラは首を横に振った。「もしまたこれをやろうっていいだしたら、ディクシーの脚を折ってくれていいわ」

「喜んで。右にするか、左にするかだけ決めてくれれば」

「両方よ。それでね、尋問官たちのなかでも最悪なのが、あの図々しいフィル・フォールなんだけど」

「あの男は受けいれがたいね」

コーラは必要以上に力をこめて枕をふくらませた。「すくなくとも、あなたの殺人事件について尋ねる気はないみたいだった。その代わり、自分の本を映画関係者に売るために西海岸のエージェントを探してるとかで、それについて質問攻めよ」

「野心があるんだよ。出版業界が変わりつつあるのはわかっているけど、自費出版というのはいまだに大きな負担が――」

「シャンクス？　どうしたの、おかしな目をして。プロットの大問題でも解決した？」

「そんなようなものだ」シャンクスはそういって明かりを消した。


「どうしてですか」チェットがいった。日曜日の朝食後、参加者の多くがまだ出版社社長ケン・カーネギーの悲劇的な死の謎に取り組んでいるさいちゅうだった。「ディクシーは、本が戻ってきたからもう訊いてまわったりしなくていいといってます」

「頼むよ」シャンクスはいった。「きみはそんなふうに簡単に好奇心のスイッチを切れるとでも？　何があったか知りたいという欲望はわれわれの遺伝子に組みこまれているんだよ。おまけにぼくにとってはローンの支払いにも役立っている」

「だけどディクシーは――」

「ディクシーのことは心配しなくていい。きみはただある人をここに連れてきてくれればいいんだ、休憩時間になったらね。あとは出ていこうとここに残ろうと、きみの自由だ」

チェットが部屋に残ったので、人間の本質に対するシャンクスの信頼もすこし回復した。

「座ってください」

レッド・ギャレットは顔をしかめつつ腰をおろした。「この週末のイベントをどう思うかはもうお話ししましたよね。もし寄付をしてくれという話なら――」

「ああ、もちろん気前よくしていただけますよね」シャンクスは確信をこめていった。「あの本の値段とおなじくらいは」

「いったいなんで――」ギャレットはまばたきをした。「なんの話ですか？」

シャンクスは首を横に振った。「わかるかな、チェット？　シンプルだが予期せぬ質問。ミステリというのはこうやって書くんだ」

ギャレットはチェットを見た。「この人は何をいってるんですか？」

「あなたは賞品を盗んだでしょう、レッド」

ギャレットは顔をしかめた。「なんの賞品を？」

「語るに落ちた、ですね。もちろんこの週末のイベントの賞品です。あなたはこう答えるべきだった――〝なんだって？　賞品がなくなっていたんですか？〟とかね。チェット、メモを取ってくれてるね？」

ギャレットはいやそうな顔をしていった。「わかった、つきあいますよ。あの本が紛失しているんですか？」

「なくなって、その後出てきたんです。理由はご存じでしょう」

「それこそ聞いてみないと。なぜ一度盗んだものを返すんですか？」

「そこが難問でした」シャンクスはうなずいた。「しかしまっすぐあなたにつながる鍵でもあった」

「どんなふうに?」思わず、といった様子でチェットが口走った。

「誰であれ、本を盗んだ犯人には、それをすることで何かしら利益があるはずだった。だから本を返したということは、すでに目的を果たしたか、あるいは計画がうまくいかないことがわかったからだ」

「じゃあ、何かの目的が果たされたんですか?」チェットが尋ねた。

「ぼくにわかる範囲では何も。盗まれてから戻されるまでのあいだに何かがあったんだろう」

「何かとは?」

「こんなふうに考えてはどうだろうか。もし本が戻らなければ、ディクシーは警察を呼ばなければならず、警察は全員に車とスーツケースを見せてくれといっただろう。だとしたら窃盗犯はどうやってあの本をホテルの外に持ちだすつもりだったんだ?」

「いい質問ですね」ギャレットがいった。

「答えは明らかだ。窃盗犯には本を持ちだすつもりはなかった。あるいは、もともと見つかるように計画していた。つまり窃盗犯が誰かほかの人の荷物に本を入れておくつもりだったと考えると、筋が通る」

チェットは跳びあがった。「変更があったのはそこですよ! ウォール夫妻だ! 航空会社がふたりの荷物をなくしてしまった」

「そのとおり。しかしふたりが到着したのはディナーのさいちゅうだったから、大半の人は土曜の午前中までそれを知らなかった。そして、その後まもなく本が食品庫で見つかった」シャンクスは顔をしかめた。「しかし、どうやってウォール夫妻の荷物に本を仕込むつもりだったんだろう?」

「その答えならわかりますよ」チェットがいった。「ミスター・ギャレットは、ウォール夫妻を自分からできるかぎり遠い部屋にするように頼んできました。ミスター・ギャレットは最初に到着したなかのひとりだったので、僕らはそのように手配すると答えました」

ここで初めてギャレットが居心地の悪そうな顔をした。「べつにおかしなことはないでしょう。私はあの男のそばに寄りたくないんです」

「彼が現れそうな〈ミステリ・ウィークエンド〉にあなたが参加しつづける理由がわかりましたよ」シャンクスがいった。「なるほどね。もしここのオーナーのミスター・ロレルに確認したら、以前にもあなたがこのホテルに泊まったことが判明したりしませんか? たぶん、いまウォール夫妻が使っている部屋に泊まったんでしょう? ああいう古い鍵なら複製をつくるのもむずかしくありませんからね」

「要するに何がいいたいんですか? 本は戻った、そうでしょう? なんの害もなかったし、なんの反則もなかった」

シャンクスはため息をついた。「問題はふたつあります。第一に、あなたはぼくの週末を台無しにした。ぼくにいわせればそれは〝害〟です。第二に、もし今回何事もなくやり過ごせたら、あなたが次に何をしようとするかは神のみぞ知る、だ。誰かが傷つくようなことにでもなれば、ぼくの良心が痛む」

ギャレットはずるそうな顔つきでいった。「あのディクシーという女性が警察を呼びたがらないでしょう」

「ディクシーはぼくのボスってわけじゃない。しかしながら、そういう見苦しい事態を避けるために、条件つきのプランがあります。チェット、紙とペンはあるかな？」

「どうぞ、ここにあります」

「結構。条件はふたつあって、まず、あなたには自白を書いてもらいましょう。犯行の理由も自由に説明してもらってかまいません……」この男はウォールをこきおろす機会に飛びつくだろうとシャンクスは思った。「もし今後あなたが参加したイベントで面倒が起こったら、警察に通報します」

ギャレットは険しい顔つきになっていった。「わかりましたよ。しかしあいつがペテン師であることを証明するのはあきらめませんよ」

「あなたのほうがまっとうな道から外れないかぎり、それはかまいませんよ。さて、もうひとつの条件はいたってシンプルです。あなたには、チャリティのためにハメットの初版本と同額の小切手を切ってもらいます」

ギャレットはあんぐりと口をあけた。「それとこれとどういう関係があるんです？」

「罪に見合った罰ですよ。それに、お金はよい目的のために使われます」

「そんな金を出す余裕はない！」

シャンクスは一方の眉をあげた。「この手のお祭りに参加するためにあちこち旅行してまわれるくらいだから、お金はたっぷりあるはずでしょう。どうしますか、ミスター・ギャレット？　書きはじめないなら、警察を呼びますよ」

「こんどは何をしているの、シャンクス？」コーラが尋ねた。シャンクスはベランダで黄色い用箋に何かを書きつけていた。

「チェットが突然、ミステリに興味を持ってね。お薦めの本をいくつか教えてほしいっていうから」

コーラはシャンクスの頭の髪のない場所にキスをした。「あなたの本じゃないものもいくつか入ってるといいけど」

「まあ、ひとつかふたつはね」

「ねえ、ひとまずそれを置いて、ランチに行きましょう。週末のイベントの盛大なフィナーレなんだから」

シャンクスは顔をしかめた。「ぼくのキャラクターは死んでいるんだから、宴会に出ても幽霊みたいな扱いをされるんじゃないかな？」

「歓迎されるわよ。それに、あなたを殺した犯人を知りたくないの？」

「ああ、それならもう知ってるよ。あれはロス・ペリーだった」

「そうなの？」コーラは眉をひそめた。「ロスったら、話しちゃいけないことになっていたのに」

「話してないよ。だけど悪党に背中をたたかれたとき、息にスコッチのにおいがした。ディナーではワインより強いものは出ていなかったから、スキットルを持ち歩いているのは誰かって考えればいいだけだった」

「隠れて飲んでいる誰かってことね。ロスは禁酒中だっていっていたものね。シャンクス、ロスにちゃんといわなきゃ」

「聞きやしないよ」シャンクスはため息をついて立ちあがった。「幽霊になってつきまとうぞと脅してみるか」

著者よりひとこと

白状しよう——わたしは殺人事件の謎を解く〈ミステリ・ウィークエンド〉に参加したことがない。本編は完全なでっちあげなので、実際のイベントとちがうところもたくさんあるはずだ。

フェアプレイの探偵小説を書く、めったにない機会だった。シャンクスが知っていることは全部読者にも知らせた。まあ、窃盗犯については。シャンクスが嗅いだにおいについては伏せておいた。それは認めよう。何もかも知らせるわけにはいかない。

本編は《アルフレッド・ヒッチコックス・ミステリ・マガジン》の二〇〇九年五月号に掲載され、三年に及んだシャンクス——怠惰なやつ——の沈黙を破った。

シャンクスの手口

Shanks on Misdirection

「あの男だ」レオポルド・ロングシャンクスは小声でぶつぶつといった。「信じられん、この場に平気で現れる厚かましさ」

「ちゃんと招待されてると思うけど」コーラはあくまで理性的にいった。理性的であることは、癪《しゃく》に障る妻の気質のひとつだった。

「そもそも招待されるべきじゃないんだよ」シャンクスは文句をいった。「この世に正義ってものがあるなら、ケン・ローフなんか社会ののけ者になるはずだ。世界じゅうのカクテルパーティーから締め出しを食らうはずなんだ。とりわけ作家が主催するパーティーからは」

「シャンクス、たった一度酷評されただけでしょう。忘れなさいな」コーラはそういって、ゴッドウェン夫妻の広大なマンションにパーティーの参加者が詰めかけている様子を眺めまわした。

「たった一度じゃないよ」シャンクスはいった。「何度もだ。もちろん絶賛されてる回数のほうがずっと多い。だけど免疫ができる程度にはひどい評も書かれてる」

「飲み物をもらいましょう。バーがあったわ」コーラはそちらへ向かい、シャンクスもあとにつづいた。

ケン・ローフがシャンクスの新作を気に入らなかったことは問題ではなかった。友人面《づら》をしたのろまのローフ《オーフ》が、大手の雑誌で新作をこきおろし、没後ずいぶん経つ三人の作家からシャンクスがアイディアを借りすぎていると非難したことだって、問題ではなかった。

そう、ほんとうに腹が立つのは、ローフがその三人の作家を——三人ともシャンクスの大好きな作家だ——過大評価された俗物として切って捨て、それでもその三人はレオポルド・ロングシャンクスよりはましだ、と宣言していることだった。これこそ、ラクダの背骨を折って病院送りにする最後の一本の藁《わら》だった。

その書評が公開されたあと、シャンクスは三日間書けなかった。書けずに何をしていたかといえば、コンピューターの画面を見つめ、「ぼくはつまらない劣化コピーなのか?」とつぶやいていた。コーラに無理やり買い物に連れだされるまで。

お飲み物は白ワインか赤ワインになります、とバーテンダーから告げられた。シャンクスは信じられなかった。ケン・ローフとおなじ屋根の下でひと晩生き延びるために、スコッチを頼りにしていたのに。代わりに差しだされたものがシャルドネとメルローとは。

「もっと強い飲み物はないのかな?」

バーテンダーはポーカーフェイスで見返してきた。「強化ワインのような、安っぽい飲み物のことですか? 残念ながら用意しておりません」

誰も彼もがコメディアンってわけか、とシャンクスは思った。ローフはこのバーテンダーの批評でもすればいいのに。

シャンクスはメルローを片手に部屋を見まわし、このなかにあの書評を見たり聞いたりしたことのない人間などいるのだろうか、と思った。問題は、どんなにひどい批評であれ、みんな冷静にかまえていることだった――批評されたのが自分の本でないかぎり。ローフを業界から、いや、パーティー招待客のリストからさえ締めだそうとする人間はひとりもいないようだった。

「わざわざローフを探すのはやめて」コーラがいった。

「探してないよ。会いたくないんだから」

「シャンクス、聞いて」コーラはシャンクスの正面にまわっていった。「絶対に騒ぎを起こさないで。ここにいるのはみんな友達なんだから」

ひとりを除いてね、とシャンクスは思った。

「喧嘩をはじめたりしないでね」

「せいぜい出くわさないようにするさ」

「それだけじゃ駄目」コーラは手をシャンクスの腕に置き、いかにも妻らしい目でシャンクスを見据えた。「今夜、ケンに辛辣《しんらつ》なことをいわないって約束して」

「辛辣なこと？　ぼくが？」

「約束して」

「ケンが礼儀をわきまえるなら……」

「シャンクス、わたしに恥ずかしい思いをさせないで。いまこの場で約束してくれないなら、わたしは車を使って帰るから、あなたは自力で帰ってきてね」

「理不尽なのは誰だって?」シャンクスはため息をついた。「わかったよ。約束する。辛辣な言葉は使わない」

コーラはうなずいた。「ありがとう。あとになればきっとあなたもそれでよかったと思うはず。信じて」

シャンクスは信じなかった。

「あら、ジーンだわ。挨拶してこなきゃ。忘れないで、シャンクス……」

「わかったわかった」シャンクスはコーラを見送り、首を横に振った。長い夜になりそうだった。

「シャンクス! こっちに来いよ」今夜のホストが声をかけてきた。エド・ゴッドウエンはテクノスリラーを書く売れっ子作家で、食料品の買い物リストすらハリウッドに売りつけることのできる男だった。エドはひと組の夫婦と一緒にいて、バーディーン夫妻、トムとマギーだと紹介した。

「あなたはコージーミステリを書いていますよね」シャンクスはマギーにいった。マギーは四十がらみで、根もとを染めなおしたほうがいいような赤毛をしていた。

「いい評判を聞いていますよ」

マギーはうっすらと笑みを浮かべた。「わたしとしては、伝統的なフェアプレイのミステリを書いているといわれるほうが好きなんですけど」

ああ、我慢のしどころか。どうやら今夜は礼儀正しく世間話をしようとしても裏目に出るめぐりあわせらしい。「それなら、ぼくも何作か書いていますよ」

「あら」マギー・バーディーンは抜いて整えた眉《まゆ》をあげていった。「ご自分のお名前で?」意訳すれば、〝あなたの名前を聞いたことがないんですけど〟だ。

見込みのない試みを放棄して、シャンクスはマギーの夫のほうを向いた。「トム、あなたはどんなお仕事をしているんですか?」

長身で針金のような体に、細い顔が空腹そうに見えるトムは、シャンクスとしっかり目を合わせ、心からの笑みを浮かべた。「保険のセールスマンです。お目にかかれてうれしいですよ、シャンクス」

お似合いの夫婦だった。気づくとワイングラスが空《から》になっており、シャンクスは驚いた。またバーに行って……

しかしエドが話しかけてきた。「新刊は売れてるかい、シャンクス?」

ケン・ロープがあのちょっとした賛辞を発表してからはさっぱりだね、と答えようとしたが、辛辣な物言いはしないと約束したのを思いだした。「きみのレベルにはとうてい及ばないが、まあなんとか食ってはいけてるよ」

「あなたの新刊はなんという本ですか?」トムが尋ねた。シャンクスは頭のなかでトムに〝税控除の対象〟氏とあだ名をつけていた。

本のタイトルを告げると、トムは顔をしかめた。「その本については、どこかで何か読んだ気がする」そういうと、トムは品定めをするようにシャンクスを見た。

シャンクスはため息をついた。

「残念ながら、お金だけが目的の低俗な作品を読む時間はあんまりなくて」マギーがにっこり笑っていった。「あまりにも忙しいので。そう、忙しいの！　ずっと駆けまわっていて、今夜だってもうすこしで来られないところだったわ」

「またはじまった」トムがつぶやいた。どうやらこの話にはすでに飽き飽きしているようだった。

「聞いて」マギーはエドにいった。「シッターを頼むのに現金が必要だったのに、この人がデビットカードをなくしちゃったのよ」

「なくしてないよ」トムがいった。「ATMに呑みこまれたんだよ」

「ああ」シャンクスは思いがけずこの保険セールスマンに同情を覚えた。冷酷な機械のまえでは、人類はみな兄弟だった。「暗証番号をまちがえたんでしょう？　たてつづけに何回か失敗すると、機械がカードを呑みこんでしまいますからね」

トムは首を横に振った。「暗証番号はいつも一回で正しく打ちますよ。きょうの機械はどうやらすべてのカードを呑みこむことにしたようだった。私のまえの人たちも気がついていたようだったけど、手遅れになるまでそれを教えてくれなかったんです」

「やれやれ、それは親切なことだ」エドがいった。

「詳しく話してください」シャンクスがいった。

「いつも使っているＡＴＭまで歩いていきました。私の口座のある銀行の機械だから、手数料を払わなくて済むので」

「この人ったら二ドルの手数料を節約するために四ブロック歩くのよ」マギーがいった。「おまけに今夜はろくなことにならなかった」

「とにかく」トムはつづけた。「着いてみると、機械のそばに三人のロシア人が立っていた」

「ロシア人？」エドのテクノスリラー魂が機敏に反応した。

「まあ、とにかくスラブ系でしたよ。何やら東欧の言葉を話していました。三人は機械から離れて、そのうちのふたりが……このふたりは口論をしていましてね、夫婦だと思うんですが……」

「それはどういう意味？」マギーが顔をしかめて尋ねた。

「ちょっとした観察の結果だよ、マギー。それで、三人めのロシア人は、よくある黒い毛皮の帽子を禿《は》げた頭にかぶっていたんですが、携帯電話に向かって何やら早口にまくしたてていましてね。しかし三人のうち誰も、何が起こっているか私に教えてくれるだけの良識は持ちあわせていなかった。私は機械にカードを入れ、暗証番号を打ちました。そのあとに三人が駆け寄ってきて、この機械はカードを呑みこんでしまうんだと教えてくれたわけです」

「しかしあなたのカードは消えたあとだった」エドがいった。

「銀行に電話したほうがいいですよ」シャンクスがいった。

「きょうはもう業務を終了していますもの」マギーがいった。「あしたの朝いちばんに連絡を入れれば、トムはカードを返してもらえるでしょ」

「いや」シャンクスはいった。「いますぐ電話してください。本気でいってるんですよ。盗難にあった場合の緊急番号があるでしょう」

三人はシャンクスを見た。

「盗まれたわけじゃありませんよ」トムはまるで子供に説明するように、ゆっくりとしゃべった。「機械に呑みこまれたんです」

「だから、盗まれたんだってば」まるで子供の喧嘩だな、とシャンクスは思った。「あなたが機械のほうへ歩いていったとき、口論していた夫婦はどこにいました?」

トムは考えてから答えた。「私の左側、壁のそばです」

シャンクスはうなずいた。「きっと、大声でしゃべりながら、大きなジェスチャーで腕を振りまわしていたでしょう。禿げ頭の男はあなたの右後方にいましたね」

「そのとおりです」トムは眉をひそめた。「どうしてわかったんです?」

「これがレオポルド・ロングシャンクスなんだよ」エドが笑いながらいった。「なんでもわかってしまう。で、それがどう窃盗に結びつくんだい?」

「カードを入れているあいだ、トムは口論で気が散っていて、反対側の禿げ頭の男が近づいてきているのに気づかなかった。男はトムが打った暗証番号が見えるほど近づいていた」

マギーが夫に向かって顔をしかめた。「そうなの?」

トムはいやそうな顔をしていった。「だとしても問題じゃない。カードは機械に呑まれたんだから」

「暗証番号がわかると、禿げ頭の男はチームメイトに合図を送った……」シャンクスは現場の様子を言葉で再現しようとした。「おそらく、携帯電話をとじるか何かしたんでしょう。それから全員で駆け寄って、機械についてあなたに警告し、禿げ頭の男がカードを取りだそうとした」

「でも出てきませんでしたよ」トムはいった。

「どうしてわかるんですか？」

「男は何回も取り出しボタンを押してましたから」

「そりゃすごい」エドがいった。「カードは最初に出てきたのに、男がボタンを押しつづけたから取りだせなかったように見えたんだな。そのあいだ、カードはとっくに男の手のなかにあったか、ポケットに向かう途中だったわけだ。わざと誤解させる手口だ」

「そのとおり」シャンクスがいった。「すべて誤解にかかっているんです。トラブルは南から来ているのに、北を見せておく」

「でも、それは……」トムはまばたきをした。「それは……なぜ、その男は……」

「あなたが馬鹿なの」マギーがいった。「だからよ」

「その手に引っかかる人は大勢いますよ」シャンクスはいった。「実際の現場を見てみたかった」

「連中が手に入れたのはなんだったのかね？」エドが尋ねた。「銀行のキャッシュカード？

それともクレジットカード？」

「デビットカードですよ」トムは目を見ひらいた。「会社に電話しなければ！」

「それがいいでしょう」シャンクスはそういって、携帯電話を使いはじめた保険セールスマンが受信状態のいい場所を探しながらうろうろするのを見守った。

ふり返ると、マギーがシャンクスのことをじっと見ていた。「どうしてわかったの？」

「金だけが目的の低俗な作品を書くために、いろいろとリサーチをしているから」

マギーはしかめ面になっていった。「わたしの態度が失礼だったなら、ごめんなさい」

シャンクスはよく考えてみた。「ぼくも失礼だったかも。どうやらぼくたちにとって、きょうはあまりいい一日じゃないみたいだ」

「あなたもクレジットカードをなくしたの？」

「いや、新刊を酷評された」

「あら」マギーは同情をこめてうなずいた。「窃盗にあうほうがまだマシね」

「アーメン。銀行のことは、うまくいくといいね」シャンクスは空っぽのグラスを見て顔をしかめた。「もっとワインが必要だ」

「シャンパンにするべきだね」エドがいった。「きみの最新の快挙を祝って」

「ほんとならスコッチにするべきなんだが、きょうのホストはそれを出してくれなくてね」

「ジーンに阻止されたんだ」エドはいった。「前回作家を呼んでパーティーをひらいたときには、殴り合いの喧嘩を三つと駆け落ちをひとつ止めるはめになったからって」

「ああ、そうだったな。あれはいいパーティーだった。ワインを取ってくるよ」

珍しく、バーがすいていた。シャンクスはいっそ二杯頼もうかと思った。人が見たら、コーラのために運んでいると思うだろう。しかしまちがいなくコーラに出くわすだろうし、コーラは絶対に騙されないだろう。

「メルローを」シャンクスはバーテンダーにいった。

ふり返ったところで、ケン・ローフとぶつかりそうになった。人間の格好をして歩きまわるスカンクだ。一緒にいた知人のほうには、ばつの悪そうな顔をする程度の良識はあった。すこし怖がってくれるくらいでもいいのだが、とシャンクスは思った。

コーラには、辛辣な言葉を口にしないと誓った。だが、たとえば、そう、パンチしないと約束しただろうか？　これはグレーゾーンではないだろうか。

「あー、シャンクス」ローフがいった。

「やあ、ケン」シャンクスは思った――誤解させる手口でいこう。

シャンクスは笑みを浮かべた。「パーティーを楽しんでいるかい？」

「ああ。とても。白ワインを」ローフはバーテンダーに向かっていった。

シャンクスが何気なく顔をそむけると、思ったとおり、そこには愛する妻がいた。コーラは出版社の広報係としゃべっていたが、凶暴な目でシャンクスを睨《にら》みつけてきた。その目つきと不似合いではあるが、いいたいのは〝お行儀よくして〟といったところだろう。

もちろんシャンクスだって最高に行儀よくするつもりだった。ただ、例の話題をどう持ちだすか考えなければならなかったが。

ローフが問題を解決してくれた。「あー、シャンクス」ローフは咳ばらいをしてからつづけた。「あの書評だが……」

「ああ、そうだね」シャンクスはいった。「きみがその話を持ちだしてくれてよかったよ、ケン。そのことで、謝ろうと思っていたんだ」

ローフは持っていたグラスを落としそうになった。「きみが僕に謝りたいだって？」

「そうなんだよ。きみがどんなめにあうかと思うと、気が気でなくてね」シャンクスは首を横に振った。同情を示すというよりは、相手の想像をかきたてるために。

「どういうことだ？」ローフは尋ねた。

「きみについてみんながいっていることだよ」シャンクスはチッチッと舌を鳴らし、〝みんな〟を非難してみせた。

「みんなはなんていってるんだ？」ローフはすこしばかり顔色が悪くなったようだった。

「ぼくは何度もみんなにいってるんだけどね。きみがあの書評を書かなきゃならないと思ったのは、きみとぼくがこんなにいい友人同士だからだって。きみは精一杯フェアになろうとしているんだって」

「そのとおりだ、シャンクス。まさにそうしようとしたんだよ」ローフは、突然空になったとでもいわんばかりにワイングラスを見つめた。「もう一杯頼む。それで、きみがそういったあと、みんなはなんだって？」

「ああ、人の噂がどんなものかはわかるだろう、ケン。まったく罪のない小さな行動にさえ、悪意に満ちた動機があるんじゃないかと勘ぐる人は必ずいるものだから……」

「たとえばどんな？」ロークの目がだんだんどんよりしてきた。ロークは混みあった室内を見て顔をしかめた。「みんな具体的にはなんていってるんだ？」

「それを詳しくいってもしかたがないよ、ケン。ぼくはコーラと約束したんだ、今夜は辛辣な言葉を慎むって」

「辛辣？　みんなそんなに辛辣な言葉を口にしているのか？」

「くよくよ考えないほうがいいよ」シャンクスは忠告した。「きみが真実を書こうとしただけだってことは、きみにもぼくにもよくわかってる。そうだろう？」

ロークはふらふらと離れていった。友人であるはずの人々に疑わしげな視線を向けながら。シャンクスがふり返ると、バーテンダーもおなじくらい疑わしげな目をしていた。

「いまのはいったいなんだったんですか？」

「友達をなだめていただけだよ」

「私もバーで人々をなだめることに多くの時間を費やしてきましたが、私が話し終えたときには、みんなあの人よりはるかに幸せそうになりましたよ」

「きみにはきみのやり方があり、ぼくにはぼくのやり方がある。もう一杯もらえるかな」

シャンクスは、笑いさざめく客人たちに感心しながらぶらぶらとバーを離れた。いいパーティーだ。

「ここにいたのね！」コーラがいった。「ケン・ローフに何をいったの？」

「辛辣な言葉はひとつも口にしなかったよ」

「よかった。それができて、あなただってまえより気分がよくなったでしょ？」

「そうだね、そう思うよ」

「あのマギーって人から、あなたが彼女の夫にＡＴＭを信用するなっていってたって聞いたんだけど。どういう話だったの？」

わざわざ説明するほどのことだろうか？　答えはたぶんノーだ。「マギーが着ているあのドレスをどう思う？　女性のファッションのことはよくわからないけど……」

「あなたのいってることは正しいと思う。マギーはピンクを着るべきじゃないわね」

シャンクスはワインをひと口飲んだ。銀行のＡＴＭのまわりをちょっとぶらついてみるのもいいかもしれない。どうやらコツはつかめたようだから。

著者よりひとこと

この短編はふたりの英国人コラムニストから着想を得て書いた。驚きだ。

ジョン・ダイアモンドはかつて、ロンドンの《タイム》誌に毎週寄稿していた。その欄には〈週《サム》末のための何か《シング・フォー・ザ・ウィークエンド》〉というそっけないタイトルがついていたのだが、これはイギリスのスラングで〝コンドーム〟という意味である。ダイアモンドはあるとき、自分は心気症かもしれないと快活に書き、検査を受けにいくつもりだと説明した。そして翌週、珍しいタイプの舌がんだったと公表した（そう、ダイアモンドは喫煙者だった）。

その後、ダイアモンドはがんの治療で病院を出たり入ったりしながら、痛ましくもありおかしくもある人生の観察を書き綴った。そして邪悪な病魔に完全に囚われるまえに、イギリスの年間ベストコラムニスト賞を勝ちとり、本を二冊書いた。

ダイアモンドはあるコラムに、ＡＴＭのそばで三人の中東の人間と出くわしたときのことを書いている（考えてみれば、これも邪悪な魔の話だった）。わたしはその事実を借用して小説に取りこんだ。

《ザ・スペクテイター》は一八二八年創刊のイギリスの雑誌で、読者の大半は明らかに保守的な層だった。メアリー・キルンはそこで人生相談コラム〈あなたの問題、解決します〉を書いているのだが、キルンが提案する助言はかなりふつうとちがっていた。牛肉をきちんと給仕しない執事の扱いをどうするか、個人のヘリに乗せてもらう場合にガソリン代を払うべきか否かといった強烈なお悩みが寄せられた。

あるとき、ドラマ評論家から相談が寄せられた。戯曲を書いたのだが、それを酷評した同業者とばったり顔を合わせたときにどう対応したらいいか知りたい、というものだった。キルンのアドバイスを読んで、こう思った。〝わたしにはうまく対応できないが、シャンクスならできそうだ〟。というわけで、この短編のなかでシャンクスはそれを実践している。

前回の一編とそのまえの一編のあいだには三年の隔《へだ》たりがあったが、「殺される」と「手口」のあいだは雑誌一号分しかあいていない。一貫性など、心の狭い人間だけに見えるお化けのようなものだ。

シャンクスの怪談

Shanks' Ghost Story

「怪談ならひとつ知ってる」レオポルド・ロングシャンクスがいった。「しかも実話」

「ほんとかい」エド・ゴッドウェンがいった。「きみほど疑り深い男が？　マリー・アントワネットの首なしの死体をバスタブで見たとかいいだすつもりか？」

シャンクスは傷ついた顔をしようとした。「何年もまえに起こったことなんだよ、ぼくの分析能力が現在のレベルに達するよりずっとまえの話だ」

「シャンクス」ヴィヴィアン・ファンショーが、きびきびとした英国訛《なま》りでいった。「あなたってときどきいけ好かないわね。だけどその話をぜひ聞かせて」

その場にいたのは五人だった。ペンシルベニア州の古いファームハウスの居間で暖炉を囲んでいた。この農場はネブラスカ州にある農業関係の複合企業が所有しているものだが、会社は古風なファームハウスのほうは必要としなかったので、田舎の別荘を求める人々に貸しだしているのだった。ここ五、六年は作家とその配偶者のグループが、情報交換をしたり、大きなパーティーから逃げたりするために、年末年始の数日をこの家で過ごしていた。

歴史ミステリ作家のマイルズ・ファンショーが今年のホスト役で、夕食後、自分が生まれた英国ではいまは怪談話の季節なんだといいだした。シャンクス個人としては、そんな季節は十歳くらいで卒業しておくべきだと思ったが、まあ、ホストの特権ということで、マイルズの育った村で起こった奇妙な出来事についての話をおとなしく聞いた。

次に、マイルズの妻で児童文学作家のヴィヴィアンが、彼女のおば、ポーリンが見たという恐ろしい幽霊の話をした。最後に、スパイ小説作家のロス・ペリーが、隣人の女性を覗き見していた男のショッキングな話を披露した。男は隣人の亡き夫の肖像画に酷似した誰かに近づかれ、姿を消したのだった。

シャンクスは話を聞きながら、偶然の一致だろう、ヒステリー状態だったのだろう、そしてロスの話は簡素な古典だろうと思ったが、それを口には出さなかった。

テクノスリラー作家のエド・ゴッドウェンは、話せるような怪談はとくにないと断った。エドの妻のジーンとシャンクスの妻のコーラはその場にいなかった。ふたりは新年の昼食会を計画しており、そのための買い物に出かけたのだった。

これはシャンクスには好都合だった。〝ほんとうの〟話をするときには、事実をチェックできるコーラがいないほうがいい。

「これはぼくの最初の本が出版された年にあったことなんだ」シャンクスはそう語りはじめた。

「活版印刷が発明された直後だな」エドが楽しそうに茶々を入れた。

「きみも知っているはずだ、おなじころに新人だったんだから」シャンクスはつかのま口をつぐんで、どう話そうか考えた。「まあ、ぼくの小説はベストセラーリストを賑わしたりはしなかった。ぼくはできるだけ早く出すつもりで二作めに取り組んでいた。飢《う》えるしかなくなったら困るし、まっとうな仕事に就くはめになったりしたらもっと困るから、そのまえに書きあげなきゃと思ってね。そんなある日、アンディ・サトルから電話がかかってきた」

ロス・ペリーは、口にしていたノンカフェイン飲料でむせそうになった。「いやいや、あのイタチ野郎のことはもう何年も思いだしもしなかったよ。あいつにはいまも貸しがある」

「そう聞いても驚かないよ」シャンクスはいった。

「その紳士は誰なの？」ヴィヴィアンが尋ねた。

「紳士なんかじゃなかった」シャンクスは答えた。「アンディはぼくの最初のエージェントで、中古車のセールスマンがいっぱいに詰まった穴とおなじくらい脂《あぶら》ぎった男だった」

「ぼんやりとしか覚えていないが、何か法的手続きが取られたんじゃなかったか」エドがいった。「刑務所には入ったのか？」

「残念ながら、入っていない。ブラジルに逃げたんだ。だが、アンディの下り坂はまさにいま話している年にはじまった。ルーサー・Z・タルがアンディを相手取って訴訟を起こしたときに」

「ルーサーなら覚えてる」ロスがいった。「なんでも屋だった。いろんなジャンルをちょっとずつかじって、どれもものにならなかった」

「何についての訴訟だったんだ？」マイルズが尋ねた。

「組合不参加契約について」シャンクスがいった。「平均的な作家は年に一冊しか本を書けないが、出版社は何冊も出せるってことにアンディは気がついた。だから交渉の際に、クライアントである作家よりも出版社のほうに肩入れするようになった。結果として出版社のほうもアンディに仕事をまわしはじめた」

「あのイタチ野郎」ロスがつぶやいた。「しかし、それがとどめになったわけじゃなかった。その数年後、シャーロット・チェイス・クロウのロマンス小説に映画化の話があったとき、契約金に手をつけて捕まった。で、ルーサーとちがって、シャーロットにはいい弁護士を雇う金があった」

ヴィヴィアンは顔をしかめた。「それが怪談とどんな関係があるの？　ただの業界のゴシップじゃない」

「もうすこしの辛抱だから」シャンクスはいった。「そのエージェントのアンディが電話してきて、金を稼ぐ気はないか、というんだ。〝きみのスキルを伸ばし、いくらか金を稼がせたうえ、大手出版社を感心させる簡単な方法があるんだが。ボビー・キングロイヤルの著書を読んだことはあるか？〟って」

「また新しい名前か」マイルズが文句をいった。「それは誰だい？」

「知らないなんて恥ずかしいわね」マイルズの妻がいった。「昔、アメリカ南部を舞台としたゴシック趣味たっぷりのミステリを書いてた人。おかしな死に方をしたんじゃなかった？」

「そうそう」ロスが答えた。「キングロイヤルのハウスボートがどこかの川で見つかって……」

「サーディス湖だ」シャンクスがいった。

「そうだった。しかしボートには誰も乗っていなかった。だろ?」

「そのとおり。で、いまぼくが話していた電話の件はその数カ月後の話なんだ。アンディがいうには、キングロイヤルは次作のアウトラインを残した。それでアンディは、ぼくを雇ってその作品を書かせるように出版社を説得したっていうんだよ」

「きみの名前が表紙に出るかたちで?」マイルズが尋ねた。

「まさか。ぼくが受けとるのは原稿料だけって話だった。クレジットはなし、公表もしない。本はキングロイヤルの遺作として出版されることになっていた」

「ちょっと待った」エドがいった。「この与太話がどこに向かっているかわかったぞ。これは怪談《ゴースト・ストーリー》じゃなくてゴーストライター・ストーリーだ」

「そうなの?」ヴィヴィアンがいった。「超常現象は何もなくて、フリーランスの書き仕事っていうだけの話?」

シャンクスはぼさぼさの眉《まゆ》をぐっと落としてしかめ面《つら》をつくった。「最後まで聞いてもらいたいね。ブランデーのボトルはどこにいった? ありがとう、マイルズ」

「わからないのはさ」ロスがいった。「どうしてアンディがきみを推したかだ。キングロイヤルの本はみんな深南部の話だろう。きみはミシシッピに行ったことがあるのか?」

「ないけど、図書館の貸出カードくらい持ってる。キングロイヤルの本を――売れ行きのよかったものを何冊かと、まだそこまで売れていなかった新しいほうも何冊か――借りて読みはじめた。アンディからはアウトラインが送られてきて、サンプルの二章と残りの概要を書くようにいわれた。そのとき、アンディはこういったんだ。〝急いで書くんだ、シャンクス、そうしたらきっときみが勝つから〟。

それで初めてわかったんだよ、代作のチャンスを与えられた候補者は自分だけじゃなかったんだって。彼らはトム・ウィロボーにもアウトラインを送っていたんだ」

「まあ、ウィロボーのほうが地理的には近いな」エドがいった。「テキサスの話を書いていなかったっけ？」

「ダラスの私立探偵が主人公の話だったと思う」シャンクスは同意した。「ウィロボーには会ったこともなかったし、著作にもあまり関心がなかったから、競争する予定ではなかったけれどべつにかまわなかった。自分が勝つかぎりは」

「本物のスポーツマンみたいな物言いだな」ロスはそういうと自分のコーヒーカップを見て、それからほかのみんなのブランデーグラスやビールのボトルを眺めて顔をしかめた。また禁酒しているのだ。

「長い話を短くすると、ぼくが勝った。そして分厚いサザンゴシックのヒット作を書くのに、六カ月が与えられた」シャンクスは首を振った。「一作しか書いていない新米にとっては、たいへんなプレッシャーだったよ。

最初の鍵は、リズムを正しく体得することだった。それについてはいいアイディアを思いついたんだ。キングロイヤルの小説のオーディオブックを買ってきて、車のなかでも家のなかでもかけまくった」

「コーラはいやがらなかったの？」ヴィヴィアンが尋ねた。

「まだ出会ってもいないころだった。ずっとかけつづけたんだ、順番はどうでもよかったし、毎回おなじ本じゃなくてもよかった。プロットが必要なわけじゃないからね。キングロイヤルの文体にどっぷり浸りたかっただけで」

「賢いやり方だな」エドがいった。「しかし幽霊はまだか」

「もうすぐだよ。書きはじめて五日めのことだった。ぼくはいい気分だった。ようやく仕事に没入していた」

理解を示すつぶやきがあがった。「あの状態はいいね」マイルズがいった。「執筆が完璧に進んで、食事も睡眠も邪魔でしかなくなる」

「それにキャラクターがしゃべりだすんだ」ロスが夢見るような笑みを浮かべていった。

自分の書いたキャラクターとしゃべるのは統合失調症の兆《きざ》しじゃないかとシャンクスは常々思っていたが、人にはそれぞれにやり方があるものだ。「昼食のときにアンディに電話をかけて、かなり筆が動きはじめたと話したのを覚えている。しかしその後、日が暮れかかって、パスカグーラ郊外の沼地を舞台にした第七章にかかろうかというところで電話が鳴った。受話器を取ると、知らない声が聞こえてきた。かん高くて苛立《いらだ》ったような声で、かすかな南部訛りがあった。

〝こんなことはやめるんだ〟。そいつはいった。

〝何をいってるんですか？〟とぼくは答えた。

〝おまえは私の作品を盗むつもりだろう、ロングシャンクス。そんなことはさせるものか〟。

〝あなたはいったい誰なんですか？〟。

〝おまえに私の本を書かせはしない。これは盗作より悪い。アイデンティティの窃盗だ。まったくの不正だ〟。電話はここで切れた」

「やっと幽霊にたどりついたのね」ヴィヴィアンが嬉しそうに震えながらいった。「ボビー・キングロイヤルみたいな声だった？」

「わからない。キングロイヤルの声を聞いたことがないんだ。オーディオブックは著者自身の朗読ではなかったし、有名人なら誰でもウェブ上に映像があがっているような時代でもなかったから」

「あれはいいぞ」エドがいった。「政治家が馬鹿なことをいうところを眺めるのが、おれの新しい趣味なんだ」

「その電話でずいぶん動揺したんじゃないか」マイルズがいった。

「そうなんだよ」シャンクスはいった。「その日はもう仕事が手につかなかった。ぼくの失敗を望む動機があるのは誰かと考えはじめた」

「トム・ウィロボーだ」ロスが即座にいった。「きみはウィロボーを負かして代作の権利を手に入れたんだろう。ウィロボーは当然、恨んでいたんじゃないか」

「ぼくが最初に考えたのもそれだった」シャンクスは同意した。「その夜は友達に電話をかけまくって、電話帳に載っていないウィロボーの番号を突きとめた。

翌日、ウィロボーに電話をして、すこしのあいだおしゃべりをしたんだ。ウィロボーは、負けたことには明らかに腹を立てていたけれど、知らないうちに競争させられていたことについてはお互いに同情しあったよ」

「前日の電話の声はウィロボーだったの？」ヴィヴィアンが尋ねた。

「よくわからなかった。ウィロボーの声のほうが深みがあって、訛りはぜんぜんなかったんだ。もちろんウィロボーが偽装していたと考えれば筋は通る。だけどお互い感じよく話もできたことだし、結論としては、もしウィロボーが前日の電話の主でも、もうおなじことはしないだろうと思った」

「どうしておれは当時その話をぜんぜん耳にしなかったんだ？」エドが尋ねた。

「きみがぼくからジーンを盗んだ直後だったからだよ、覚えてるだろう？　あのころのぼくたちはすごく仲がよかったわけじゃない」

「なんともいえないね。いちばんいい男が勝っただけだ」

「いちばん謙虚な男じゃないのは確かだね」

「そんなことより」ロスが口をはさんだ。「どうしてイタチ野郎に話さなかった？」

シャンクスは肩をすくめた。「恥ずかしかったんだよ、ほんとうのところ。まだ一冊しか著書がなかったころの話だからね。アンディ・サトルに、仕事から逃げようとしていると思われるのがいやだった」

「それよりは」マイルズがいった。「どうかしたんじゃないかと思われただろうね。きみがおかしくなったんだと」

「それからどうしたの？」ヴィヴィアンが尋ねた。

「どうしようもない。仕事に戻ったよ」シャンクスは顔をしかめた。「もちろん、仕事はまえほどはかどらなかった。ずっと、誰かに肩越しに覗きこまれているような気がしてね。

ある日、大きなシーンの舞台となる場所のことを図書館に調べにいったんだけど、気がつくとボビー・キングロイヤルが亡くなったときの詳細を調べていたよ」

「エルヴィス・プレスリーみたいに、じつは生きていた、なんて騒ぎがないか確認するためか」ロスがいった。

「遺体は見つからなかったのよね」ヴィヴィアンはいった。「ボビーの遺体ってことだけど」

「ワニだな」エドはそういい、次作の構想を練っているらしき笑みを浮かべた。

「キングロイヤルの遺体が見つかっていないとわかって、執筆のリズムを取り戻すまでに一週間かかった。アンディは一日おきに電話をかけてきて、進み具合を聞きたがった。きみにはずいぶん手を貸したんだから、こっちの期待を裏切ってもらっちゃ困るといって」

「あのイタチ野郎、ほんとうにいやなやつだな」ロスがいった。

「ある晩、ちょうどその日の仕事を終えようとしたときに電話が鳴った。またアンディかと思ったんだが、例のべつの声だった」

「墓の向こう、あの世からか」マイルズがじっくり味わうようにいった。「すくなくともサーディス湖の向こうからだね」

「その声はこういった。〝こんなふうに人の人生を盗むなど許されないことだ、ロングシャンクス。私が書いたものすべてを、私のすべてを奪うなど〟。

ぼくはこういった。〝あなたはミスター・キングロイヤルなんですか？〟。

相手は笑った。〝まあその残された一部だよ。そしておまえはそれを盗もうとしている。あの連中に、この仕事を降りるというんだ。書きあげてもいいことはない〟」

「ああ、脅迫か」ロスが満足げにいった。「いつそういう話になるのかと思って待っていたよ」

「電話機の発信者番号探知機能は使ってみたか？」エドが尋ねた。

「ああ、しかしブロックされていた。その後、発信者番号通知サービスを依頼したんだが、間《ま》に合わなかった」

「本は書きあげた？」マイルズが尋ねた。

「なんとかね」シャンクスは首を振った。「最後の数週間は悪夢だった。オーディオテープは全部投げ捨てたよ。もうキングロイヤルの言葉を聞きたくなかった。キングロイヤルのことは永久に頭から追いだしたかった。ぼくの人生から追いだしたかった。ブランデーはまだあるかな？」

「私が注ごう」マイルズがいい、ボトルに手を伸ばした。「ほかにほしい人？」これに対してはロスが悲しそうなため息をついただけだった。

「ある明るい夏の朝、ぼくはアンディに電話をして、本が書きあがった、原稿は自転車便《メッセンジャー》に託したと伝えた。その日の午後、また謎の声から電話があった」

「さぞかし不機嫌だっただろうな」エドがいった。

「声の主はこういった。〝自分のことをゴーストライターだと思っているのだろうが、おまえは幽霊ではない。おまえは吸血鬼だ。悪鬼だ。私の血をすすり、命を奪った。このままで済むと思うのか?〟」

「あら」ヴィヴィアンがいった。「負け犬の遠吠えそのものじゃない」

「それからどうなった?」マイルズが尋ねた。

シャンクスは眉をあげた。「たいしたことは起こらなかった。出版社はその本にゴーサインを出し、ぼくに原稿料を支払い、大作家キングロイヤルの遺作として刊行した。自慢じゃないが、キングロイヤルのいくつかの近作よりも売れたよ」

「それは最後の本だったからだろう」ロスがいった。「病的な興味さ」

「その可能性は高いね。いずれにせよ、もう謎の声の電話がかかってくることもなかった」

「キングロイヤルの幽霊だったと思う?」ヴィヴィアンが尋ねた。

「心霊体は電話をかけたりしない」夫のマイルズがきっぱりといった。「やっぱり契約を決めたときのライバルの仕業だったと思うね。なんて名前だっけ? ウィロボーか。作家だって悪意に満ちた存在になりうるんじゃないか」

「おれはキングロイヤルだと思う」エドがいった。「生きていたんだよ。で、リハビリ施設だか売春宿だか、隠れていた場所から電話をかけてきたんだ」

「アンディ・サトルだ」ロスがいった。

「エージェントにどんな動機が？」ヴィヴィアンが尋ねた。

「動機なんかなくたっていいんだ、あのイタチ野郎には。私も金を貸しているというのはさっきいったかな？　それに、怪しい電話がかかってきたのはシャンクスがアンディに進捗を報告したすぐあとだって気づいただろう？　幽霊ならどうしてそのタイミングがわかるんだ？」

「おいおい、シャンクス」エドがいった。「ほんとうにこれで終わりなのか？　オチのない話をするなんて、きみらしくもない」

「そこに気づいてくれてうれしいよ。だからぼくはメインストリームの小説は書かないんだ」

シャンクスはブランデーをひと口味わった。「じつは、あとがきみたいな話ならある。二年後、ミステリのコンベンションに参加したんだが、あるパネルの登壇者に、かん高くて苛立ったような声でかすかな南部訛りのある作家がいた」

「ウィロボー？」マイルズがいった。

「変装したキングロイヤル」エドがいった。

「どちらもちがう」シャンクスはいった。「ルーサー・Z・タルだった」

つかのま沈黙がおりた。しばらくして、ようやくロスが口をひらいた。「あのなんでも屋？

アンディ・サトルに対して裁判を起こした男？」

「まさしく。パネル終了後、飲み物をおごったら白状したよ。自分が電話をかけたって」

「一体全体、なんでまた？」マイルズがいった。

「ぼくが書いた本のアウトラインを考えたのがルーサーだったからさ。つまり、ぼくはほんとうに彼の作品を盗んでいたんだよ。ボビー・キングロイヤルの最後の三作を書いたのもルーサーだった」

「しかしその三冊が刊行されたとき、キングロイヤルはまだ生きていたじゃないか！」エドがいった。

「生きてはいたが、書いていなかった。ルーサーによれば、それより五年前に、ボビー・キングロイヤルは出版社にこういったそうだ。〝そこそこ訓練された猿まね屋に、私の本を書かせるといい。そういう作家をひとり見つけて、私には名前の使用料だけ送ってくれ〟」

「悲しい話ね」ヴィヴィアンがいった。

「とてもね。そのころにはもう酒浸りになっていたんだと思う」

「きっと謎の死は自殺だったんだろう」マイルズがいった。「哀れな酔いどれだな」

ロスはコーヒーカップを胸に抱いていった。「そんなふうに自制がきかなくなるのは恐ろしいことだ」

「ほんとうだね」シャンクスはいった。「ルーサーは代作をはじめたとき、ボビーにアドバイスを求めたそうだ。こんな答えが返ってきたらしい。〝『風と共に去りぬ』の現代版を書けばいい。革新的な政治を書きたして、最初のページで誰かを殺せ。そうすれば労働者階級の連中はキャンディみたいに食いつくから〟」

エドが鼻を鳴らした。「自分の読者のことがよくおわかりで。それは認めるよ」

「とにかく、アンディを相手取って裁判を起こしたとき、アンディが出版社に対してどんなに影響力を持っているかルーサーは知らなかった。出版社は契約を打ち切りにした。ルーサーはひどくショックを受けた。ルーサーが書いたものでベストセラーリストに載ったのは、その代作しかなかったからね。表紙に書いてあるのがべつの作家の名前でもかまわなかった。当然、ぼくが次の一作を書くのは気に入らなかった。とくに、アウトラインを自分が考えたとあっては。ちなみにその出版社の社内には、ルーサーが不当な扱いを受けたことに同情した社員がいて、彼女がぼくの本の進行具合をルーサーに伝えていたんだ」

「ルーサーはなぜ、きみに電話をかけたときにほんとうのことをいわなかったんだ?」ロスが尋ねた。「いや、なぜ世間に向けて公表しなかったんだろう? 私ならそうしたよ」

「秘密を守ることも契約に含まれていて、これを破った場合にはとても支払いきれないような罰金が設定されていたそうだ。きっとほんとうだと思う。ぼくの契約書にもあらゆる脅《おど》しが盛りこまれていたからね。書かれていなかった脅威なんて、イナゴの大量発生くらいじゃないかな。だけどべつの理由もあると思う。ルーサーは五年近くのあいだボビー・キングロイヤルの代筆をしていたんだ。思うに、カーテンの向こうから出てくる気力が湧かなかったんじゃないかな」

「ところで、これがどういうことか気づいてるか?」エドがいった。「おれがいったとおりだろ。結局、怪談なんかじゃなかった。きみはおれたちを騙したんだよ、シャンクス」

「ほんとうだ!」マイルズがいった。「何か怖い話をしてくれる約束だったのに。出版業界によくある浅ましい話じゃなくて」

「不気味な要素がほしいんだね？」シャンクスは身を乗りだし、ぼさぼさの眉をぐっとさげて不穏な顔つきになった。「こういうのはどうだろう？　例の電話は三回あったんだが、ルーサーは絶対二回しかかけてないといい張るんだ」

ヴィヴィアンは大きく目を見ひらいた。「やだ！　ほんとう？」

「嘘だよ」シャンクスはいった。

著者よりひとこと

本編のアイディアは、イスラエルのラマット・レイチェルで遺跡発掘のボランティアをしたときに思いついた（発掘はとても楽しかったが、背中の筋肉にはこたえた）。なぜ中東の酷暑のなかでペンシルベニアの冬の話を思いついたかは、よくある小さな謎のひとつだ。

これは説明しておくべきだろうが、わたしはある種の語りのトリックが大嫌いで、それを〝おおコワイ〟と呼んでいる。定義は以下のとおり。物理的な説明で簡単に消散してしまうたぐいの超自然的要素を含む話であること。そして最後の瞬間に、効果を狙うためだけにその超自然の要素が持ちだされること。〝あなたもわたしもその絵を明かりで照らさなかったけれど――そこにはほんとうに幽霊がいたのです！　おおコワイ！〟。どういうわけか、テレビ映画ではとくにこういう手法が多く使われる。

さっきもいったように、わたしはこれが大嫌いだ。だからひとつでっちあげて、シャンクスにぶち壊しにしてもらった。

本編は初出である。

シャンクスの牝馬《ひんば》

Shanks' Mare

「私の会社は、コンサートホールや、その他のイベント会場のための発券システムをつくっています」ピーター・ビットランはいった。「馬の盗難に関してはなんの経験もありません」

レオポルド・ロングシャンクスは厳粛《げんしゅく》な面持ちでうなずいた。「馬の盗難は、昨今のニューヨーク市内で大問題になるようなことではありませんからね」

「では、なぜわれわれの会社がとくにこの……窃盗に関心を寄せるとお考えになったのですか?」ビットランはデスクチェアの背にゆったりともたれて座っていた。四人家族が一緒に座れそうな椅子だった。ビットランは六十代前半で、品のよいグレーの髪と鋭いまなざしの持ち主だった。どんな映画会社でも喜んで会社社長の役を割りふるだろう。事実、ビットランは社長なのだが。

「それから、ミスター・ロングシャンクス、お尋ねしてもよろしければ――」

「シャンクスと呼んでください」

「なぜあなたがこの件の調査をされているのですか? 私の理解が正しければ、あなたは小説家でしたね」その口調から察するに、ビットランは小説家を渡り労働者《ホーボー》と同義と思っているらしかった。

「確かに」シャンクスはいった。「ぼくもいまここにいるのが自分ではなく警察だったらどんなにいいかと思うんですが、ポリー・エリンガーがそれは駄目だというもので。ポリーは盗難があった厩舎《きゅうしゃ》と盗まれた馬の所有者です」

シャンクスはビットランの硬材の机にコピーを置いた。「けさ、ミスティの馬房のドアに留められていたのをポリーが発見しました」


この牝馬《ひんば》を返してほしければ、二万五千ドル用意しろ。警察を呼んだら馬は殺す。


驚いたビットランは口をO字形にしていった。「それは大金ですね。そんなに価値のある馬なのですか?」

それはまさにシャンクスも質問した点だった。早朝にポリーから電話があって、すぐに来てくれと頼まれたのだった。コーラとポリーは大好きなチャリティを一緒に取りしきっている仲で、善き目的のために人々から強引に金を引きだすという楽しみに、ふたりで多くの時間を費やしていた。

「もちろんミスティにそんな価値はないわよ」ポリーはきりっとした雰囲気の五十代の女だった。いつもどおり、ブルネットを入念に膨らませて独特のヘアスタイルにしていた。三人はポリーの家のキッチンで座ってコーヒーを飲みながら、身代金を要求するメモを見つめた。

「ついこのあいだ聞いた話では」コーラがいった。「馬の売値は――」

「それはサラブレッドの話でしょ。競走馬よ」ポリーはかぶりを振った。「うちにいるのはみんな雑種。子供たちに乗馬を教えるための馬なの。レース向けじゃなくて。おとなしくておおらかでなければ務まらない。五対一のオッズでデイリーダブル（指定された二レースの一着を当てる）のレースを走るような、神経質なプリマドンナとは正反対のタイプよ」

「犯人たちはミスティを狙ったの？　それとも、行き当たりばったりに選んだのかしら？」

「ミスティが狙われたんだよ」シャンクスはいった。「ここに来るまえに厩舎に寄って見たんだ。ミスティの馬房はまんなかだった」

　コーラは顔をしかめた。「だから？」

「だから、もしどの馬でもよくて、安全策をとりたいなら、家屋からいちばん遠くにいる馬を選ぶはずなんだ。そこなら道路までの距離も最短で、ポリーが何かを聞きつけるリスクがいちばん低い。もし犯行を見せつけたいなら、家屋からいちばん近い馬を選んだはずだ。それに――」シャンクスはメモを指差してつづけた。「ここに牝馬と書いてあるから、盗もうとしているのが雌だってことを犯人たちはわかっていた」

　ポリーはにっこり笑った。「ね、コーラ？　警察を呼ぶ必要なんてないじゃない。シャンクスがミスティを見つけてくれるわ」

「ちょっと、ちょっと待った」シャンクスはいい、妻のコーラは首を横に振った。

「シャンクスはミステリ作家なのよ、探偵じゃなくて。自分の車のキーも見つけられないことだってしょっちゅうあるし」

「フォローしてくれなくていいよ」シャンクスはぶつぶついった。

しかし結局ポリーが勝ち、いまに至っていた。

「それがわが社とどういう関係があるのか、まだわからないのですが」ビットランがいった。

「つまり、馬泥棒は身代金以外のものを期待していると思わざるをえないのです」シャンクスはいった。「牝馬の価値が身代金の額にとうてい及ばないのであれば、目的はポリーを動揺させて――」

「彼女の仕事にダメージを与えることですね」

「そのとおり。あるいは、身代金のメモは注意を逸らすためで、馬を盗むことによって何かほかのものが手に入ったのかもしれない。そこで、ミスティに常連客がいたかどうか訊いてみました」

「あら、もちろん」ポリーはいった。「ミスティはとても人気があったの。気楽に乗れる馬で、たぶんわたしが所有したことのあるなかでいちばんおとなしい馬じゃないかしら。神経過敏な人なら、おおらかな動物と一緒に行動するのはすばらしいことよ」ポリーはシャンクスを上から下まで眺めまわしてつづけた。「ねえ、あなたこそ、ちょっとストレスを緩和したほうがいいんじゃない？　運動したほうがいいのはいうまでもないけど」

「ちょっとちょっと」

「ストレスについてはどうかな」コーラがいった。「これ以上リラックスしたら、ぐにゃぐにゃになっちゃうんじゃないかしら。でも運動についてはそのとおり」

「じゃあ、ミスティには常連客がいたんだね？」シャンクスは尋ねた。話がひとつも進んでいなかった。

「いまいおうと思ってたところ。ジェシカ・フォリーって子がきょうのレッスンでミスティに乗るはずだったの、登校まえにね。フォリー家に電話を入れなきゃって思いついたときには、あの人たちはもう家を出ていて、わたしは携帯電話の番号は知らなかった」ポリーは思いだしてかぶりを振った。「かわいそうな子」

「その子がどうかしたの？」コーラが尋ねた。

「高校卒業まえに燃え尽きてしまうタイプ」ポリーは答えた。「両親はすでに、アイヴィー・リーグのどの大学に入れようか考えはじめてる。だからジェシカの空き時間は全部、入試担当者を感心させるような履歴書を書くための活動にあてられてる」

「それなら聞いたことがある」コーラはいった。「いまはいい成績を取ったり、テストで高得点を取るだけじゃ駄目なのよね。子供たちは社会奉仕活動とか、賞が獲れるような趣味の活動に時間を注《つ》ぎこまなきゃならない」

「そうそう。あのかわいそうなジェシカも自分の時間なんて一分もないの。宿題をやっていないときは、町の楽団でバイオリンを弾いているか、無料食堂でボランティアをしているかよ、まったくね」

「乗馬はそのうちのどこに当てはまるんだい？」シャンクスが尋ねた。

「どこにも。ああ、ジェシカの母親が、まるでオリンピック出場でも狙っているみたいに電話で自慢してるのを聞いたことならあるけど。でも、ジェシカのほうは楽しみのためにやっているだけ。セラピストに勧められたんだと思う。いままでにもそうやって送りこまれてきた子供たちがいるのよ」ポリーは入念にセットした髪を指で梳《す》いた。「ときどき、レッスンのあいだ親がいないことがあるんだけど、そういうときは乗らずにただミスティに話しかけたり、ブラシをかけたりして過ごしてる。ジェシカにとってはなけなしの反抗ってわけ」

「ミスティがいなくなったとわかったときのジェシカの反応は？」

ポリーは身を震わせた。「ティーンエイジャーが神経衰弱に陥《おちい》ったところを見たことがある？」

「ずいぶん深刻そうに聞こえるけど」コーラがいった。

「ほかにどういったらいいかわからないんだもの。癇癪《かんしゃく》を起こすっていうんでもなくて、ただ震えながらすすり泣いてるの。今週末に大学入学準備試験を受けるらしくて、ジェシカにとっては一時間の乗馬が緊張をほぐす最大のチャンスだったはずなのに」

「それに、こんどは馬のことが心配で勉強が手につかない」コーラはいった。「かわいそうに」

「ミズ・フォリーは娘をなだめることができなかった。最後には夫に電話しなきゃならなかったの。じつはそれはしたくなかったんだけどね。ジェシカを説得するのは父親のほうがうまいみたい。効きめがあったようだから」

「父親のことを教えてくれないかな」シャンクスがいった。

「市内のどこかの会社の重役よ。献身的な親だとは思うけれど、妻とおなじく野心が大きい。ジェシカが三十になるまでにノーベル賞のひとつも獲らなかったら、本気で頭にくるんじゃないかしら」

「そんなにいい父親なら、母親はなぜ電話をかけたがらなかったんだ？」

「きょうは大事な日なんですって。大きな取引が目前に迫っていて、ミスター・フォリーはその責任者だとか。妻によれば、きょうは夫のキャリアの成功を左右する日だそうよ」

「そうか」シャンクスはいった。


「そうでしたか」ビットランはいった。「馬の盗難は、マイク・フォリーとわが社の一大プロジェクトに関係があるかもしれない。そう思うのですね？」

シャンクスは肩をすくめた。「確認する価値はあるように思われました。それで、電話をかけてもミスター・フォリーと話をすることができなかったので――」

「本人の要望でしてね。仕事に集中できるように、電話をつながないでもらいたいといわれています」ビットランはため息をついた。「ミスター・ロングシャンクス、わが社はある日本の会社の主要共同経営者になるために、もう何カ月も尽力してきました。重役全員が関与していますが、大部分の仕事をしているのはマイクです」

ビットランは引きつった笑みを浮かべた。「率直にいって、日本語のできる部門長がマイクしかいないからというのも理由のひとつです。しかし実際のところ、マイクはわが社のスター選手といっていい。私が引退するときには彼に席を譲《ゆず》るつもりです」

「それで、きょうが大事なんですね？」シャンクスは尋ねた。

「正念場です。競合する会社のそれぞれに最後のチャンスが与えられています。東京にいる重役たちを相手に、生中継のプレゼンテーションをするのです。わが社ではそれをマイクがおこないます」

「それは気を散らされたくないタイミングですね」

「いかにも」ビットランが気持ちを集中すると、額《ひたい》に皺《しわ》が寄った。「その恥知らずな犯人は、競争相手のうちのひとりかもしれませんね」

それもひとつの可能性ではある、とシャンクスは思った。だが、可能性ならほかにもあった。

マイク・フォリーは五十歳目前だった。見たところ、高血圧も目前だった。大きく目を見ひらき、狂信者のように息を切らしている。どうやら日本関係のプロジェクトは彼の発案だったようだ。

「やり遂げますよ、ピーター」マイク・フォリーは社長にいった。「ご心配には及びません。何があっても気を散らされたりしませんから」

「わかっているよ、マイク」ビットランはそういい、フォリーの肩をポンポンとたたいた。「みんなきみを頼りにしている」

「選択の余地もないわけだし」鼻にかかった声がいった。

シャンクスがふり向くと、新しい人物がふたりいた。いま口をひらいたほうはジョン・ディロンだと紹介された。細い目と尖《とが》った鼻が爬虫類《はちゆうるい》を思わせた。

もうひとりはナディーン・タナという名だった。ニューヨークの上昇志向の強い会社役員を体現したような服装だったが、いかにも独身女性らしいチェーン付きの眼鏡が全体の印象を台無しにしていた——あるいは、これがポイントなのだろうか？　その眼鏡は断固として調和を拒《こば》んでいるように見えた。制服に留めた一輪の花のように。

「東京チームのほかの面々です」ビットランがそう説明し、新しいふたりの肩書きを挙げたが、会社特有の用語はシャンクスの頭を素通りした。

「ナディーンの専門のひとつは、競争相手の偵察です」ビットランがつけ加えた。「彼女がわれわれのライバルのリストをお渡ししますよ」

シャンクスはつねに持ち歩いているポケットサイズのメモ帳を引っぱりだした。「では、それは電子メールでサム・パイパーのこのアドレスに送ってもらえますか？　厩舎で唯一コンピューターが使える人物です。サムがそのリストをプリントして、心あたりのある名前がないかどうか確認します。顧客リストか、近所の人のなかに一致する名前があるかもしれない」

ナディーン・タナは眼鏡の上の縁越《ふちご》しにメモ帳のページを見た。タナが眼鏡を通してものを見るところを、シャンクスは一度も見かけなかった。「すぐ秘書にやらせます」

「結構」ビットランがいった。「ほかに何か、われわれにできることがあるかね、マイク？」

「ちょっと思ったんですが」シャンクスが控えめにいった。「ミスター・フォリーに失敗してほしがっているほかの人物を、どなたか思いつきませんか？」

ビデオカメラがあればよかったのに、とシャンクスは心から思った。これに次ぐ十秒は、非言語コミュニケーションの特別上級クラスのようだった。

タナはリストを持ってドアに向かう途中だったのだが、一瞬その場で凍りついた。それからふり返ってまっすぐにディロンを凝視《ぎょうし》した。ディロンも視線を返した。細い目を、さらに細くして。

ビットランはふたりを見て眉《まゆ》をひそめ、フォリーは——そう、自分がガラガラヘビでいっぱいの部屋にいることに突然気がついたような顔をした。

タナとディロン——エリート揃いの東京チームのほかのメンバー——にはそれぞれに、フォリーに失敗してほしいと思う理由があった。マイク・フォリーは、ビットランによれば、次期社長の椅子にいちばん近いところにいる男なのだから。

そしていま、タナとディロンはお互いに相手が馬の誘拐犯だと思っていた——あるいは、思っているふりをしていた。これはおもしろい。

「ひとりも思いつきませんね」ビットランがきっぱりいった。

明らかに、社長に異を唱える者はいないようだった。タナは会釈をして、手配のために部屋を出ていった。

ディロンはかぶりを振った。「マイク、やはりソフトウェアのオプションの件を考える必要がある」

フォリーはまばたきをした。「そうだね。そうしよう」それからシャンクスに目を向けた。「何かわかったら知らせてもらえますか?」

「もちろんです」ふたりが出ていくのを眺めながら、すべてをきちんとこなそうとしているこの気の毒な男にぼくの仕事が左右されるわけじゃなくてよかった、とシャンクスは思った。

「マイクは娘を溺愛しているんですよ、ミスター・ロングシャンクス」ビットランはいった。すでに自分の席に戻っていた。「いい父親です。今回のことはマイクにとってひどくつらいでしょう」

「とても理解のあるご意見ですね」

ビットランは顎《あご》をさすった。「私の妻は結婚式の半年後に動脈瘤《どうみやくりゆう》で亡くなりました。その日から、小さなことでうろたえるのをやめました。いつも次から次へと仕事がありましたし」

シャンクスは、社内の誰かがフォリーに失敗してもらいたいと思っている可能性はないかと、単刀直入に尋ねるべきかどうか迷った。

しかしビットランはべつのことを考えているようだった。「東京とのビデオ会議はもうすぐです。マイクが室内でカメラと向きあいます。私はナディーンとジョンと、状況を説明してくれる通訳と一緒に、ガラスの壁の反対側にいます。私たち四人はブリッジでもしていたほうがよさそうなものですが、やはりなんらかのかたちで参加すべきですからね」

「日本は、いま何時なんですか？」

「朝食まえの時間です。しかし先方は週に七日、二十四時間いつでも対応できることを誇示するのが好きなのですよ。これもグローバル経済の一環です」

どうやら見る価値がありそうだった。すくなくとも見ていておもしろいだろうとシャンクスは思った。だが、会議への招待を引きだす方法を思いつかなかった。仕方がないので、エレベーターで下まで降りて通りに出ると、ステーキハウスで遅い昼食を注文した。メインの料理を待つあいだに厩舎に電話をして、なんの進展もなしとの報告を聞いた。

「ポリーはかなり不機嫌よ」コーラがいった。「酔っぱらわせちゃおうかと思うんだけど」

「きみの賢明な判断に任せるよ」

「それはどうも。ミスター・フォリーには犯人の心あたりがあった？」

「まだ調べているところだ、コーラ。そっちは警察に連絡するように、ポリーを説得しつづけてくれ」

「ふうむ。やっぱり何杯か飲ませたほうがいいかも。あなたのほうは、街なかで食生活を乱したりしていないでしょうね、シャンクス？」

「じつのところ、サラダを食べ終えたばかりだよ」シャンクスはいった。ほんとうのことだった。ミディアム・レアのサーロインステーキを置く場所をつくるために、ウェイターが野菜類をさげているところだった。

昼食後、シャンクスはビットランの会社の待合室に戻り、さらに何本か電話をかけた。

それからふと手を止めた。ミスティは鹿毛の牝馬《ベイ・メア》だとポリーはいっていたが、シャンクスには〝鹿毛《ベイ》〟の意味がよくわかっていなかった。栗毛と似たようなものだろうか、それともパロミノみたいな薄茶色の品種だろうか？

自分がきちんと定義できない言葉を使っていたことに気づくと、シャンクスは苛立《いらだ》ちを覚えた。大工が道具箱をあけて、見覚えのない工具を見つけたようなものだった。受付係から辞書を借りて、ベイ・ホースとは赤みがかった茶色で、たてがみと尻尾が黒い馬のことだと突きとめた。ミスティを見つける役には立たないが、何かをやり遂げたような気分になった。

その後しばらくのあいだは次作について考えながら過ごした。ひょっとしたら、主人公夫妻を企業スパイの調査のためにどこかに潜入させてもいいかもしれない。

例のメモ帳を取りだしてちょうどアイディアを走り書きしはじめたとき、サム・パイパーから電話がかかってきた。

二時間近くが過ぎ、ようやく東京チームの大半が戻ってきた。みな最高に晴れ晴れとした様子だったが、マイク・フォリーの姿はなかった。

シャンクスは立ちあがった。「いかがでした？」

「申しぶんない」ビットランが答えた。「マイクは騎馬兵さながらにやり遂げましたよ」

「韓国のオプションを吹き飛ばしてね」ディロンがいった。

「それはあなたがマイクに吹きこんだのよね、そうじゃなかった？」タナがにこやかな顔をしていった。

ビットランは口喧嘩をしている子供に囲まれた大人のように、辛抱強く首を振った。「ミスター・ロングシャンクス、何か連絡が入りましたか?」

「ええ、残念な知らせが。あなたがた三人からアドバイスをいただきたいんですが」

ビットランは全員を自分のオフィスへと促しながらいった。「悪いニュースのようですね」

「そうです」シャンクスはため息をついた。「サムが厩舎から電話をかけてきました。犯人からはなんの音沙汰もないそうですが、ポリーが気づいたところによれば、ミスティはけさ薬を飲まなきゃならなかったらしいんです」

「ビタミン剤かな?」ディロンがいった。

「残念ながら、そう簡単なものではありません。ミスティには持病があるんです。サムから病気の名前を聞いたんですが、ぼくにはよくわからなかった」

「重い病気なの?」タナがいった。

「ぼくが理解できたところでは、何かまちがいがあればすぐにも死んでしまうとか。でも、獣医の薬を飲んでいれば大丈夫なんです、この——」シャンクスはメモ帳のページを切りとり、会議用のテーブルに置いた。「トライフィノ・ゴールドという薬を飲んでいれば。これを飲めないとなると、ミスティはあすの朝には死んでしまうかもしれません」

「やれやれ」ディロンは唇を引き結んでからつづけた。「死んだ馬ってやつはどうやって処分するんだ?」

それを考えるあいだ、全員がつかのま動きを止めた。

「それに、マイクはどうやって娘さんにそれを知らせたらいいの？」タナがいった。「つらいことになりそう」

「ぼくがお尋ねしたかったのはそれです」シャンクスがいった。「われわれからフォリー氏にお話しして、お嬢さんにどう伝えるか考えてもらうのがいいと思いますが、誰がフォリー氏に話すべきだと思いますか？」

針が落ちる音も聞こえそうだった。すくなくとも、ごくりと唾を呑みこむ音はいくつか聞こえた。

とうとうビットランが口をひらいた。「あなたはマイクとうまくやっているようだ、シャンクス。あなたから話してもらってはどうでしょう？　マイクにしても間接的に知るより、あなたから直接聞いたほうがいいと思うのですが」

ほかのふたりも勢いこんで同意し、ディロンはフォリーのオフィスまで案内するとさえいった。

「こんなことで丸一日つぶれてしまって気の毒だったね」ディロンはいった。「たかだかポニーのことをここまで気にかけるなんて。そんな人には初めて会ったよ」

「ミスター・フォリーのお嬢さんが大事に思っている馬ですから」シャンクスはいった。

「ああ。わたしにいわせれば、あの子は甘やかされて駄目になっているよ。課外活動まであんなに与えられて。フランス語の授業に楽団、テニス――」

「甘やかされてる？　ぼくにはむしろ酷使されているように見えますね」

ディロンは鼻を鳴らした。「酷使されるっていうのがどういうことかなんて、あの子にわかるわけがない。ピーター・ビットランの下で働いたことがないんだからね。さあ、ここがマイクのオフィスだ。うまくやってくれ」

マイク・フォリーはコンピューターに向かって忙しくしていた。しかしすぐに真剣な様子で顔をあげた。「何か知らせが？」

「いえ、とくには」シャンクスはいった。「会談はいかがでしたか？」

「とてもうまくいきましたよ。競争相手は二社あって、もしかしたらそのうちの一方に負けるかもしれませんが、ベストは尽くしました」フォリーはため息をついた。「いましがた妻と話をしました。もしあの馬が戻ってこなかったらどうしようか考えていたんです。ジェシカに自分の馬を一頭買ってやって、それで乗りこえてもらうしかないだろうと思うんですが」

「子供はすぐに立ち直りますよ」

「そうでなきゃ困りますね。ちょっとこのメモだけ最後まで書かせてください。それからお話ししましょう」

十分後、シャンクスの電話が鳴った。「やあ、サム。電話をありがとう」

シャンクスが何事か書き留めているあいだ、マイク・フォリーは目を見ひらいて見守った。

「何かわかったんですか？」

「たぶん。ミスター・ビットランに電話をかけて、オフィスにお邪魔したいと伝えてもらえますか?」

フォリーの顔が赤くなった。「同僚の誰かだと思うんですね? 同僚が背後からわたしを刺したと?」

「すぐにもっと詳しいことがわかりますよ。ここのコンピューターの責任者は誰ですか?」

突然話題が変わり、フォリーは目をぱちくりさせた。「最高情報責任者ですか?」

「そんなに高い役職の人じゃなくて。何がどこにあるかわかっている人ってことです」

「ああ。システム部長のことかな?」

「そんな感じです。彼にも電話して、来てくれるようにいってください」

システム部長は彼ではなく、彼女だった。名前はジャッキー・ハウチン。三十歳前後、赤信号のような見かけ――細長い体に赤い髪――で、見えるところにふたつタトゥーがあった。

三人が社長のオフィスに着くと、東京チームのほかのメンバーがいて、何かの文書を見ているところだった。

最初に気がついたのはビットランだった。「ああ、マイク。何か情報が入ったのかな?」

「まあ、いくつかは」シャンクスが答えた。

「悪いけど」タナがいった。「さっきからいわれてるその馬の盗難が、わたしたちの会社と関係のあることとはどうしても思えない。ピーター、この提案をなんとかしないと」

「タナのいうとおりだ」ディロンがいった。「気を悪くしないでほしいんだがね、マイク、馬の話はもういいよ」

ビットランさえもが苛立っているように――仕事に戻れとフォリーにいうために、あまり横暴に聞こえない方法を探しているかのように――見えた。

シャンクスがいった。「ぼくは嘘をついていました」

これで注目を集めることができた。

人間の性質とはひねくれたものだな、とシャンクスは感心した。小説を書いていると、人は登場人物の実在のモデルを知りたがる。かと思えば、事実なら退屈だったはずのものが、嘘だとわかったとたんに興味を引くのだ。

ディロンは首を横に振った。「どれが嘘だったのかな？　馬は盗まれていなかったとか？」

「ああ、馬が盗まれたのはほんとうですよ、それにまだ見つかっていないのも」シャンクスはいった。「しかし、厩舎のサムにメールを送ってくれるように、ぼくがミズ・タナにお願いしたのを覚えていますか？」

「競争相手のリストだったね」ビットランがいった。

「そのとおりです。あれが嘘でした。サムは厩舎で働いているわけではありません。ぼくの本を出している出版社のウェブサイト管理者です」

ディロンは顔をしかめた。「もし業務の妨害がしたかったのなら、なんともお粗末だな。あの程度のリストなら、業界誌からいくらでも拾える」

「サムはリストがほしかったわけじゃない。そちらはすぐに捨てましたよ。知りたかったのは、それがどこから来たかを示すアドレスだけです」

いまやジャッキーを除いた全員が顔をしかめていた。システム部長はここで初めて興味を示した。

「つまり」シャンクスはいった。「ここまで運転してくるあいだに、社内にいるマイクのライバルが、マイクをゲームから追いはらうために馬を盗んだんじゃないかと思いついたわけです」

「根も葉もない中傷だ」ディロンがいった。

「だったら、目撃者のたくさんいるこの場でぼくにもうすこし墓穴を掘らせてみたらどうです?」

「どうぞ」ビットランがいった。机の向こうに座り、指を屋根のように組んでいる。むずかしい決断を下そうとしている判事のようだった。

「ぼくはサムにこう持ちかけました。容疑者たちに——気を悪くしないでくださいね——ミスティは病気で、ある薬の服用が必要だと話すつもりだと」

「ずいぶん都合がいいと思ったのよ」タナがいった。

「いまならなんとでもいえますよね」シャンクスはぴしりといい返し、ぼさぼさの眉をぐっと落として顔をしかめた。タナを見ていると、シャンクスはある種の書評家を思いだした。

「ちょっと待って」マイクがいった。「ミスティは行方不明になっているだけじゃなくて、病気だっていうんですか?」

「ちゃんと話についてきてくれ」ディロンがうなるようにいった。「それは嘘だったたって話だろう。きみの大切な馬は元気だよ」

「ぼくらにわかっているかぎりではね」シャンクスがはっきりさせた。「とにかく、ぼくはサムに頼んだんです、実在しない獣医学の薬のウェブページをつくってくれって。そうすれば、もし馬泥棒がそれを探して――ジャッキー、首を振っていますね」

明るい赤毛を揺らすようなしぐさだった。「それじゃうまくいかない。検索エンジンが新しいウェブページを見つけられるようになるまでには、すこし時間がかかるから」

「サムもまさにおなじことをいっていましたよ。だけどある点を指摘してくれたんです。ぼくの出版社のサイトには、サムが〝ティーザー広告〟と呼ぶページがあって、数カ月のうちに刊行される新刊の情報がそこに載るんです。で、いまそのページに書いてあるのは『〝トライフィノ・ゴールド』刊行間近〟だけ」

シャンクスは肩をすくめてつづけた。「じつをいうと、これはぼくの次作のタイトルなんですよ。ウェブページにはもうすぐ詳しい情報が書きこまれるはずですが、いまは実質的には空白です。しかしながら、ページそのものはかなりまえからあったので、検索には引っかかるはずです」

「なるほど」ジャッキーはにやりと笑った。「それで、ナディーンからあなたのところのサイト管理者にメールを送らせて、IPアドレスを知ろうとしたのね」

「IPアドレス?」ビットランが顔をしかめた。「それはなんのアドレスだね?」

「コンピューターの固有番号みたいなものです」シャンクスが答えた。「ぼくの理解しているところでは、ウェブにつながっているすべてのコンピューターに固有のＩＰアドレスがあります。会社はある程度まとめてそのアドレスを取得するので、ひとつの会社のマシンはだいたい全部似たような番号になるんですよ。だからサムとしては、ミズ・タナの秘書から電子メールを受けとったあとは、似たようなＩＰアドレスからトライフィノ・ゴールドのページにアクセスがなかったか、見てみるだけでよかったんです」

「やるわね」ジャッキーがいった。

「感心してもらえてうれしいですよ。ここからがおもしろいところです。マイク、あなたの同僚に馬がトライフィノ・ゴールドの服用を必要としていると話した十五分後、この会社の誰かがウェブ上で薬の名前を検索しました」

ディロンは狼のような笑みをタナに向けた。「これはこれは」

「わ、わ、わたしを見ないでよ」タナはそういって睨《にら》み返した。

シャンクスはちょっとばかり芝居がかった身振りに見えることを望みつつ、メモ帳からまたべつのページを破りとった。「これが薬の名前を検索した人のＩＰアドレスです。ジャッキーが番号を確認すれば、誰のコンピューターかわかる――」

「もう充分だ」ビットランが立ちあがった。顔が真っ赤だった。

全員が顔を向け、ビットランを凝視した。

「これは驚いた」ディロンがつぶやいた。

マイク・フォリーは泣きだしそうな顔をした。「ピーター？　あ、あ、あなただったんですか？」

「なんなの？」ジャッキーがいった。

「全員、部屋を出てもらいたい」ビットランがいった。「マイク以外みんな」

ジャッキーはまだ説明してもらいたがっていたが、ナディーン・タナがジャッキーの腕を取り、ドアへと引っぱっていった。「シャンクスは残ってください」マイク・フォリーがいった。

「彼には何がどうなっているのか知る権利があると思います。わたしもですが」

社長はデスクの端に腰かけて腕を組んだ。何よりもぼくが残ることに苛立っているようだな、とシャンクスは思った。「私があのくだらない馬と何か関係していると思うんだね。私はそうはいっていないよ」

「ピーター、見くびらないでください。ジョンかナディーンのコンピューターだったら困るから、ジャッキーにIPアドレスを確認させるつもりはないという気ですか？　ちがう、あなたですよ」フォリーは首を横に振った。「まったくね。あなたがサセックス郡にロッジをお持ちなのを思いだしましたよ。あそこなら厩舎からほんの一時間程度ですね。きっとミスティはあそこにいるんでしょう」

「聞いてくれ」ビットランはいった。「これは約束するよ、きみの馬は百パーセント安全だ」

「なぜですか、ピーター。一体全体なんだってうちの娘にみじめな思いをさせ、東京との取引を危険にさらしたんですか？」

「おそらくこういうことでしょう」シャンクスがいった。「あなたのボスは、自分が引退するときにはあなたが後任となることを期待しているといっていました。あなたが昇りつめるのはまだ早いってことじゃないでしょうか」

「きみはなんにもわかっていない」ビットランがいった。

「私は引退したいんだよ。待ち遠しくて仕方ないんだ」

「だったら、なぜ？」フォリーは質問をくり返した。

ビットランはため息をついた。「マイク、私はこの会社を三十年以上かけて育ててきたんだ。信頼できる人間の手に任せたと確信できるまでは辞められない」

「ああ、まったく」フォリーはシャンクスのほうを向いていった。「わかりますか？　社長は、家族へのわたしの愛情が弱みだと思っているんですよ」

「おちついてくれ、マイク」

「ピーターはあなたにも、結婚直後に奥さんを亡くした話をしましたか？」

「そういう話も出ましたね」シャンクスはいった。

「いつものことなんですよ。だったら、葬儀の翌日には仕事に戻ったという話もしましたか？　ピーターは、家族のことを気にかけすぎる人間はトップに向かないと思っているんだ」

「大げさだよ」ビットランはそういい、同意を求めてシャンクスのほうを向いた。

「これが最後のテストだった、そうじゃありませんか？」フォリーは尋ねた。「あなたの後継者になるために、家族にトラブルがあっても仕事ができることを証明しなければならなかった。そのテストで大成功をおさめたことを、わたしは一生恥ずかしく思いますよ」

シャンクスには、ビットランが心配しているようにも困惑しているようにも見えた。まるで、フォリーが動揺しているのはわかるが、その理由に心あたりがないとでもいうように。「きょうきみがやり遂げた仕事については誇りに思うべきだ。私はよかったと思っている。会社を安心して任せられるとわかって、喜んで引退できる」

「辞めます」フォリーはいった。

ビットランは引っぱたかれでもしたかのようにのけぞった。「まさか！」

「もう決めました。こんなことがあったあとで、どうしてあなたのもとで働けると思うんです、ピーター？　シャンクス、あなたからもいってくださいよ」

どうしてぼくが審判を務めるはめに？　とは思ったものの、シャンクスはいった。「いま辞めることはない。一日かけて考えたほうがいい」

「なぜわざわざそんなことを？」

シャンクスはすばやく頭を回転させた。「お嬢さんに、あなたが仕事を辞めたのは自分のせいだと思ってほしくないでしょう？」

フォリーは顔をしかめた。「何を馬鹿げたことを」

「確かに馬鹿げています。だけど、両親の離婚を自分のせいだと思う子供はたくさんいる。それだって馬鹿げたことなんだけど」

「彼のいうとおりだ」ビットランがなだめるようにいった。「ひと晩考えるんだ、マイク。朝になればまったくちがって感じられるよ」

問題は片づいた、とでもいうように、ビットランはシャンクスのほうを向いた。目を細め、計算高い顔つきになっている。「沈黙を守ってもらうために私は何をしたらいいだろうか、ミスター・ロングシャンクス？」

この図太さは見習うべきだとシャンクスは思った。まるで仕事上の取引のひとつみたいな扱いではないか。

「チームのほかの面々はどうするんです？　何があったかは彼らも知っている——すくなくとも、きっと疑っていますよ」

「彼らは私の部下だ。なんとでもなる。しかしきみについてはどうしたらいい？」

シャンクスは首を横に振った。「考えることもできませんね、ミスター・ビットラン。とりあえず、ふたつのことが済むまでは」

「そのふたつというのは？」

「まず、ポリー・エリンガーに電話をかけて、馬が無事なことと、どこにいるかを話してください」

「問題ない。電話番号を教えてくれたまえ」

シャンクスは悲しいほど薄くなったメモ帳のページをまた破りとった。「それから、その紙にはチャリティの名前も書いてあります。その団体宛に支払保証つきの小切手を切ってください。会社ではなく、あなたご自身の口座のものを」

「金額は？」

「二万五千ドルです」

ビットランはまばたきをした。「かなりの大金じゃないか」

「そうです」シャンクスは同意した。「もともとあなたが決めた金額ですよ」

「そうだね。結構、きみのいう条件は受けいれる」ビットランは電話を手に取った。「しばらくひとりにしてもらえるかな」

フォリーは残って異を唱えるつもりのようだったが、シャンクスはフォリーの腕を取った。

「マイク、まず馬を取り戻しましょう」

ふたりは秘書のデスクを通り過ぎ、誰もいない廊下に出た。フォリーはシャンクスに向かって顔をしかめてみせた。「この程度で見逃すなんて信じられない！」

「見逃しはしませんよ。馬が無事に戻って、小切手の確認も済んだら、警察に電話します」

「だけど他言しないって約束だったじゃないですか」

「いや、小切手と馬を手に入れるまでは、そんな約束については考えられないといったはずです」

フォリーはそれについてじっくり考えた。「沈黙を買うことにならないなら、なぜピーターはチャリティに金を出すんです？」

「PRの一種かな。ミスター・ビットランには他人からの同情が必要になるはずだから」シャンクスはフォリーの肩をポンポンとたたいた。「それに、会社には新しいリーダーが必要になる。だから辞めないほうがいいっていったんですよ」

「すばらしい。どうやってお礼をしたらいいんでしょう？」

「そういってくれるなら、ひとつ方法があります」

突然、フォリーは用心深い顔つきになった。それも仕方のないことだ、とシャンクスは思った。「お嬢さんの名前はジェシカでしたね？」

「ええ。娘がどうかしましたか？」

「課外活動をひとつ、本人に選ばせて辞めさせてあげてください」

いわれたことを呑みこむにつれ、フォリーの顔が赤くなった。「あなたにそんなことをいう権利はないはずだ！」

「そのとおり。しかしそちらがお礼をしたいっていうから、だったらとその方法をいったんです。拒否したとしても――」シャンクスは肩をすくめた。「あなたが恩知らずだということが、ぼくにもあなたにもわかるだけ。それだけのことです」

「あなたはうちの娘のことなんて何も知らないじゃないですか。あの子が頑張りすぎているだなんて、どうしてわかるんです？」

「アイヴィー・リーグの学校に押しこまれるような子供たちは、みんな頑張りすぎなんですよ。で、ぼくが何かしてあげられるのはあなたのお嬢さんだけなんです」

フォリーはため息をついて、かぶりを振った。「娘に話しますよ。だけどあの子がノーといっても驚かないでくださいね。娘はかなり意欲的なほうだから」

「それはかまいません」

「もし自由な時間ができたら、あの子は何をすると思いますか？」

「最近の十五歳の女の子がするようなことをなんでも。教育上よろしくないテレビ番組を見るとか。男の子の噂話をするとか。推薦図書のリストに載っていないような本を読んだりもするかもしれない」

シャンクスは顔をぱっと輝かせてつけ加えた。「そうだ、『トライフィノ・ゴールド』を一部お送りしますよ。とてもいい推薦文を書いてもらえたんです」

著者よりひとこと

この短編はタイトルありきだろう、とあなたは思うかもしれない（shank's mare は〝徒歩〟という意味の古い言葉だ）。しかしそれはちがう。

わたしが書いた最初のシリーズ・キャラクターはマーティー・クロウという私立探偵で、アトランティック・シティに住むギャンブル依存症者だった。この探偵が競走馬の盗難事件に巻きこまれるというアイディアを思いついたのだが、シャンクスの話のほうが売れたので、アイディアをこちらに移したのだ。

ジョン・ディロンは実在の仕事仲間の名前で、彼はわたしよりはるかにコンピューターに詳しい。この短編の技術的側面についてアドバイスをもらった。

一方、ジャッキー・ハウチンには会ったことがない。だがこちらも実在の人物で、親切にも馬についてのアドバイスをくれた。

実在のジョンとジャッキーに――その助力と、進んで名前を貸してくれたことに――感謝している。この短編は雑誌掲載を断られたので、日の目を見るまでにかなりふたりを待たせてしまった。もちろん、まちがいがあればそれはすべてわたしの責任なので、ジャッキーとジョンを責めないでほしい。

シャンクスの記憶

Shanks for the Memory

「ぼくたちはここに長く住みすぎたんだよ」レオポルド・ロングシャンクスはいった。

気まずい沈黙がこれにつづき、自分がすこし力みすぎたことがシャンクスにもわかった。たぶん、あのワインの最後の一杯が余分だったのだ。

「あら、シャンクス」妻のコーラがいった。「この町が大好きなんでしょ」

「こぢんまりしたいいところですよね」ジェニファーがいった。二十代後半、目の大きなブロンドの女で、このジェニファーが〝ここにどれくらい住んでいるんですか〟と尋ねてシャンクスの爆発を引き起こしたのだった。

「窮屈《きゅうくつ》に感じているんですか?」ロニーがいった。「だとしたら責められないな。郊外で暮らしていたら、僕なら気が狂いそうになりますよ。まあ、僕は生まれも育ちも南カリフォルニアだから」

それがまさにこの四人が集まった理由だった。ロニーは映画関係のエージェント――文芸作品を映画会社に売りこむ人物――で、こういう生物の生息地はロスアンジェルスと決まっていた。文芸エージェントがマンハッタンを離れるとしおれてしまうのと似たようなものだ。

三十年近く商業出版の作家としてやってきて、映像化の話が――屈辱的といえるオファーさえ――ほとんどないことに、シャンクスはうんざりしはじめていた。ぜひともハリウッドに売れてほしかったし、楽に大金が手に入るなら小説を台無しにされてもかまわないとさえ思うようになった。そこで武器のひとつとして、第二のエージェントを探すことにしたのだった。

いまのところ餌《えさ》に食いついてきたのはロニーだけだった。こんどパートナーとビッグ・アップルに行くときにディナー・ミーティングをしましょう、橋を渡ってお邪魔しますよ、と返事を寄こしたのだ。

大きな期待をしない程度の分別はあるつもりだったが、シャンクスだってふつうの人間だ。ロニーの姿が目に入ったときでさえ――年中日焼けしている様子で、ありえないくらい若かった――期待がしぼむことはなかった。

しかしディナーでの会話でしぼんだ。

「ミステリは終わりですよ、シャンクス」〈ビッグ・ボンベイ〉でほうれん草とチーズのカレーを食べながら、ロニーは宣言した。「誰かが犯罪を解決するところなんて、もう誰も見たがらないんですよ。そもそも犯罪が解決されるなんて信じてる人がいないんだから」

「そうかな？」

「人が解決するとは思ってないんです」ロニーは説明しながら、もうひと切れナンを取ろうと手を伸ばした。「犯罪を解決するのはいまやガジェットなんですよ、科学捜査とかね。あるいは銃か。人の頭脳じゃなくて。世間の人たちはそう思ってる。だからそういうものを見たがる」

「わたしが好きなのは」ジェニファーが陽気に口をはさんだ。「スリラーです」自己紹介によればジェニファーは女優だったが、せいぜい売り出し中の若手女優といったところだろうとシャンクスは思った。

「そうだね」ロニーがいった。「サスペンスだ。映画会社がほしがるのはそれなんですよ、シャンクス。ヒーローが悪党を追いかけるんじゃなくて、悪党がヒーローを追いかけるような話。そういう本はありますか?」

「あるわ」コーラがいった。コーラはこの夕べを楽しみすぎるくらい楽しんでいるようだった。おそらく、自分にはすでにロマンス小説を売ってくれる映画関係のエージェントがついているからだろう。「だけどみんな——シャンクス自身も含めて——そっちはミステリほど気に入っていないみたい。シャンクスはいまでも人間の頭脳が事件を解決できると思っているの」

「まあ、それも悪くない考えではありますよね」ロニーはいった。

二十以上も年下の人間に上から見おろすようにこういわれたのが、まちがいなくこの晩最大のイベントだった。その後、ジェニファーがコーラに話したところによれば、ジェニファーはここから三十分くらいの町で育ち、母親はいまでもパークウェイを数キロ先へ行ったところに住んでいるらしかった。「わたしたち、今夜はそこに泊まるんです」

それがこのディナーのほんとうの理由か、とシャンクスは気づいた。彼女の母親を訪ねるための交通費を経費で落とすつもりだったのだ。シャンクスはさっさと家に帰って〈ビッグ・ボンベイ〉のワインリストにあるより強いものをあおりたくなった。

しかしその楽しみすら先延ばしにするはめになった。このレストランの周辺は古風な趣《おもむき》があってなかなかいい。散歩がしたいとジェニファーがいいだしたからだ。

「あの古い建物、すてき!」煉瓦《れんが》造りの家を通りかかったとき、ジェニファーはいった。明らかに住居として建てられたものだったが、いまでは枕やランチョンマットなどを売る、よくある雑貨店が入っていた。誰がここで買い物をするのか、シャンクスには想像もつかなかった。よく知らない人か、あまり好きでない人のためのプレゼントを買うような店だった。

「あら、いいじゃない?」コーラがいった。「シャンクス、この店が入るまえ、ここはなんだった?」

シャンクスは目をとじて思い浮かべた。「〈マスターピース・ビデオ〉だ」

「ちがうわよ」コーラはいった。「あのビデオ店は二丁目じゃない」

「ここからあっちに移ったんだ。ちなみにそのまえはカメラ屋だった」

このときだった、どのくらいこの町に住んでいるんですかとジェニファーが尋ね、シャンクスが無分別な反応をしたのは。

「つまり」シャンクスは説明した。「あんまり長くここにいるものだから、ある店を見るとたいてい二つか三つまえにそこにあった店まで思い浮かぶんだよ」

「脚本の改訂版みたいに」ロニーがいった。

「あるいは、パリンプセストみたいに」ジェニファーがいった。

シャンクスのぼさぼさの眉《まゆ》があがった。「パリンプセスト?」

「羊皮紙の巻物なんかで、まえの文章が消されてべつの文章が重ね書きされた写本のことです」

「それが何かは知っているよ。ぼくはただ――」シャンクスはそこで口をつぐみ、〝女優なんて馬鹿ばっかりだと思っていたよ〟と解釈されないような文の結びを考えた。

ジェニファーはおもしろがっているような顔でいった。「古典の研究を副専攻科目に選んだんです。ラテン語の翻訳が必要になったらお役に立てますよ」

「それはハリウッドでも役に立つのかな？」

「期待したほどは使いませんけれど。〈恋に落ちたプラトン〉の奴隷役がもらえたくらいで」

「それ、見逃してる」コーラがいった。

「いっておきますけど」ジェニファーは快活にいった。「これを観る代わりに何をしていたにせよ、その二時間は年間ベスト級に有益な時間だったはずですよ。ところでシャンクス、この保険会社は以前はなんだったんですか？」

「税理士事務所」

「僕たちが食べたカレー屋は？」ロニーが尋ねた。

「〈グアダラハラ・グリル〉というメキシコ料理店。そのまえはイタリアンの〈ナポリ・クイジーン〉」

「お手洗いの飾りつけがどうしてメキシコ風なんだろうと思っていたんですよ」ジェニファーがいった。「わざわざ塗りなおしたりはしなかったのね」

「あなたのメモリー・バンクに新しいエントリーがありそうですよ」ロニーがいった。「これは何になると思いますか?」

店の正面が木の板で閉鎖されており、窓は茶色い紙で覆われていた。なかからドンドンという音やドリルの音が聞こえてきた。

「わからないな」シャンクスはいった。

「きっと急ぎの工事なんでしょうね、金曜日の夜に作業するなんて。ずいぶん深刻な残業だ」

「以前はカードショップだったけれど、一年まえにつぶれたんだ。じつは、店舗は建物の半分なんだけどね。すぐ隣に宝石店があるだろう?」

コーラとジェニファーはとっくに見つけており、小さな窓のなかの装飾品についてあれこれいいあっていた。シャンクスの見たところ、少々熱心すぎる様子で。

「閉店していてよかった」ロニーが小声でいった。

「まったくね。しかしここは去年までは眼鏡屋だったんだ。このスペースと工事中の店は、実際はおなじ建物の一部なんだよ。正面入口がべつだからわからないだろうけど。昔は全体で一軒の書店だった」

「どのチェーンですか?」

シャンクスはため息をついた。「古き良き時代の話だよ。独立系の書店だった。じつのところ、この町に移ってきて最初にサイン会をしたのもこの店だった」

「貴婦人がた、そろそろ行きましょうか?」ロニーが声をかけた。

ふたりは窓から離れた。「すごい宝石がいくつかあったわ」ジェニファーがいった。「最高級

るかも」

「ほんと」コーラがいった。「お店があいているときにまた来なきゃ。特売品の宝石なら買えるかも」

シャンクスには〝宝石〟と〝特売品〟がおなじ文章のなかに入る言葉だとはとても信じられなかったが、そう思ったことは黙っておいた。

「さて、とても楽しい夜でしたよ」ロニーが逃げ道の準備をしはじめた。

シャンクスは足を止めた。宝石店をふり返り、その隣の空き店舗を見やる。そこが〈ブレモンズ・ブックス〉だった栄光の日々を回顧しながら。

それから、すばやく考えをめぐらせはじめた。

「行かないの、シャンクス？」コーラが呼びかけた。けれどもジェニファーが服飾店のウィンドウのなかの何かを指差すと、女性ふたりの注意は逸れた。

「ロニー、さっき何かいいかけていなかったっけ」

エージェントはあくびを半分隠すようにしながらいった。「ベッドに行きかけていたならよかったんですが。なんのことですか？」

「金曜の夜に工事をしているなんて妙だといっていたように思うが」

「僕が？」

「そう。あのふたつの店はもともとひとつだったといったのを聞いていたかい？　あの宝石店は、三方は煉瓦に囲まれているが、きっとふたつの店舗の境目はオーナーが薄い漆喰《しっくい》の壁で仕切っただけだろうな。そう思わないかね?」

「かもしれませんね。何がいいたいんです?」

シャンクスはため息をついた。すこしの指南でわかってくれることを期待したのだが。「もしきみが宝石店に盗みに入りたかったら、どうする?」

ロニーは眉を寄せた。「無理でしょう。いつだってまわりに人が大勢いるし、きっとひどくうるさい音が――」

ロニーは足を止め、工事現場を凝視《ぎょうし》した。何かが軋《きし》む音、何かを打ち壊すような音がいまもつづいている。「なんてことだ、シャンクス。この連中は工事をしているように見せかけて宝石店に押し入ろうとしてる」

「そう思うかね?」

「明らかでしょう」ロニーは慌てて携帯電話を取りだそうとした。「あなたが自分で気づかなかったなんて驚きですよ。警察に電話します」

「いい考えだ」

「たぶん警報装置を切るようにって宝石店の主《あるじ》にいってあるんじゃないですか。どうせ工事の音がうるさいからとかなんとかいって」

いいディテールだ。シャンクスは満足だった。

「どうしたの?」コーラが尋ねた。

「みんなでブロックの先まで歩こう」シャンクスはいった。「ロニーが重大な発見をしたところだ。あの店から近すぎる場所にいるのはやめたほうがいい」シャンクスは〝発見〟の筋道を説明した。

ジェニファーの目が見ひらかれた。「ロニーが気づいたの？　すごい！」

コーラは夫に向かって顔をしかめた。「ほんとにロニーだったの？」

シャンクスは眉をあげた。「ほかに誰がいる？」

ロニーが通話を終えた。「パトロールカーを送るって。いや、それにしても信じられないな」

ロニーは唇を噛んだ。「ああ、もし僕たちがまちがっていたらどうしよう？」

いきなり僕たちになるわけか、とシャンクスは気がついた。「それならそれで、念のため警察が呼ばれたってだけのことさ。これが初めてというわけでもない」

「ほんとにすごいわ」ジェニファーがいった。

コーラが声をたてて笑い、シャンクスの腕をぎゅっとつかんだ。「ほんとね、すごい」

警察の車が去ったあと、二組のカップルはアイスクリームを食べに〈ポーラー・パーラー〉へ行った（まえは〈ロボット・ドーナツ〉、そのまえは〈スウィータムズ・キャンディ〉、そのまたまえはべつのなんとかいう店だった場所だ）。

「ほんとうに夢みたいな出来事だった」ジェニファーがソルベのスプーンを振りながら陽気にいった。

「警官に手錠をかけられて連行されたときの泥棒たちのあの顔」ロニーがいった。「携帯電話で写真が撮れてよかったよ」

「ブログに書けるわね」ジェニファーはいった。

「ほんとうに新聞に載ると思いますか、シャンクス？」

「載らない理由がないよ。きみはヒーローだね、ロニー」

「ヒーローか」ロニーはトフィー入りバターアイスを口に運びかけたところでスプーンを止めていった。

「ねえ、シャンクス？」夫に向かってニヤニヤ笑いながら、コーラはいった。「この話をもとにして映画でも撮るべきよね」

シャンクスは重々しくうなずいた。「ミステリに需要がないなんて、ほんとうに残念だね」

「誰がそんなことといったんです？　次のヒットはミステリですよ」ロニーがいい切った。「シャンクス、ああいう泥棒が出てくる本はありますか？」

「もっとおもしろいのがあるよ。すくなくとも自分ではそう思ってる」

「夫は謙虚なのよ」コーラがいった。

「いくつか送ってください」ロニーがいった。「映画会社をその気にさせられるかどうか、ひとつかふたつ当たってみましょう」

「それはすばらしい」

「何人か頭の切れる連中を知っているんです、つねに新しい才能を探している連中をね」ロニーは考えこむような顔つきになった。「新しい……あなたの最初の本が出版されたのは何年まえですか?」
「忘れちゃったよ」シャンクスはいった。

著者よりひとこと

わたしたちはいまの町に二十年以上住んでいる。だから町なかの中華料理店を見て、かつてそのおなじ場所にあったワインストアやヒッピーのオーガニック食品店、カフェ、衣料品店などを思いだすというのはまったくのところほんとうの話だ。わたしはあのカフェがとても気に入っていたのに。まあ、仕方がない。

これもシャンクスが取り組むことのできるネタになりそうだったし、メモ帳のなかで何年も眠っていたタイトルともぴったり合った。本編は初出である。

作家仲間のあいだでときどき話題になるのだが、あるキャラクターのために書こうとする場面に、当のキャラクターが抵抗することがある。わたしはそれを二回しか経験したことがないが、そのうちの一回が本編だ。ジェニファーが「ほんとにすごいわ」といったあと、わたしはコーラが何か彼女らしい、懐疑的な台詞を口にするものと思っていた。しかしそうする代わりにコーラは笑い、断固としてジェニファーに賛成してみせた。これはこの先の短編でわたしが描こうとしたコーラの性格のある一面を示す出来事だった。

読者のみなさんにもこれからわかるはずだが、幸か不幸か、コーラにはこの先の短編のひとつでひねくれた側面を披露してもらうことになる。

シャンクス、スピーチをする

Shanks Commences

「あなたは探偵小説を書いている、そうですね？」刑事がいった。

レオポルド・ロングシャンクスは、ふだんならこういう質問には「有罪と認めます」と答えるところなのだが、今夜はそれではあまりにも不適切だと思った。

「そのとおりです」

ふたりが座っていたのは大学図書館の最上階、特別コレクションルームのすぐ外だった。ガラスの壁を通して、五、六人の警官が働いているところがシャンクスにも見えた。警官たちはひどく場違いな印象を与えた。敷物や、詰め物の多すぎる椅子、木製パネルのはめこまれた壁のある、ヴィクトリア朝時代の紳士の書斎さながらの部屋だったのだから。

それに、本棚の数も尋常ではなかった。

奥の壁にドアがふたつあった。ひとつは温度と湿度の調整された金庫室へとつながっており、そこに写本がしまわれていることをシャンクスは知っていた。もうひとつのドアからは、特別コレクションの管理責任者、ドクター・エズラ・ロセッティのオフィスが見えていた。警官たちの大半が向かっている先はそこだった。なぜなら、そこで死体が発見されたからだ。

「ミスター・ロングシャンクス？」刑事がくり返した。この刑事はスタインボック警部補と名乗った。

「失礼。聞いていませんでした」

「あなたが、自分は警察が事件を解決する手助けができると思いこんでいるような作家でないといいんですが、といったんです」

「まさか」

「そうかがってうれしいですよ」

「ぼくは話をつくるだけです。本物の事件を解決する方法など何ひとつ知りませんよ」

「結構」スタインボックはメモ帳をひらいた。

「しかし、じつはひとつ質問があります」シャンクスはいった。「ぼくの本はどこですか？」

「なんですって？」

「あの机の隅に、自著が一ダースほど置いてあったんです」シャンクスはガラスの向こうを指差した。いま、その大きなアンティークの机の上には電話と吸い取り紙しかなかった。「誰がぼくの本を動かしたんですか？」

スタインボックは顔をしかめた。次いで立ちあがり、ドアに向かって歩きながら何やら小声でつぶやいた。よく聞こえなかったが感謝の言葉でないことは確かだ、とシャンクスは思った。

「正確には何がなくなったんですか？」

「ハードカバーの小説が十二冊。すべてぼくの著書です」

シャンクスは、スタインボックが部屋に入って制服警官のひとりに話しかけるのを見守った。そしてため息をついた。長い夜になりそうだった。

　スタインボック警部補は席に戻った。「あなたの本はわれわれが探します。では、最初から話してください」

「ほんとうに最初から？」

「どういう意味ですか？」

「創作における昨今の常識からすれば、途中からはじめるのがいいんですよ。物事がおもしろくなってくる場所です。それから最初に戻って、必要と思われる事柄だけを書きこむわけです」

　刑事は言葉を失ったようだった。だが、目つきが多くを語っていた。

「忘れてください」シャンクスはいった。「最初ですね。二年まえ、ぼくはカルヴィン・フロイドから手紙を受けとりました」

「司書ですね」

「そう、大学図書館の責任者です。ぼくの小説のうち一作が受賞したので、母校を代表して彼がお祝いの言葉を送ってくれたんです。その後、電子メールでたくさんのやりとりがあって、最終的には向こうから電話をかけてきました。ぼくの将来の計画について話すために」

「どういう意味ですか、ぼくに靴がない《ウィズアウト・ア・シュー》というのは？」シャンクスはそう尋ね、書斎のカーペットを見おろした。アーガイル柄の靴下の先に、なかなかいいブラウンのローファーを履いている。

「あなたには相続人がないといったんです《ウイズアウト・イシユー》」電話の向こうのフロイドがいった。

「いや、本ならたくさんの 版《イシユー》 が出ていますよ」

フロイドはため息をついた。フロイドの声はかん高くはあっても不快ではなかった。「からかっているんですね。あなたと奥さんには子供がいませんね、という意味です。それで、あなたは原稿やそのほかの文献をどこに遺すか決めてあるのだろうかと思ったのです。将来の読者や学者が研究したいでしょうからね」

ショックだった。自分とコーラが死ぬとしても、明言できないくらい先の話だとシャンクスは思いこんでいたのだが、相手の口ぶりからするとそれが来週の火曜日くらいのように聞こえた。

シャンクスにとって驚くべきことに、コーラは大学への寄贈をいいアイディアだと思ったようだった。「あなたがいなくなったあとに大学が文献をいくらか運びだしてくれるっていうなら、わたしが処分しなきゃならないごみが減るじゃない」

「なんだか、ぼく自身も運びだしてもらえるように手配したほうがよさそうだな」

「ああ、そこまでしてもらえるなら完璧なサービスね。だけどシャンクス、まじめな話、とても名誉なことだし、それは後々まで残るわけでしょう。あなたが自力で獲得した名声よ。何か不都合な点がある?」

まあ、明らかに不都合な点を挙げるなら、遺稿が将来の院生に突《つつ》きまわされることか。しかもその院生は時間を持て余しており、レオポルド・ロングシャンクスの作品はエディプス・コンプレックスやアルコール依存症や雑草恐怖症に触発されて書かれたものだと証明したがっていることだろう。

一方で、デッキにジョーカーを何枚か仕込んでおく楽しみはあるかもしれない。たとえば、最近書いた派手なノワール作品『血まみれ』はシャーロット・ブロンテの影響を受けているという、偽の証拠を忍ばせるとか。将来の教授たちに存分に悩んでもらえることだろう。

「だからいまここにいるんですか?」スタインボック警部補が尋ねた。「文献を運びこむために?」

「いや、大半はぼくの死後までここには来ません。だけど去年の秋に正式な同意書にサインをして、大学から学位授与式の講演者として招かれたんですよ。一ダースの本は、いってみれば頭金みたいなものです」

「で、実際に書籍を管理するのが誰か、ミスター・フロイドがあなたに話したのは、正確にはいつでしたか?」

「特別コレクションの責任者のことですね」シャンクスはそういい、ガラスの部屋にいる警官たちを一瞥《いちべつ》した。「けさ、キャンパスに着くまで知らされませんでした」

「では、昔の敵があなたの遺産の責任者になるはずだったことは知らなかったのですね?」

「ワオ」シャンクスはぼさぼさの眉《まゆ》をあげた。「その文章について、いくつまちがいがあるか挙げてみましょうか。まず、あなたのいうぼくの遺産は、出版された作品のなかにあります。粗い草稿や食料品の買い物リストなんかがおもしろいのは——まあ、そもそもそんなものがおもしろいとすれば——本があればこそです。それから、ドクター・ロセッティはぼくの敵ではありませんよ」

「だったらなんですか?」

「昔の担当教授。ロセッティ教授の最悪のおこないは、ぼくの成績にDをつけたことです」

「クリエイティブ・ライティングの授業ですね。未来の作家にとってはこたえたにちがいない」

「ところが実際には、教授の授業を取っていたころのぼくはトランペット奏者になりたかったんです。しかし、仮にぼくが激怒していたとしましょう。その場合でも、長年職業作家としてやってきたことが充分な復讐になっていると思いませんか? ぼくには動機なんて——教授はどんなふうに殺されたんですか?」

「ペーパーナイフを喉に突きたてられたんですよ、ミスター・ロングシャンクス。教授があなたの書籍の管理者になるとわかったとき、どんな気分でしたか?」

「ひどく驚きましたよ、それだけです。ぼくが卒業したのは三十年ほどまえですからね。昔の教授はみんないまではあの世に行ってる、すくなくとも引退してフロリダに行ってると思っていました」

「ドクター・ロセッティは、冬に雪の降るここが自分に合っているというんですよ」カルヴィン・フロイドはそう説明した。シャンクスとコーラは図書館責任者のオフィスにいた。キャンパスをひとまわりしてきたところだった。司書のフロイドはこれをふたりに話すとき、すこしばかり険しい表情になった。遺憾《いかん》な知らせを伝えるかのように。

ロセッティの上司になるのはどんな気分だろうと考え、シャンクスは身を震わせた。

「教授がここで働いているなんて驚きですよ。あの人は司書ではありませんよね？」

「まさか」フロイドは、彼らしくもない力のこもった声でいった。フロイドは痩身で、ちょっとぼんやりした印象を与える男だったが、本について——あるいは、いまわかったところによればロセッティについて——しゃべりはじめるとちがった。「彼の博士号は英文学のものです。しかし一生かけて稀覯《きこう》本を集めてきた人でもあるので……」

「それを大学に寄贈したのですね」コーラが推測した。

「その一部を」

ひも付きで寄贈したんだな、とシャンクスは思った。ロセッティに特別コレクションの管理をさせること。さもなくば、大学はこれ以上ロセッティのお宝を手に入れることはできない。古株の悪党からすこし見習うべきところがあるかもしれない。

「ようこそ、ミスター・ロングシャンクス！」そういって新たに入ってきたのは、明るい色の目をした若い女だった。「ようやくお会いできて光栄です。数年まえ、ミステリのコンベンションでお話しされているのを聞きました。ディナ・ランディンです」

「ミスター・フロイドからあなたの名前を聞いていますよ」シャンクスはいった。「授業でミステリを教えているんでしょう？」

「ボスのお許しがあるときには」ディナが脇へよけると、うしろに男が立っていた。学科長は小柄でふくよかで、サンタの子分みたいだった。灰色の顎《あご》ひげまで生やしていた。

「リチャード・アプトンです。お会いできてうれしいです」

四人は順番に握手をした。「ディナにミステリの授業をさせてくれて、感謝します」

「代償があるんですよ」ディナが快活にいった。「代わりに、すべての教養課程で基礎作文の授業を二クラス持たなきゃならないんです」

「だとしたら、その犠牲を高く評価しますよ」シャンクスはいった。

「ディナは一年生の扱いがとてもうまくてね」アプトンがいった。「私自身は、あの小さなモンスターたちの相手は耐えられない」

フロイドは電話を受けて何やら話していたのだが、その電話を切ると、苛立《いらだ》ちを隠そうとしながらいった。「すみません、みなさん。学長のウォーレンがほかのゲストを直接、特別コレクションルームに案内するそうですので、私たちもそちらへ向かいましょう」

フロイドは足早に図書館の主要階へと向かい、ほかの面々もついていった。助手がひとり、急いでフロイドに近づき、ふたりは話をしながら歩いた。

うしろにいる教授ふたりの話し声がシャンクスの耳に届いた。

「偶然だと思うかね？」リチャード・アプトンが尋ねた。

「まさか」ディナ・ランディンは答えた。

「どういうことですか？」コーラが尋ねた。

アプトンは笑った。「うちの学長は権力に寄っていきたがるんですよ。裕福な寄贈者を図書館へ案内するとなると、カルヴィンに任せようなどとはまったく思わないんです」

「ロセッティは図書館の運営を任されているんですか？」シャンクスが尋ねた。

「いいえ。彼はそこまでしたいとは思っていない。ただ特別コレクションの管理がしたいだけなのですよ、自身の個人的な王国としてね。卒業生や寄贈者が気にかけるのがおもにその部屋なので――」

「学長が気にかけるのもそこだけ、ということですね」コーラがあとを引き継いだ。「尻尾のほうが犬を振っているみたいな話だわ」

「何年かまえに珍しいシャンパンのボトルを買いましてね」アプトンがいった。「五十回めの結婚記念日のために取っておいたのです。しかしエズラ・ロセッティが私の学科の仕事を引退した日に栓を抜いてしまいましたよ」

「奥さんは怒らなかったんですか？」

「妻のアイディアだったのです。私がロセッティの上司じゃなくなって、われわれの結婚生活の寿命も延びたんじゃないかといっていましたよ」

フロイドがエレベーターの脇で待っており、申しわけなさそうにいった。「晩餐会《ばんさんかい》の準備がいろいろとありましてね」

どうして司書が晩餐会の責任者になったのだろう、とシャンクスは思った。もしかしたら料理本が必要だったのかもしれない。

「それでここにあがってきたんですね」スタインボック警部補がいった。指でテーブルをたたいたりはしていなかったが、いつたたきはじめてもおかしくない顔つきだった。

「そうです」シャンクスはいった。「ウォーレン学長はほかのゲストふたりと一緒に、すでに特別コレクションルームにいました」

警部補は自分のメモを見た。「それはミセス・ヴェルマ・プリースとミスター・グレイ・G・ジョンソンですね、やはり講演者かな」

「そのふたりはスピーチはしません。名誉学位を授与されるだけです」

「そうなんですか？　なんの学位を？」

「それはたいした問題じゃないんですよ。名誉学位は成果に対して授与されるもので、知識に対して授与されるわけではないんです」

「その成果というのは、具体的にはなんのことですか？」

「ぼくの理解しているところでは、財力です」

ヴェルマ・プリースは六十代、灰色の髪に困惑顔の女だった。アプトンからまえもって聞いていた説明では、彼女の夫がここの卒業生で、遺言によって多くの稀覯本を遺贈したということだった。

「ウォルターは大学のことなんてほとんど話しもしなかったんですよ」ヴェルマ・プリースはいった。「毎年送られてくる寄付の催促について文句をいっていたくらいで」

ジャニス・ウォーレン学長は――明るい色の目をした五十代前半の政治家然とした女なのだが――おもしろがっているのを隠そうとしながらいった。「同窓会の会報がそんなふうにいわれていたと聞いたら、事務局は喜ばないでしょうね。ぜひ忘れずに伝えなければ」

グレイ・G・ジョンソンは六十代の裕福な卒業生で、健在でいるうちに大学に贈り物をすることに決めたらしかった。新しいジムを建てるための資金を提供するということだった。

「どうしてこういうときっていつもジムなの？」コーラが小声でいった。「裕福な男性はみんなアメフトにいい思い出でもあるの？」

「どちらかというと」シャンクスは答えた。「選手に小突きまわされたいやな思い出があるんじゃないかな」

「図書館はあまり使ったことがなくてね」ジョンソンがいった。長身で上品な身なりだったが、すこしばかりうぬぼれたところがありそうだった。「ありがたいことに、ビジネスの授業ではテキスト以外ほとんど本を読む必要がありませんでしたから。私は本の虫というわけではないのですよ」

「それならどうやって財産を築いたんですか？」コーラが尋ねた。

「金で金をつくっているわけです、まあ大半は。起業したばかりの会社に融資するのですよ。ギャンブルのようなものですが、カジノで賭けるよりは勝算がある」

「そんなわけで、今年は三人のビジネスマンの名誉をたたえることになる」新しい声がいった。シャンクスの背筋に寒けが走った。ドクター・エズラ・ロセッティが、専用のオフィスから現れた。

無愛想なアインシュタインといったところね、というのがあとになってコーラがいった言葉だった――乱れた灰色の髪、肘に継ぎ当てのあるセーター、そしてつねにしかめ面《つら》だった。驚いたことに、髪が白くなったことを除けばこの男はほとんど変わっていなかった。自分の顔には皺《しわ》のひとつもつくらないまま他人の顔に皺を増やす人種がいるというのは、どうやらほんとうにちがいないとシャンクスは思った。

「ロセッティ教授はその場の人たちに対してどんな態度でしたか?」スタインボック警部補が尋ねた。

「そうですね」シャンクスは答えた。「ミセス・プリースのご機嫌を取っていましたね。ご主人はほんとうにすばらしい贈り物をコレクションに加えてくださった、といっていました」

〝図書館に〟でも〝大学に〟でもなく、ロセッティが〝コレクションに〟といったことにシャンクスは気づいていた。「初期のアメリカ文学の本で、かなり貴重なもののようでした。教授は興奮していましたよ」

「あなたの寄贈についてはどう思っていたんでしょう?」

シャンクスは一拍おいてから答えた。「さげすみか軽蔑か。迷いますね、どちらの言葉をあてるべきか」

「高名なるミスター・ロングシャンクス」ロセッティはいった。いや、正確には冷笑した。「過去形と過去完了形のちがいは習得したかね？」

「しょっちゅう練習していますからね」こいつを最高に苛立たせるにはどうしたらいい？　おそらく、ぼくがおもしろがっているように見えるのがいちばんだろう。シャンクスはそう思い、にっこり笑った。

「そうだった」学科長のアプトンがいった。「あなたはドクター・ロセッティの授業を取っていたのでしたね？」

「クリエイティブ・ライティング」シャンクスはいった。「教授はDをくれましたよ」

ウォーレン学長が声をたてて笑った。「学生がわたしたちの期待を超えて活躍するのはすばらしいことじゃない？」

「そうですな」ロセッティはいった。

「三人のビジネスマンをたたえるというのは、どういう意味ですか？」コーラが尋ねた。

「あなたのご主人が書いているのは文学ではない。彼が生みだしているのは大衆向けの製品だ。だからそちらのミスター・ジョンソン同様、ビジネスマンだといったんですよ。ただし、ミスター・ジョンソンは自分が創造力豊かな芸術家であると主張したりはしていませんが」

ジョンソンは笑みを浮かべた。「私の年次報告書は創造力の産物だなどという人もいますがね」

「お願いよ、エズラ」ウォーレン学長がいった。「ゲストを侮辱しないで」

「世間一般の好みに合わせて書いているといわれるのは侮辱でもなんでもありませんよ」シャンクスはいった。「ディケンズやトウェインとおなじ部類ということですからね。シェイクスピアの時代に最も人気のあった作家は誰だと思います？」

「シェイクスピアだね」アプトンはそう答え、顎ひげのある顔でにやりと笑った。

一方、ロセッティの顔は石のように冷ややかだった。「では、きみは彼と自分を比べるつもりかね？」

「もちろんちがいますよ。いま挙げた紳士方の人気にはとうてい及びませんからね。しかしそうありたいという意志はあります。ああ、意志といえば、あなたのコレクションへの最初の寄贈分を持ってきました」シャンクスはずっしりと重い自著の初版本の山を渡した。ロセッティは一瞥もくれないままそれを机の隅に置き、コーデュロイの上着で手をこすった。

おいおい、ほんとうに手を拭いているぞ。ぼくの本から黴菌《ばいきん》がつくとでも思ったのだろうか。シャンクスはあきれてしまった。

事態はさらに悪くなろうとしていた。「この会合の準備のために、私もきみの小品をひとつ読ませてもらったよ」次に何をいわれるかはシャンクスにも予測がついた。ロセッティは、昨年全国誌で驚くほど否定的な評価を受けた小説のタイトルを挙げた。「残念ながら、評論家がいうほどいいとは思わなかったがね」

老いぼれにパンチを食らわせるなど論外だったので、シャンクスはさらに大きな笑みを浮かべた。「だったら、もっといいものがありますよ」

「ほかの書籍も寄贈してくれる約束になっています」ディナ・ランディンがいった。「わたしたちの大学はロングシャンクス研究の中心になれますね！」

「きっと忙しくなるだろうね」ロセッティはいった。「幸いにも、金庫室の大学史コーナーに空きスペースがたくさんある」

ディナは顔をしかめた。「なんだかその書籍を厳重なセキュリティのなかにとじこめておきたいような口ぶりですね。誰にも怪我をさせないように」

ロセッティは苦々しげな笑みをディナに向けた。「悪いが、監獄についてはきみほど知らなくてね。そういうたぐいの本は読まないものだから」

「どうしてみなさんそんなに不機嫌なのかしら？」ミセス・プリースがいった。

「芸術に関する解釈の相違ですよ」アプトン教授が愛想よくいった。「ご主人が気前よく寄贈してくださった本を見てみましょう」

グレイ・G・ジョンソンは笑いながらかぶりを振った。「こちらの教授はあなたを短期投資の対象と見なしているようですね、シャンクス」

すくなくともクズ債券とはいわれなかった。「どういうことですか？」

「あなたの著書はいまは売れているが、ドクターが興味を持っているのは時間が経てば経つほど著書の価値があがる作家なのでしょう」

ロセッティはさらに苛立ったような顔をした。「金銭的な価値がすべてではありませんよ」

「ちがうんですか？　ねえ、ジャニス」呼ばれたウォーレン学長はぱっと顔をあげた。「ドクターは、私の金は重要じゃないといっていますよ」

「重要ですよ、わたしたち全員にとって」学長は断固としていった。「カルヴィン、もうディナーの時間じゃない？」

「ディナーの会場はどこですか？」コーラが尋ねた。「招待状にはっきり書かれていませんでしたけど」

「廊下をまっすぐ行くだけです」カルヴィン・フロイドは答えた。「じつのところ、もう行かなければならない時間です」

「図書館で飲食？」シャンクスはいった。「昔、それをやって罰を食らったことがあるよ」

「悪い子ね」コーラはいった。

「それで、ミスター・フロイドが全員を大部屋に案内したわけですね」スタインボックがいった。

「そう、大ホールにね」

「全員一緒に特別コレクションルームを出たんですか？」

シャンクスは目をとじて、そのときのことを思い浮かべた。「ええ」

「最後に部屋を出たのは誰でした？」

「ロセッティです。しかしだいたいまとまってホールに着きました」

「これはなかなか」コーラが満足そうにいった。

大ホールは、大学の図書館たるものかくあるべしといった趣《おもむき》だった。天井の高さは六メートルほどで、壁に並んだ木製の本棚の上にはピクチャーウィンドウがあった。

「卒業生からの気前のいい寄付のおかげで、最近修復されたのです」カルヴィン・フロイドがいった。資金集めの腕前を自慢できるのはロセッティだけではないということだ。

シャンクスの記憶にあった傾斜のある長い机は晩餐会のために運びだされ、白いクロスのかかった長テーブルが並べられていた。そばには黒いジャケットを着た学生たちが給仕をするために控えていた。

「あなたは席についた」警部補が先を促した。

「いや、まだすこし早かったんです。ウォーレン学長は予算関連の緊急事案について評議会の面々と打ち合わせをしなければならなくて、しばらくのあいだアートを眺めていてはどうかとぼくたちに勧めました」

ホールの一隅に支柱のない壁が数枚立ててあった。オフィスで個室をつくるときに使うパーティションのようなものだ。そこに芸術専攻の今年の卒業生たちの作品――絵画や素描や写真――がかけられていた。

「ディナーの席に呼ばれるまで、どれくらいかかりましたか？」

「二十分くらいだったと思います」

「その待ち時間のあいだに、特別コレクションルームにいた一団のうちの誰かを見かけましたか？」

「ふたり見ました」


「シャンクスったら、何をしてるの？」コーラが尋ねた。

「芸術を鑑賞しているだけだよ、コーラ」シャンクスはそういってワインをひと口飲んだ。

「それはわかるけど。十分くらいヌードのまえから動いてないじゃない」

「これはそういうものなのかな？　ぼくの好みからしたら、ちょっと抽象的にすぎるんだが」

「そこまで抽象的でもないわよ。こっちに来て。ここに、とっても——」

「誰か、私のキーを見なかったかね？」ドクター・ロセッティが慌てて近づいてきた。目を大きく見ひらいている。「特別コレクションルームのキーだ。ドアに鍵をかけたあと、ズボンのポケットにしまったんだが」

「いや、ちがいますよ」シャンクスがいった。「あなたはキーをコ、ー、ト、のポケットに入れていました」

ロセッティは顔をしかめた。「いままでそこに入れたことはない」

「きょうは入れていました。コートを確認してきてください」

老教授は何もいわずに急いで立ち去った。

「なんとも愛想のいいこと」コーラがいった。

「昔からだよ。で、なんの話だっけ？」

「風景画を見ようとしていたところ」

「ああ。そうか」


「ドクター・ロセッティはコートのラックの置いてある廊下へ出ていった」スタインボック警部補がいった。

「おそらく。その後は一度も見ていません。数分後には、席に着くようにと給仕が全員に呼びかけていましたから。特別コレクションルームで顔を合わせた一団はみんな一緒に食事をしました――ウォーレン学長を除いてね。学長は評議会の人たちと壇上で食べていました。ロセッティは一度も戻ってきませんでした」シャンクスは眉を落としてしかめ面をした。「ところで、なぜそんなにぼくたちのグループに関心があるんですか？」

警部補はシャンクスの質問を無視していった。「最後にテーブルについた人は誰でしたか？」

「ミスター・ジョンソンとランディン教授のふたりが一緒に来ました。アートについて議論していましたよ」

「ディナーのあいだにテーブルを離れた人はいましたか？」

「いなかったと思います。ウォーレン学長が立ちあがって話をはじめるまでは。その後、カルヴィン・フロイドがロセッティを探しにいくといいだした。老教授が姿を見せないのをずっと心配していました」

そのときは図書館長がウォーレン学長のスピーチから逃げる言い訳を探しているだけだろうと思ったのだった。実際には、学長の話は悪くなかった。もっとも、〝みなさんの惜しみない、度を超した拍手に感謝します〟などといってはいたのだが。学長は〝度を超した〟という言葉の意味をちゃんと知っているのだろうか？

ウォーレン学長が話を終え、礼儀正しい拍手を受けていると、グレーのスーツを着た長身の男が演台に近づき、スタインボック警部補ですと自己紹介をした。そして、悪い知らせがありますと告げた。

その夜はそこから下り坂になった。

「警部補？」若い警官が特別コレクションルームのドア口に立っていた。スタインボックは歩いていって、すこしのあいだ話をした。それから満足そうな笑みを浮かべて戻ってきた。

「消えたあなたの本の謎が解けましたよ、ミスター・ロングシャンクス」警部補は〝謎〟という言葉を、〝おとぎ話〟と同義と思っているかのように口にした。

「すばらしい。どこにあったんですか？」

「どうやらドクター・ロセッティが目録に載せるために運びだそうとして、カートに積んだようですな」

シャンクスはガラスを透かして覗きこみ、机から遠くない場所に本の台車が二台あるのを見た。「興味深い。教授は戻ってきてから本を載せたんですよ、ぼくたちがここを出たときには絶対に机の上にありましたから。死ぬまえにここですこし時間があったということです」

「ご指摘に感謝しますよ」スタインボックはまったくありがたくなさそうにいった。

シャンクスは、警部補がこんなにも不機嫌な理由を思い煩《わずら》って時間を無駄にしたりはせず、二台の台車について考えた。「台車にラベルが貼ってありますね。なんて書いてあるかわかりますか?」

スタインボックのほうが目がよかった。「あなたの本は〈文学コレクションのカタログ用〉と書かれた台車に載っています。もうひとつは〈大学史コレクションのカタログ用〉ですね」

シャンクスは顔をしかめた。「それはおかしいな」

「だったら自分で読んでみてくださいよ」

「いや、つまり、ロセッティがぼくの本を文学のカートに載せるはずがないんですよ」

スタインボック警部補は深いため息をついた。「私はしがない刑事にすぎませんがね、ミスター・ロングシャンクス、小説っていうのは文学じゃないんですか?」

「イエスともノーともいえます。つまり、あなたのいうとおりなんですが、ロセッティはミステリを文学と認めませんでしたから。ジャンル小説とか、大衆小説と呼んでいたんですよ」

「だけどそういう本をコレクションのために受けとったんでしょう」

「それはぼくがここの卒業生だからです。もうわかったでしょう？　もしロセッティがぼくの本をどこかに積むとしたら、それは〈大学史〉の台車のはずなんです」

スタインボックは無表情だった。「ドクター・ロセッティは、あなたの本を文学コレクションのなかに忍びこませようとした誰かに殺されたっていうんですか？」

「もちろんちがいますよ。ぼくのファンには変わった人も多少はいますが、完全に頭のおかしい人はいません」確信をこめていった言葉のように聞こえているといいんだけど、とシャンクスは思った。

「では、なぜ殺人犯は本を机から取って台車に載せたんですか？」

いい質問だ。シャンクスはガラスの壁の向こうを凝視《ぎょうし》し、犯行現場を思い描いた。

ロセッティのコートからキーを盗む。鍵のかかった部屋に来る――何をするために？　何をしようとしていたにせよ、犯人はロセッティに見つかり、ロセッティを殺す。そのあと――それとも、そのまえに？――机の端から本を取り、文学用の台車に載せる。

なぜ？

机の上の場所を空けるため？　ちがう。

ぼくの本を隠すため？　ちがう。

そうか。

「穴を埋めるためですよ」

「なんですって？」

「殺人犯は文学用の台車から何かを取った。それで穴ができたので、最初に目についた本でその穴を埋めた」

スタインボックは顔をしかめた。「犯人はどんな本を取ったんです?」

「わかりませんね。しかし考えてみれば、ミセス・プリースがご主人の遺贈した貴重な本を持ってきていたはずです」

警部補はうなずいて、立ちあがった。「ゼーマン! 図書館の責任者を連れてきてくれ、フロイドだ。彼がきょう寄贈された本のリストを持っているかどうか確認してくれ」

「ちょっと考えたんですが」シャンクスはいった。「ぼくの本を見てみてもいいですか?」

「なんのために?」

「ぼくは殺人犯が動かす直前に本を見ています。もしかしたら犯人の痕跡がわかるかもしれない」

スタインボックは首を横に振った。「いえ、結構ですよ、ミスター・ロングシャンクス。今夜は、素人《しろうと》に犯罪現場を荒らされるのは勘弁してもらいたい」

「ぼくは何も――」

「あなたは自分のことだけ心配していればいいんです。捜査はわれわれに――」

「失礼しますよ」非常に冷たい声がいった。

カルヴィン・フロイドが来ていた。不満そうな顔をしたウォーレン学長が一緒だった。

「刑事さん」シャンクスまで思わず背筋を伸ばしてしまいそうな口調で学長がいった。「なぜわたしたちの主賓《しゅひん》を怒鳴りつけているのかお尋ねしたいんですが?」

スタインボックは立ちあがった。「彼が何をするためにここにいるのか——そして何をしないほうがいいか——自覚しているかどうか確認したいだけです」

「ミスター・ロングシャンクスはご自分の義務を完璧にわきまえていらっしゃいますよ」学長はいった。「そうでない人たちと一緒にしないでください」

「すみませんが」シャンクスはいった。「ほんとうに——」

「もう時間も遅いですから」ウォーレン学長がいった。「お客さまがたをお送りします。あなたがわたしたち全員をひと晩じゅう留置所に入れるつもりでないかぎり」

警部補は真剣にそれを検討しているような顔をした。それから肩をすくめた。「ゼーマン、関係者全員の指紋を採ったか?」

「ドクター・ランディン以外は全員採りました」若い警官は答えた。「ドクター・ランディンは、それは人権侵害だというんです」

シャンクスは顔をしかめた。どうしてぼくのファンにかぎってトラブルを起こすのか?

「ディナは大学の人権特別委員会のリーダーなので」フロイドがいくらかすまなそうにいった。コーラがやってきた。「指紋を採られたのは初めてよ。思ったほど汚れないのね」

「ではみなさん、行きますよ。いますぐに」ウォーレン学長はそういうと、止められるものなら止めてみろといわんばかりに警部補を睨《にら》みつけた。

スタインボックはうなずいた。「ご協力、ありがとうございました」

シャンクスはのろのろと歩き、出ていくまえに警部補のそばに寄った。「刑事さん、ぼくたちのテーブルでソーダを飲んだのはランディンだけです。もしまだテーブルが片づけられていなければ、そこから指紋が――」

「どうもありがとうございました」スタインボックは全員に聞こえるような大声でいった。「あなたからのご協力はもう結構です」

ホテルまで送ってくれる車を待っているあいだ、コーラが尋ねた。「あんなに不機嫌だなんて、あの刑事には何があったの？　あなたが何かしたの？」

「誓っていうけど、警部補は最初から不機嫌だったよ。ぼくには彼を怒らせるチャンスなんかなかった」

「ふーん。だったらどうして？」

「さあ。もしかしたら、子供のころミステリ作家に嚙みつかれたのかもしれない」

殺人の被疑者であり、学位授与式のスピーチもしなければならないので、あまり眠れないだろうとシャンクスは思ったのだが、枕に頭をつけたとたんに寝入ってしまった。そして夜明けのころにぱっちりと目を覚ました。

シャワーを浴び、妻の助けなしで正装し、テーブルのまえに座ってスピーチを見直した。長年のあいだに体得した知恵をすべて伝えるために、二十分という時間があった。愛する伴侶のコーラは、最後の十九分をどうやって埋めるつもり？　といっていた。シャンクスは出だしのジョークを批判的な目で検討した。たぶん、教授が殺された翌日にこれは不謹慎だろう。たとえ殺されたのがロセッティであっても。

　スピーチの原稿をコピーしてノートパソコン上で新しいファイルをつくり、出だしをいじりはじめた。誰かがドアをノックした。

　スタインボック警部補だった。探偵の真似事はやめるようにと、また警告しにきたのだろうか。

「おはようございます、ミスター・ロングシャンクス。明かりがつくのが見えたもので」

「おはようございます、刑事さん」

「コーヒーでもご馳走させてください。階下の店があいています」

　これは驚いた。「妻にメモを残してきます」

　カフェはいかにも田舎風なところがかえって新鮮だった。マキアートもカプチーノもなし。ふつうのコーヒーとカフェイン抜きのコーヒーがあるだけ。しかもウェイトレスはカラフェごと置いていった。

　シャンクスはカップに砂糖を二杯入れ、警部補が自分のブラックコーヒーを凝視しているあいだ黙って待った。

　スタインボックがようやく、見るからにしぶしぶといった様子で口をひらいた。「ミスター・ロングシャンクス、私の態度について謝らなければなりません」

シャンクスは眉を寄せた。「そうなんですか?」

「昨夜はいいすぎました。それに無礼で――」

「あなたは自分の仕事をしただけですよ」

スタインボックは獰猛《どうもう》なしかめ面をした。「最後までいわせてもらえませんか?」

シャンクスはまばたきをした。「ああ。あなたは謝らなければならないといっていましたね。謝りたい、じゃなくて。ウォーレン学長にいわれたんですね」

「学長は私に命令したりしませんよ」

「ぼくはべつに――」

「学長から市長に話がいき、市長から警察署長に話がいったんです。私に命じたのは署長です」

「それはお気の毒に」シャンクスはいった。「しかし驚きですよ。ぼくが大学生のころには、学長を怒らせるような警官は固い握手を受けて昇進の約束すらされるような印象があったのに」

スタインボックはうなずいた。「町と大学が張りあっていましたからね。私が働きはじめたころもまだちょっとそんなふうでしたよ。しかしそれも九年まえに終わりました」

「ほんとうに? 何があったんですか?」

「電線工場がつぶれたんです」

「それで突然、大学が町の最大の雇用主になった」

「そうです。しかしそれだけじゃなかった。大学のちょっと頭のいい出しゃばりが、工業団地を一種の研究室として使うために莫大な額の助成金を申請したんです」警部補は天井を睨み、いかにも丸暗記したらしい文言を思いだそうとした。「〈工場跡地における自然の再侵食の研究〉。助成は毎年更新され、学生たちはそこへフィールドワークに出かけるんです。朽ちていく建物を研究するために。環境学の学生やら、エンジニアとかアーティストの卵やらが」

「驚きですね」

「毎年秋になると、国じゅうの科学者が古い工場群の調査に関する学会で集まってきます。毎年春には、国じゅうの大学関係者が、自分の町でおなじことをする方法を知るために集まってきます」

シャンクスは眉をあげた。「それはつまり、放棄された工場を大学が金づるに変えたってことじゃないですか」

スタインボックはうなずいた。「だからウォーレン学長が市長に、ちょっとうちの壁を塗りにきてよといったら、市長としては〝何色にいたしましょう?〟というしかないんです。刑事ひとりに叱責を受けさせるなど、朝飯まえですよ」

「いや、そんなことがあったなんてほんとにお気の毒です。あなたとぼくはいまや親友だと学長の耳に入れておきますよ、約束します」

スタインボックは身を震わせた。「それはありがたい」

シャンクスは両方のカップにコーヒーを注《つ》ぎたした。「昨晩お尋ねしましたが。なぜ、特別コレクションルームにいたグループに捜査が集中しているんですか? 晩餐会のために図書館に来た人なら誰が犯人でもおかしくないのに?」

警部補の顔がぴくっと引きつった。一般市民が余計な口出しをするなといいたい衝動に抗《あらが》っているのだろう。シャンクスはつい浮かんだ笑みをコーヒーカップで隠さなければならなかった。

政治力が勝った。「テーブルに、大学の校章の入ったナプキンがあったことに気づきましたか？」

シャンクスはうなずいた。

「殺人犯はペーパーナイフを拭《ぬぐ》うのにそれを使ったんです。誰かがテーブルからかすめ取ったことも考えられますが、いちばん可能性が高いのは――」

「殺人犯はぼくたちのテーブルに寄って、絵画や写真を見にいくまえに必要なものを調達した人物、ということですね。ぼくと妻もテーブルに寄ってからアートを見にいきましたからね。どこかの席からナプキンがなくなっていたんですか？」

「テーブルに予備がありました。当然、おなじナプキンが壇上のテーブルにもありましたが、委員会の先生方の一団が入ってくるまで誰も近づかなかったと給仕たちが断言しています。最大のニュースは、なくなった本を見つけたことですね。あなたがそれとなくいっていたとおり、ミセス・プリースが持ってきたものでしたよ」

「それはよかった。どこにあったんですか？」

「特別コレクションルームから遠くない場所です。本棚の上に積まれた本のうしろに押しこんでありました。そういう本はスタックと呼ぶらしいですね。古代のヒッタイト人について書かれた本のうしろにありましたよ、もしこれに何か意味があるならいっておきますが」

「ぼくにとってはあまり意味はありませんね」シャンクスは欲張ってみることにしてさらに訊いた。「指紋は?」

「出ました。しかしあなたの本からは出ませんでした。誰かが拭きとったんですね」

「おや、それは興味深い」シャンクスは目をとじた。「犯人はロセッティのキーを盗んだ。廊下をこっそり歩いて特別コレクションルームへ向かい、稀覯本をかっさらって外の棚の本の山に隠した。しかし台車にスペースがあいたことに気がついた。犯人は戻って、ぼくの本でその空白を埋めた。そのときロセッティが犯人を見咎《みとが》めた。教授を始末したあと、犯人は注意深く指紋を拭きとった」

シャンクスは顔をしかめた。「どうして稀覯本のほうは拭かなかったのか? すでに隠してあったし、誰かがロセッティを探しにくるまえに晩餐会の席に戻りたかったからだな」

シャンクスは目をあけて、スタインボックに興味津々といった目を向けられていることに気がついた。「そうやって書くんですか? 事件が起こったところを思い浮かべて?」

「それでうまくいく日はね。ときにはただ煉瓦《れんが》のように言葉を積みあげて、どこも崩れないといいなと願うだけのこともありますよ」

スタインボックは考えこむような顔をした。「そうですか。では、盗まれた本に誰の指紋がついていたか、いってみてください」

シャンクスはコーヒーをひと口飲んだ。「まず、当然ミセス・プリースですね。本を持ってきたんですから。それからロセッティ。本を受けとりましたから。ほかはわかりません」

この言葉は警部補を喜ばせたようだった。もしかしたらぼくが魔法を使えるとでも思って怖がっているのではなかろうか、とシャンクスは思った。

「カルヴィン・フロイドとリチャード・アプトンです」

「図書館長と英文科の責任者ですね。では、ミセス・プリースとおなじく、あのふたりも被疑者というわけですか」

「そう、主要な被疑者です」スタインボックは笑みを浮かべた。「そして現在、優秀な取調官たちがその三人とひとりずつ、別々に座って話をしています。実際に何があったかわかるまで三人の話を精査するんです。これが犯罪を解決するほんとうのやり方ですよ、ミスター・ロングシャンクス。虫の知らせや直感でなく、ひとつひとつの堅固な捜査の積み重ねが大事なんです。あなたには——何をそう睨んでいるんです?」

「失礼。口をはさむチャンスを待っていただけですよ、ヴェルマ・プリースが殺人犯だとお話しするために」

スタインボックはメモ帳をテーブルに放りだしていった。「わかるはずがない。なんでそう思うんですか?」

「消去法ですよ。まず、フロイドではありません。彼は図書館長ですから」

警部補はしかめ面になった。「図書館長なら絶対に殺人をおかさないとでも?」

「いや、ときどきはそういうこともあるでしょう。しかし自分の建物のキーを持っていますからね。わざわざキーを盗んで、ロセッティの注意を引く危険をおかす必要がありますか？」

「あからさまに被疑者に見えないようにわざとそうするかもしれない」

「それなら出ていくときにドアに鍵をかけなければすむことです。みんな、ロセッティが鍵をしめ忘れたと思うでしょう。ぼくはロセッティがキーを回すところを見ましたが、きちんとかかったかどうかは断言できませんし。それに、そうすればフロイドにはロセッティを解雇する理由もできる。フロイドにしたら大喜びですよ」

スタインボックはコーヒーをひと口飲むあいだ、それをじっくり考えた。「いいでしょう。英文科の責任者については？」

「アプトンは身長が百五十センチくらいです。棚のてっぺんに本を隠すと思いますか？　スタンドやら椅子やらを使ったところで、もっと背の高い人間から見えないところに本を隠せたかどうか確信が持てませんよ。あとで取りだすときにたいへんなのはいうまでもなく」

「しかしプリースの奥さんはそもそも本を寄贈した人ですよ。なぜ盗むんですか？」

「それこそ、どうしてぼくにわかるんです？　まあ考えられるとすれば――」

スタインボックがすかさずため息をついた。

「本は実際にはミセス・プリース本人ではなく、故人であるご主人からの贈り物でした。たぶん、ミセス・プリースはあの本にどれくらい価値があるか、当日ロセッティがしゃべるまで知らなかったんでしょう。その後、晩餐会まえにワインを何杯か飲んで、大学にそこまでしてやる義理はないと思いはじめた」

「ふむ」警部補はいった。

「とっさの犯行のようですね、ちがいますか?」

警部補は電話をひらいて短縮ダイヤルを押した。「ゼーマン? 私だ。プリースの奥さんは誰が尋問してる? 結構。彼女の資産について、それからあの本の価値について尋ねるように伝えてくれ。ああ、おそらく彼女だ。折り返し連絡をくれ」

スタインボック警部補は電話を切った。「くそっ」

「どうしたんです?」

「プリースも大学が呼んだ客人です。ウォーレン学長は私をさらし首にするでしょうな」

シャンクスはかぶりを振った。「ウォーレンは徹底したプロですから。風向きを見て取ったら、故・プリース氏の話だけして、寡婦の存在など忘れますよ。しかし、できるなら学位授与式のまえにひとこと警告しておくことです。そうすれば学長にひとつ貸しをつくれる」

「いい考えですね。あー……あなたにまたお礼をいうべきですね」

スタインボックはシャンクスに礼をいったことなどなかったが、まあ、誰が数えているわけでもなし、とシャンクスは思った。「気にしないでください」

スタインボック警部補はテーブルの縁《ふち》に沿ってコーヒーカップを押しやった。「おそらく最後には記者会見をひらくことになるでしょう」

「ぼくの名前は出さないでもらえるとありがたいんですが」

「ほんとうに?」警部補は心底驚いたような声を出した。「作家というのは注目を集めるのが好きなのだと思っていましたよ」

「ああ、それは好きですよ。もしあなたが、レオポルド・ロングシャンクスの最新刊は一読忘れがたいページターナーだと記者たちに話してくれるなら、何も反対することはありません。しかしミステリ作家が事件の解決を手伝った？」シャンクスは首を横に振った。「それではただのお茶の間の気晴らしです。しゃべる犬みたいなものです。あなたが小説を書いて有名になるようなものですよ」

「うっ」スタインボックの顔色が劇的に変わったので、シャンクスは警部補が息を詰まらせたのだと思った。顔がほんとうに真っ赤になった。

それから、すぐにすべてに納得がいった。あの敵対心。あの冷笑。

「スタインボック警部補」シャンクスはいった。「ひょっとして、あなたも何か書いているんですか？」

「書こうとしているんです」いきなり惚《ほ》れこんだかのようにコーヒーカップばかり見ながら、スタインボックはいった。「書きかけの小説があるんですが。途中で止まってしまって、一年近く進まないんです」

「それがどんな感じかはわかりますよ。ミステリですか？」

「いや、まさか。気を悪くしないでほしいんですが、ミスター・ロングシャンクス、ああいうのはジャンクですからね」

シャンクスはため息をついた。「あなたがドクター・ロセッティと会えなかったのは残念ですね。きっとほんとうに気が合ったでしょうに」

「訊かれたから話しますが」スタインボックは勢いこんでいった。「私が書いているのは十代の少年についての本なんです。主人公の少年は家族のなかで初めて大学に行くことになっているんですが、父親が自動車事故で怪我をしましてね、そこにある少女が――」

べつに訊いていないんだけど、と思いながらシャンクスはうなずいた。「成長小説ですね」

警部補は具合の悪そうな顔をした。「つまり、おなじような本はもう、呼び名がつくほどたくさんあるってことですね?」

「良作の入る余地はつねにありますよ」

「ではその良作のタイトルをいくつか教えてもらえませんか?」

「あなたのメモ帳を貸してください」

「釈放されたのね」コーラがいった。メイクアップをしているところだった。「保釈金立替業者に連絡をしようかと思いはじめてたわ」

「ぼくを捕まえておけるような刑務所はこの町にはないよ。それ、すてきなドレスだね」シャンクスは危険を承知でいった。「新しいの?」

「そう」コーラはライトブルーのプリント柄をみせびらかすためにくるりと回ってみせた。

「あなたの学位授与式のスピーチを記念して買ったの。六月の暑い日に外で座っていられるような服を持っていなかったから。あなたのほうは黒の長い礼服をずっと着ていなきゃならないんでしょう」

シャンクスは眉を寄せた。「大学のガウンのことをすっかり忘れていたよ。あとは角帽、さらに名誉学位用のフードだ。暑くて溶けるね」

「有名であることの代償ね。刑事さんはなんて?」

「ああ、スタインボック警部補も作家志望者だったんだ。いくつかアドバイスを求められた」

「原稿を読んでくれっていわれたんじゃないといいけど」

シャンクスは首を横に振った。「それはぼくの流儀じゃないと思ったんだろう。ところで、学長との朝食に行く車は何時に拾ってくれるのかな?」

「あと十分くらいで来る。それで思いだした。ジャニス・ウォーレンが電話してきたの。スピーチでドクター・ロセッティのことに触れてくれないかって頼まれたわ」

「ノーと答えたといってくれ」

「夫は喜んで引き受けると思いますっていっちゃった」

「全体の調子を変えなきゃならないな」シャンクスは椅子に沈みこんだ。「それに、あの男について何かいいことをいわなきゃならない。どうしよう?」

「問題ないでしょ、シャンクス」コーラはシャンクスの頭の髪のない場所にキスをした。「つくり話を書くことがあなたの仕事なんだから」

著者よりひとこと

もうお気づきかもしれないが、「シャンクス、スピーチをする」に先立つ三編はすべて雑誌掲載を断られている。こうしたことが作家にとってなんでもないことだと思うなら、それはまちがいである。だからこの短編が《アルフレッド・ヒッチコックス・ミステリ・マガジン》二〇一二年五月号に掲載されただけでなく、その表紙を飾ることにもなったのは、わたしにとってはとても嬉しいことだった。

本編はほかの短編よりも現実とのつながりが多い。まず、登場人物の大半が、〈クリミナル・ブリーフ〉という短編小説サイトの寄稿者から名前を拝借している。ジェイムズ・リンカーン・ウォーレンに、メロディー・ジョンソン・ハウ、リー・ランディン、スティーヴ・スタインボック、ジョン・M・フロイド、それにデボラ・アプトン。ヴェルマは恋多き秘書の名前だった。リーが書いた、一九三〇年代を舞台とする探偵小説の登場人物だ。

カルヴィン・フロイドは、かつてわたしの上司にして助言者だったボブ・セービンにほんのすこし似ている。わたしが学部生で、ジュニアータ・カレッジのビーグリー図書館で働いていたときのボスだ。特別コレクションルームは、ニュージャージー州ウェインのウィリアム・パターソン・カレッジ（現在は大学《ユニバーシティ》）にあった部屋にいくらか似ている。そこでは一九八〇年代に働いていた。それから、大ホールはウエスタン・ワシントン大学の大閲覧室を思いださせる。学生はこの部屋を〝ハリー・ポッター・ルーム〟と呼ぶ。ホグワーツの大食堂に似ているからだ。

ドクター・ロセッティは——喜ばしいことに——百パーセント想像の産物である。

シャンクス、タクシーに乗る

Shanks' Ride

「血中アルコール濃度は法定基準を超えてないと思う」レオポルド・ロングシャンクスはいった。「自分で運転してもちゃんと家まで帰れる可能性が高いんじゃないかな。でも可能性の話をしても意味がないからね」

「そうですね」タクシーの運転手がいった。「それはもう三回聞きました」

「おお」シャンクスは考えこんだ。「だったら、やっぱりほんとうに乗ったほうがいいのかな」

「乗ってください」

エドとロスとマーティンがバーから出てきた。みんな足取りはたいしてしっかりしているわけではなく、タクシーが縁石《えんせき》を離れようとすると熱烈に手を振った。

「住所はいったっけ？」

「二回も。かなりのパーティーだったみたいですね」

「お祝いだよ」シャンクスは後部座席の隅の座り心地のいい場所へじりじりと体を寄せた。「友人のひとりが初めてベストセラーリストに載ったんだ」

運転手はルームミラーを一瞥《いちべつ》した。シャンクスの見たところ、運転手はおそらく三十代、黒い長髪をポニーテールにまとめてあった。

「友達が作家なんですか？」

「そう。ぼくもだ。あのパーティーにいたのはみんな作家だよ——すくなくともこの時間まで残ってたやつはみんな」

「じゃあ、あなたは本を書いてるんですね。おれもあなたの名前を聞いたことがあるのかな？」

シャンクスはため息をついた。「ああ、そりゃもう絶対にね。疑いなく」

「なんでわかるんです？」

「ぼくにわからないんだったら、そもそもどうして訊いたんだ？」

「そりゃそうだ。酔っぱらった賢者ってわけか」

「ただの酔っぱらい《エィ・ドランク》じゃないぞ。ミステリ作家が、たまたま酔っぱらってる《ビー・ドランク》んだ」

A・ドランク。B・ドランク。次はなんだ？　CD・ドランク？　そうだ、ぼくらはCD・ドランクだ。

そのとおり、確かに酔っぱらっている。コーラになんていわれるだろう？

まあ、その答えならわかっていた。妻は帰宅したときには何もいわない。何時間もまえに寝ているのだから。しかし朝起きたときに——シャンクスは二日酔いで、コーラは癪《しゃく》に障るほど晴れやかに目覚めるはず——バーにトヨタを取りにいかなきゃならないんだけど、と話すはめになるのだ。

妻は一瞬考えるだろう。次いでため息とともにこういうだろう。「あなたが運転して帰ってこようなんて思わなくてよかったわ」酔っぱらったことに文句をいったら、次回はタクシーを呼ぶ可能性が低くなるとわかっているからだ。

もしコーラがタクシーを呼んだことに文句をいうようなら——これは実質的には、素面《しらふ》で帰宅するほうが、安全に帰宅するより大事だといっているのとおなじことだ——それはつまり、シャンクスがべろべろに酔っぱらっていたものと決めつけている証拠だった。そうなれば、半年に一回のどんちゃん騒ぎをやめなければならないだろう。

「お客さん、ミステリを書いてるっていったよね」運転手の名前はトム・ビール——掲示されているライセンスによれば。「じゃあ、事件を解決することもできる?」

「いや」シャンクスはいった。「いやいやいや。事件を解決するのは警察だ。ぼくは話をつくるだけ」

「テレビではいつも作家が事件を解決してるけど」

「テレビでは人間が空を飛べる。会社の同僚と不倫をしても、一緒に働きつづけていられる。それに、拷問された人間が必ずほんとうのことを話す」

「はいはい、わかりましたよ」

しばらくのあいだ沈黙が場を占め、シャンクスがうたた寝しそうになっていると、ビールがいった。「じゃあ、ほんの暇つぶしってことで聞いて——」

「いやだ」

「いやだって、何が?」

「年老いたホーテンス伯母さんが殺されたのに警察には犯人がわからなくて、とかいう話をするつもりだろう。手間を省いてあげるよ。ぼくにも犯人はわからない」

「ほんとうに口の達者な人だな」ビールが文句をいった。「おれにはホーテンス伯母さんなんて親戚はいないよ。それに、殺された知り合いもひとりもいない」

「それはよかった」

さらに沈黙がおりた。それからまたビールがいった。「だけど一度だけ窃盗があったんだ。友達が三人いて、そのうちのひとりが何かを盗んだ。いまでも夜中に目を覚ましては、そのことを考える」

シャンクスはため息をついた。「わかった、負けたよ。彼らはきみから何を盗んだんだ?」

「おれから? 何も。強いていえば仕事かな。おれがやったなかじゃいちばんいい仕事だった」

「その仕事っていうのは?」

「コンサートの設営スタッフ。〈鉛《ジンク》のハート〉の」

「ロックバンドだね?」

トムはまたミラーをちらりと覗いた。いぶかしげに目を細くして。「お客さん、何歳?」

「だいたいきみより二十くらい年上だよ。つまり、ぼくが聴いて興奮した最後の新しいバンドは、ついこのあいだ殿堂入りした」

「ロックの殿堂に入るには二十五年はかかるけど」

「そうだね。しかしその〈錫《ティン》のハート〉ってのは——」

「〈鉛《ジンク》のハート〉！」

「失礼。そのバンドは特別なのかな？」

「もちろん。インダストリアル・ゴスじゃ最高のバンドだった。最初のＣＤは……」

シャンクスは理解する努力を放棄して、あとの長話は流れるに任せた。そしてビールの勢いが落ちてきたところで尋ねた。「それで、そのバンドときみはどういう関係だったんだね？」

「おれは設営スタッフのひとりだった。バンドと一緒にいたんだよ。おなじバスで旅をして、バックステージですべての曲を聴いた。そういうことのためなら人殺しだってするって人間がどれだけいるかわかるかな？」

「大勢いるんだろうね。設営スタッフというのは、具体的には何をするんだい？」

「バンドにもよるけど。〈ジンクハート〉にはたいてい四人いた。スティーヴがアックスのチューニングをして。ああ、アックスっていうのはギターのことだけど」

「それはぼくにもわかった。それで？」

「ペペがドラムの面倒を見てた。ＫＣが衣装とメイクの担当。おれはスピーカーとマイクとケーブル。で、この三人のうちの誰かがおれを嵌《は》めたんだよ」

「どうやって？」

「おれたちは〈パセーイク・シアター〉で演奏してた。その年にやったほかのライブより小さかったけど、バンドはウェイン出身だからね。最初に大事なショウをやったのが〈パセーイク〉だったんだ」

「センチメンタルな理由のあるお気に入りの会場ってわけだね」シャンクスはいった。

「そのとおり。だけどショウの二時間まえに、ラッツが大声で怒鳴りながら楽屋から出てきた」

「ラッツって誰だ?」

ビールはあきれたようにぐるりと目をまわした。「お客さんが音楽についちゃなんにも知らないって、つい忘れちゃうよ。ラッツ・マドックス。リード・ボーカルだ。歌詞もだいたいはラッツが書いてた」

「わかった。それで、何を怒っていたんだね?」

「誰かが〝ブロウ〟を盗んだって」

「ブロウ? コカインのこと?」

「いや、シャボン玉。冗談だよ、もちろんコカインのことだ。ラッツはギャラの半分を鼻から吸いこむキャンディに使ってたんだ」

「それはたいへんだな。どこにしまってた?」

「ファンからもらった金属製の兵士の人形のなか。バンドのロゴに似てた」

「どこかに置き忘れたんじゃないのかな? あるいは疑心暗鬼になって捨ててしまったとか?」

「そうじゃないっていうのはわかってるんだ。理由はこれからすぐに話すけど。とにかく、わかっておいてもらいたいのは、ラッツは頭がおかしくなって《ナッツ》たってこと。ひどく取り乱してた。警察に電話するっていうんだ。どれだけ狂ってたかわかるだろ」

シャンクスは思わずにやりとした。「自分のために違法ドラッグを見つけてくれって、警察に頼むつもりだったのか?」レイディ・キャロライン・ラムがバイロン卿を評していった言葉が不意にシャンクスの頭に浮かんだ。〝無分別《マッド》で、不品行《バッド》で、知りあうのは危険〟。いかん。酔っぱらっているとつい誰かの言葉を引用してしまう。

「だからいったろ、おかしくなってたって。シェイマスが説得してやめさせたんだ。リード・ギターのシェイマス・ボランド。どうせこの名前も聞いたことないよね?」

「当たり」

「そのころにはもうショウの時間になってた。で、ラッツは大々的に宣言したんだ。盗まれたものが楽屋に戻っていたら、何も訊かないし、何もいわないって」

「不問に付すってことだね」

「なんでもいいけどさ。バンドはライブをやった。ひどいショウだった、ラッツが頭にきててろくに歌えなかったから」

「あるいは、クスリが入ってなかったから」

「そうかもね」

「それで、コカインは魔法のように出てきたのかな?」

「そう。誰かが楽屋のドアをあけて、兵士の人形を床に投げだしておいたんだ。人形が壊れなくてよかったよ、イカレた大掃除騒ぎなんてごめんだからね」

「想像できるよ。すこし減ってた?」

「ラッツはそうは思わなかった。だけどこんどはほんとうに、、、怒りだした。そのときまではコカインを盗んだ犯人がスタッフのなかにいるかどうか確信がなかったんだけど、これで犯人はさっきの演説を聞いた誰かだとわかった。で、犯人を探すことにした」

「不問に付すって話はどうなったんだ?」

「嘘だったってことだよ。それに、手掛かりがあった」

「どんな?」

「兵士の人形のたすき《サッシュ》が赤いリボンの切れ端でできてたんだけど、それがちぎれてた。たぶんバンドエイドくらいの大きさかな、だけど目立つ赤だった。犯人は気づいてないだろうとラッツは思った」

シャンクスは赤いバンドエイドをつけたコカイン泥棒を思い浮かべようとした。話の筋道を見失いそうになった。

「ラッツはスタッフ全員にポケットの中身を全部出すようにいった。何も見つからなかった」

「それでおしまい?」

「お客さんはラッツを知らないから。その後、シアターじゅうを探しまわるはめになった。犯人が証拠を隠せないように、全員が二人一組になって。それからラッツは設営スタッフ全員をツアーバスに追いたてた。おれたちのロッカーがある場所だよ。ロッカーをあけると、当然のようにおれのところに赤いリボンの切れ端があった。ラッツに殺されるかと思ったよ」

「しかし殺されはしなかった」

「そう、スティーヴとペペが止めに入った。だけどその場でクビにされた。夢の仕事が一瞬で消え去った」

「気の毒に。背景についてもっと話してもらえるかな。ラッツには自分だけの楽屋があった？　鍵はかけられていた？」

「ああ、かけられてた。でも全部の楽屋がおなじキーでひらくんだ。磁気カードでね。仕方ないんだよ、バンドのメンバーもスタッフも支度で出たり入ったりするんだから」

「いつ盗まれたかはわかる？」

「もしやったのが設営スタッフのひとりならね。ラッツとバンドのメンバーは興行主と一緒に昼食に出たから。そのときなら、カードキーを持ってる人間だったら誰でも忍びこめた」

「機材を見張る人間がいなかったとは驚きだよ」

ビールはため息をついた。「それもまた問題だった。見張りがおれの番だったんだ。だけどさ、地元でのライブだったもんだから。おれの恋人も来てて、おれはほら、それまでずっとツアーに出てたからさ。ふたりで空き部屋を見つけて――」

「盗難が起こらないように見張っているはずのときに再会を楽しんでいたってわけか。そしてそれもきみが疑われる理由になった」

「そういうこと。じゃあ、こんどはほかの設営スタッフについて話さないとね」

「いや、その必要はない。きみがしなきゃならないのは、ちゃんとウィンカーをつけて次の出口で降りることだ。ぼくは二十四号線が帰宅の最短ルートだってわからないほど酔っぱらってるわけじゃない」

「はいはい、わかってるって」

「余分な詳細を聞くために遠回りの料金を払う気はないからね」

「それはいいけど、全部聞かないでどうやって事件を解決するんだよ？」

「そんなことはもともとできない。物的証拠もなし、問いただすことのできる目撃者もなし、たったひとりの曖昧《あいまい》な記憶だけしかない状況では、事件を解決することなんか誰にもできないんだよ」シャンクスは目をこすった。眠りの精に砂をかけられたような気分だった。「できるのはせいぜい、事実に合う仮説をしゃべることくらいだ。仮説ならあるから、いくつか事実をぶつけてみて、その仮説がもちこたえるかどうか確認しようじゃないか」

「仮説って、もう？　どうやって立てたんだ？」

「酒のなかに真実がある《イン・ヴィノ・ヴェリタス》」すごいね。こんどはラテン語の引用か。「質問が三つある」

「わかった。ひとつめは？」

ううむ。一分まえまで覚えていたんだが。ああ、そうだ。「解雇されたあと、きみはまたどこかで設営スタッフとして働いたのかな？」

ビールは鼻を鳴らした。「紹介状をもらうなんてできるわけないだろ？」

「そりゃそうだ」

「それにツアーマネージャー同士はだいたい知り合いなんだよ。おれははじき出された。三流バンドならなんとかいけたかもしれないけど、おれにもプライドがあったからね」

「当然だね。それなら仕事はどうした？」

「ミシェルの父親が建設現場の仕事をくれたよ」

「ミシェルって?」

「例の彼女」ビールはまたため息をついた。「結局つづかなかったけど」

「それは残念だったね。よし、ふたつめの質問だ」

「もうふたつ質問したじゃないか」

シャンクスはぼさぼさの眉《まゆ》をぐっと落として顔をしかめた。「ひとつは補足だよ。すこしくらい融通をきかせてくれたっていいじゃないか」

「オーケイ。どうぞ」

「証拠が見つかったきみのロッカーだけど。鍵の種類は?」

ビールは目を大きく見ひらいた。「冗談だろ? もう十年くらいまえの話なのに。鍵のメーカーなんか覚えてると思う?」

「メーカーじゃなくて。キーだったか、数字を組み合わせてあけるものだったか」

「ああ。ええと、組み合わせ錠だった」

「そうか。それは――これも補足の質問だけど」

「ああ、わかってるよ」

「その数字は工場で出荷時に設定されたものだったのかな? それともきみが自分で設定した?」

「おれが子供のころ住んでた家の番地を使ってあった。もしこれが問題になるならいっておくけど」ビールは皮肉をこめていった。

「もしかしたらね。きみがその数字をほかの場所でも使っている場合には。さて、三つめの質問だ。そのミュリエルなんとかっていう——」

「ミシェルのこと？」

「そうだ。彼女はきみの夢の仕事をどう思ってた？」

ビールはじっくり考えてからいった。「最初は気に入ってた。クールだと思ったんだろうね。出会ったのもその仕事のおかげだったたし。ある晩彼女がショウを見にきて、楽屋まで入ってきたんだよ。赤いタンクトップがすごく——」

「気を悪くしないでほしいんだが、きみの話が終わるまえに高速道路が終わるよ。おそらく、きみの仕事に対するミシェルの気持ちは途中で変わったんだね？」

「そうなんだ。ひとつツアーがあると何カ月も連続で家を空けたからね。ドラッグのこともあった。それにラッツはイカレてたし」

それにタンクトップを着た娘が大勢いただろうし、とシャンクスは思った。「そうか。わかったよ」

「わかったって、何が？」

「きみの答えが。いや、まあ、ぼくの答えだけど。きみの恋人がコカインを盗んだんだよ」

ビールがいきなりブレーキを踏みつけ、タクシーがぐいっと右に寄った。シャンクスは窓に頭をぶつけた。「気をつけてくれ！」

「だって正気じゃないよ！　ミシェルはドラッグが大嫌いなのに」

「彼女が使ったとはいってない。手つかずで戻された、そうだったね？」

「ああ、そうだよ。だけど一体全体なんでミシェルが？」

「きみの夢の仕事は彼女にとっては悪夢だったからさ。家にいてほしかったんだよ、きみが安全でいられる場所に」

「だけどそのせいでラッツに殺されたかもしれないんだぞ！」

「彼がほんとにそうしようとしたなら、彼女はプランBに移行していたはずだ。つまり、白状したはずだよ。ラッツは彼女を殺そうとしたかな？」

ビールはつかのま考えてからいった。「いや。おれがクビになるようにと考えて自分がやったんだってミシェルがいったら、おそらくラッツはおもしろがったと思う。男が尻に敷かれてるのを見るのが好きなんだよ。ラッツ以外の男ならってことだけど」

「それなら、ぼくの仮説は以上だ」シャンクスはさらに深くシートに沈みこんで目をとじた。

「でもさ、そりゃ馬鹿げてるよ。もしミシェルがそんなふうに思ってたなら――ふうむ……そうなると説明がつくかも……」ビールはだんだんと静かになった。いくつかの記憶を解釈しなおしているようだった。

「ミシェルがいまどこにいるかわからなくて残念だな。彼女に尋ねるのが、ぼくが正しいかどうかわかる唯一の方法なのに」

「ああ、どこにいるかならわかるよ」ビールはあまりうれしくなさそうな声でいった。「結婚してるんだからさ、人を操るのがうまいあのチビの――」

シャンクスはパチリと目をあけた。「つづかなかったっていったじゃないか」

「それはミシェルの父親がくれた仕事のことだよ。結婚生活はまあまあ。すくなくとも、まあまあだと思ってた。くそ、家に帰ったら――」

「いや、ちょっと待った」離婚訴訟のなかで――あるいは、もっと悪いことが起こって――自分の名前が出るなど、シャンクスは絶対にごめんだった。

だからすばやく考えた。「きみは自分がどんなに運がいいか気づいていないみたいだね」

「なんでだよ！」一瞬の間《ま》。「どうしてそう思うんだ？」

いい質問だ。「考えてごらん。犯罪をおかすことも辞さず、暴力の危険も顧《かえり》みず、自分が危険と見なしたものから進んできみを守ろうとする女性と結婚しているんだぞ、きみは。そういう愛情がどんなに稀有《けう》なものかわかるかい？」

沈黙のうちに数ブロックが過ぎた。「お客さんがそういうふうにいうと、なんだかすごくかっこいいことみたいだね」

「それに実際のところ、そういう仕事はどれくらい長つづきするものなんだ？」

「ええと、バンドはおれがやめた二年後には解散した。警察の手入れがあって……」

シャンクスは息を長く吐きだした。「きみは感謝するべきだね」

「ふうむ。おれが知ってるってことはミシェルにいうべきかな？」

「特別の機会のために取っておくんだ」

「来月、ミシェルの誕生日なんだ」

「完璧だ」ほんとうは、何かやらかして謝らなければならないときに使うべきだといいたかったのだが、まあ、うまくいくならなんでもいい。「ここの角だ」

「わかった」タクシーは坂を上りはじめた。「お礼をいわなきゃな。十年もおれを悩ませてた問題を解決してくれたんだから。お客さんは女のことをよく知ってるね」

「おおげさだよ」

「お客さんと奥さんはきっとすばらしい夫婦なんだろうな。見なよ！　起きて待っててくれてるよ」

シャンクスが目を向けると一階のすべての明かりがついていた。よくない徴候だった。

支払いはクレジットカードで済ませた。

「お客さん」ビールはいった。「チップはいらないよ。充分世話になったからね」

「気にしないでくれ」

「じゃあ、せめておれの名刺を持っていってよ。こんどまた車が必要になったら呼んでくればいい」

居間の壁に影が映っていた。コーラが行ったり来たりしている。

「しばらくはタクシーが要るようなことはないんじゃないかな」シャンクスはいった。

著者よりひとこと

もう何十年もまえだが、妻と一緒にニュージャージー州パセーイクの〈キャピトル・シアター〉にランディ・ニューマンを見にいったことがある。すばらしいショウだったが、あんなに大きくて圧倒されるような会場にはもう行きたくないね、と後に夫婦でいい合ったのだった。

その一週間ほどあと、〈ローリング・ストーンズ〉が全米ツアーをすると発表した。小さくてくつろげる会場だけをまわるという。もちろん、最初の会場は〈キャピトル・シアター〉だった。これもフォークミュージックとロックのあいだに多数あるちがいのひとつなのだろう。

本編の初出は《アルフレッド・ヒッチコックス・ミステリ・マガジン》の二〇一三年四月号である。

シャンクスは電話を切らない

Shanks Holds the Line

「ちょっと待って」レオポルド・ロングシャンクスはいった。「コンピューターを起動しなきゃならないから。地下室にあってね」

「もちろん」ジェイクがいった。「お待ちしています」

「ご親切にどうも」シャンクスは自宅の書斎にいて、電子メールをチェックしているところだった。できあがった新刊のカバーイラストにシャンクスが文句をつけたことについて、出版社から不機嫌な返事があった。銃から発射されるのは弾丸だけであって、薬莢《やっきょう》ごと出るわけではないという事実を、このイラストレーターは明らかに知らなかった。笑い物になるまえにシャンクスが気づいたのだから、感謝されてもいいくらいのものだが、そうはならなかった。

ある会合の主催者からも電子メールが届いていた。シャンクスが講演を承諾したことを思いださせようとする内容だった。いい宣伝になるので、スピーチ自体は喜んでするつもりだったが、割りあてられたトピックはおよそわくわくするようなものではなかった。〈なぜ人はミステリを読むのか?〉という古典的な題目について、何か新しいことをいわなければならないのだ。

だいたい、問うべきは〈なぜもっと多くの人がミステリを読まないのか〉ではなかろうか。もし読者を倍にすることができたら、ぼくだってもっといいコンピューターが買えるのに。それに新しいスマートフォンも——

電話か。シャンクスは受話器を手に取った。「ジェイク？　まだ待っててくれてるかな？」

「ええ、サー」かすかな訛《なま》りがあった。東南アジア出身だろうか。

ジェイクは一分まえに電話をかけてきて、〝ウィンドウズの技術サポートです〟と名乗った。〝あなたのコンピューターが悪意あるメッセージを発信していると報告を受けました。どうやらマルウェアに感染しているようです〟といっていた。

「なんてこった」シャンクスはいった。「ひどいな」

「そうですね、サー。あなたのコンピューターはもういつクラッシュしてもおかしくありません。でもこちらから修復してさしあげられます」

「ほんとうに？　すばらしい！　どうやるんだい？」

「数分のあいだ、こちらであなたのコンピューターを操作しなければなりません。いま、コンピューターのまえにいらっしゃいますか？」

そして冒頭の会話になったのだった。

欲求不満《フラストレーション》。これがシャンクスのスピーチのテーマだった。人々がミステリに惹きつけられるのは、不正に不満を抱いているからだ。解決されない犯罪や、罰を受けることのない重罪犯に。

例として、サブプライムローン問題が持ちあがったときの銀行員の話をするつもりだった――あのなかに、告発されるべきことをした人間はほんとうにひとりもいなかったのか？　しかしいま、シャンクスはもっといい例、もっと身近な例があるかもしれないと思っていた。

それは通りの向かいのベティ・ショークロスだった。八十歳近い、天国に近いところにいる人ではあったが、望みうる最良の隣人である。

半年ほどまえのある日、そのベティが目に涙をうかべて駆けこんできたのだった。どうやらコンピューターがマルウェアに感染していますという電話を受け、電話の向こうの〝専門家〟にマシンを操作させてしまったらしい。シャンクスと妻のコーラが行ったときには、マシンはどこか遠くの侵入者に対して中身を吐きだしており、電源オフのボタンを押しても、強制終了・再起動のショートカット〈CTRL＋ALT＋DEL〉を押しても止まらなかった。シャンクスは仕方なく壁からプラグを引っこ抜いたのだった。

そのマシンを技術者のところへ持ちこんでも、感染したものをいじる気はないとにべもなく断られた。「買い替えてください」

けれどもベティはそれをいやがった。

「損害額はどれくらいだったんだい？」シャンクスはあとで妻に尋ねた。

「たいした金額じゃなかった」コーラは答えた。「クレジットカードを新しくしたり、銀行の口座番号を変えたりはしなくて済みそう。でも最悪なのはむしろこっち。わたしが〝誰にでも起こることだから〟っていったら、ベティはなんていったと思う？　〝こんなこと、五年まえならわたしの身には絶対に起こらなかった。こんなふうに騙されることなんかなかった〟って。身ぐるみはがれるのが怖いから、もう新しいマシンはほしくないんですって」

「ひどいな」シャンクスはいった。「孫とビデオ通話ができるって、いつも嬉しそうに話していたのに」

コーラはうなずいた。「ベティの息子が新しく一台買うように説得しているところ。まったくね、こんなことした犯人を殴ってやりたい」

「ぼくもそう思うよ。だけど犯人を突きとめる方法がない」

「ジェイク？　まだつながってる？」

驚いたことに、つながっていた。「イエス、サー。準備はできましたか？」

「もうちょっとだよ、きみ」シャンクスはコーヒーをひと口飲んだ。「もうちょっとだけ待っていてくれ」

ハリウッドのエージェントからの電子メールもあった。映画の純利益が期待に反するものだったことについて、スタジオから納得のいく説明を引きだそうとしているという。

これもまた、罰を受けることのない重罪犯の話だ。

そうこうしているうちに電話がブツンと音をたてた。つまりジェイクが切ったのだ。まあ、いい。

シャンクスは新しいファイルをひらいて、スピーチのアイディアをタイプしはじめた。ベティの正体は隠さなければならないだろう。まあ、あの会合の出席者ならベティとドロシー・L・セイヤーズの区別もつかないだろうけど、用心するに越したことはない――

電話が鳴っていた。たいへん結構。

「もしもし?」

「技術上の問題が生じまして。電話が切れてしまいました」ジェイクはほんのすこしいらいらしたような声でいった。

「ああ、悪かったね。もう大丈夫だよ、きみ。ぼくはいま、コンピューターのまえに座っているよ」

「結構です。あなたにしていただきたいのは――」

「待った、待った。まずはきみに質問があるんだ」

「なんですか?」

シャンクスはぼさぼさの眉《まゆ》をあげた。「きみには顎《あご》ひげがあるかい?」

やや長めの間《ま》があった。「は?」

「顎ひげだ」

「どうしてそれを知りたいんですか?」

「きみのイメージを頭に浮かべたいんだよ。簡単な質問じゃないか」

ため息が聞こえてきた。「いえ、顎ひげはありません。では、できれば――」

「きみは電動シェーバーを使っているんじゃないかと思うんだが」

「聞いてください、サー、あなたのコンピューターはいつダウンしてもおかしくないんですよ。もし何かあっても責任は――」

「だったら時間を無駄にしないでくれ。きみは――」

「そうです！　電動シェーバーを使ってますよ。なぜですか？」

「やっぱりね」シャンクスはいった。「もしぼくが人を騙すことで生活費を稼いでいたら、毎朝手にカミソリを持って鏡で自分の顔を見る気になんかなれないからね。ジェイク？　もしもし？」

ツー、ツー。

シャンクスは電話を切り、時計を確認した。

ジェイクがほかの誰かをカモにするのを、たっぷり十五分は邪魔してやった。

自己ベストには一分足りなかったが、気にすることはない。どのみちジェイクの同類がまたすぐに電話をかけてきて、次のチャンスをくれるだろう。

著者よりひとこと

わたしがこの短編を書いたのは、友人のお母さんがミセス・ショークロスとおなじようなめにあったからだ。わたし自身、同様の電話を――〝ジェイク〟と名乗ったような人物からの電話を――二回受けたあとに、世のなかに向けて警告を発し、この話に書いたような戦術を使ったらどうかと提案したくなったのだ。

そんなわけで、気がつくとショートショート（英語ではフラッシュ・フィクション、ふつうは千語以下の短編のことである。ちなみに本編は九百五十語くらい）が一編できあがっていたのだが、これをどうしたらいいかわからなかった。もし《アルフレッド・ヒッチコックス・ミステリ・マガジン》に送ったら、掲載が決まって出版されるまでに（もちろんこれには〝もし〟がつく）、こういう騙しの手口は見分けがつかないほど変貌をとげてしまうかもしれない。

そこでひらめいた。リンダ・ランドリガンに本編を送って、もしよければ《アルフレッド・ヒッチコックス・ミステリ・マガジン》のブログ〈トレース・エヴィデンス〉に掲載してほしいと話した。わたしは無料で小説を書いたりはしないが、いつだってチャリティのための例外はある。今回はそれにふさわしかった。わたしはこの短編を公共サービスと見なしている。本編は二〇一四年五月五日にアップされた。ブログ以外の場所ではこれが初出である。

ところで、本書がアメリカで出版されたときにはここで終わっていた。しかし光栄にも、日本版では特別にもう一編加えることができた。シャンクスの最新の冒険を……

シャンクス、悪党になる

Shanks Goes Rogue

「なんなんだ」レオポルド・ロングシャンクスはいった。「女性と悪い男っていうのは?」

妻のコーラは新しいCDをプレイヤーに入れ、夫に顔を向けた。運転席のシャンクスは目を道路に向けたままでいた。

「ペギー・リーは自分で自分の面倒くらい見られたと思うけど」コーラはいった。「歌の話じゃないの?」

「たぶん歌から思いだしたんだろうけど、実際に考えていたのは大学時代の知り合いのことだよ。ハーヴェイ・カッツ。最高にやさしい男を想像してくれればいい。ほんとうにいいやつなんだ」

「その人、きっと最後にとどめを刺されるのね」

「そう、ロマンスの分野ではね。恋人を見つけるってことに関しては恐ろしく運がなかった。ぼくが見たかぎりでは、ルックスは悪くないのに」

「ルックス以外にもいろいろあるのよ。ああ、そこの角を曲がって」

シャンクスはウィンカーを出した。「ハーヴェイが夢中だった女の子がいたんだ。どうしてもつきあうことができなかったんだけど、その女の子がね、恋人と別れたとか、男に不当に扱われたといってはハーヴェイに泣きついていたんだよ」

コーラは小首を傾げた。「友達のことっていっておいて、じつはその〝友達〟は自分だったなんて話じゃないでしょうね？」

シャンクスはぼさぼさの眉《まゆ》をあげた。「ぼくがひとりの女性にそんなふうに何年も入れこむタイプに見える？　きみを除いてってことだけど、もちろん」シャンクスは慌ててつけたした。

「うまく逃げたわね。まあ、そうは思わないけど、大学時代の友達については全部聞いたと思っていたから。たいてい何回も」

「ぼくは意外性たっぷりの男なんだよ。いや、つまり、ぼくにとってハーヴェイの逸話はひとつしかないんだけど、そのひとつをいままで思いださなかったってことだ」

「で、いまはハーヴェイが主役ってわけね。それで？」コーラは女性小説を書いている。実らぬ恋の話はホームグラウンドのようなものだった。

「その女の子のお気に入りのバンドが町に来るっていうんで、ハーヴェイはチケットを買った。彼女は一緒に行くといい、ハーヴェイはもう哀れなほど大喜びだった。だけどその大事な当夜になって、彼女がキャンセルした。まえにつきあってた男の保釈に立ちあわなきゃならないといって」

「古典的な手ね。ハーヴェイはひとりでライブに行ったの？」

「いや、彼女を警察署まで車で送ったんだ。で、くり返すけど、女性と悪い男っていうのはなんなんだ?」

「ハーヴェイに訊いてみればいいじゃない。だけど今回はディクシーの話よ」

シャンクスは妻に考えを読まれてももう驚かなくなっていた——まあ、考えの内容によっては心配になることもあったけれど。

「きみのいうとおりなんだろうね」シャンクスは認めていった。「じゃあ〝幸運な男〟を見つけたんだな、そうだろう?」

ディクシーはコーラの大好きなチャリティの支部長だった。最初の夫からかなりの遺産を受けとっていた。自動車の単独事故で亡くなったのだった。ガソリンというよりはアルコールのせいだった。二番めの夫は三年まえにディクシーの秘書と駆け落ちした。

その後、長つづきしない関係がいくつかあった。相手はたいてい金目当てで、ディクシーの三番めの夫の座を狙っていた。

そしていま、ふたりはディナー・パーティーに招かれてディクシーの家に向かっているわけだが、コーラはあらかじめシャンクスに警告していた。きょうの晩餐会《ばんさんかい》の目的は最新の候補者を紹介することだと思う、と。

「〝疑わしきは罰せず〟の目で見てあげてね」コーラはいった。

「ぼくはいつだってそうしてるよ」シャンクスは嘘をついた。

豪邸を構えることだってできるのに、ディクシーは慎ましい家に住んでいるね、という人もいるんだろうなとシャンクスは思った。とはいえ、シャンクスとコーラがなんとか雨や雪をしのいでいるレナペヒル・レーンの家なら、二つか三つは入りそうなサイズだった。

ディクシーはドアのそばでふたりを出迎えた。シャンクスが見たところ、順風満帆といった外見だった。ヘアスタイルも髪の色合いもまえとちがっていた。そのうえ、すこし痩《や》せたか、あるいはより腕のいい仕立屋を見つけたようだった。

「コーラ！　シャンクス！」いつもどおり、ディクシーの声には南部美人を思わせる響きがあった。「ふたりとも、来てくれてありがとう。入ってみんなと顔を合わせて。飲み物もどうぞ」

シャンクスは最後の言葉を喜び、コーラのほうをちらりと見た。最近のどんちゃん騒ぎのあと、コーラはいくつかの規則を制定した――コーラの言葉を借りれば、ふたりは合理的な妥協案に同意した。これによれば、シャンクスが外で飲めるのは、車を安全に家まで運転できる誰かが一緒にいる場合だけだった。今夜はコーラが指名ドライバーだった。

これは嬉しかった。ディクシーはバーボンの趣味がとてもいいのだ。

まあ、客人と友人と恋人の趣味はちょっと疑わしいけれど。ディクシーが気前よく酒を注いでくれているあいだ――これも彼女のすばらしい特質のひとつだ――シャンクスは紹介されたほかの客人たちを観察した。

フランク・ウェイラーは株式仲買人だった。シャンクスの考えでは、株屋はパーティーに呼ぶには危険な人種だった。保険のセールスマンとおなじく、目に映るすべての人間を潜在的な顧客と見なしているからだ。

フランクの妻のメイヴィスは葬儀屋だった。シャンクスは興味を持った。葬儀関係の仕事に就いている女に会うのは初めてだった。なかなか魅力的な人物で、ブルーのドレスを着ていた。黒のドレスは制服のように感じるのだろう。

ウェイラー夫妻はともに四十代、シャンクスとコーラより十歳ほど年下だった。しかしこの場の最年少はディクシーの最新の候補者、ケヴィン・バクスと紹介された男だった。

最初にひと目見たときには三十五歳くらいだと思ったが、よく見ると手入れをしっかりしている四十歳だな、とシャンクスは判断した。明るい色のポロシャツに、おちついたシングルジャケットを合わせており、髪にも金をかけているようだった。ディクシーが出しているのだろうか。

ケヴィン・バクスは〈ライフハート・サプリメント〉という、シャンクスが聞いたこともない会社の重役か何かだった。コーラが会社のことを尋ねると、ディナーの席での会話としては退屈でしょうから、と礼儀正しくいって流した。シャンクスの頭のなかではこれでケヴィンの好感度がアップした。亜鉛やビタミンEの輝かしい効用を晩餐のあいだじゅう聞かされずにすんだのだから。

「もし興味をお持ちなら、メールアドレスを教えてください。山ほど情報をお送りしますよ」ケヴィンはいった。「それより、あなたがたのお仕事について聞きたいな。おなじ屋根の下に作家がふたりいるなんて！　プライドのぶつかりあいはないんですか？　つまり、どちらの本がよく売れるか気にしたりしないんですか？」

「いや、ぼくたちはお互いの最大の支援者だから」シャンクスはいった。じつは前回確認したときには、最新刊の売れ行きがコーラの本の二十パーセントほど下をうろうろしていたのだった。

「何を書いているんですか?」メイヴィスが微笑みながら尋ねた。「わたしはSFが大好きなんです」

「シャンクスはSFも何作か書いているんですよ」コーラがいった。

シャンクスは律儀に初期のSF作品のタイトルをふたつ挙げたが、もちろんメイヴィスは聞いたことがなく、ましてや読んでいるはずもなかった。あの二作が刊行されたころの一般の反応も同様で、自分の進むべき道はスペース・オペラではなくアクションだとシャンクスは納得したものだった。

「僕は小説を読んでいる時間はあまりなくて」三目並べをやろうと誘われたのを断るかのような口調で、フランクはいった。「ディクシー、僕が話した投資信託のことは考えてくれた?」

「今夜はそれはなしよ、フランク」ディクシーは答えた。「きょうは楽しみのためのお食事だから。仕事じゃなくて」

「チキンがすごくおいしい」コーラがいった。「レシピを訊いてもいい?」

「アイリーンが教えてくれるわ」ディクシーは答えた。「サンドイッチより手のこんだものを出すときには、人に頼むことにしているの」

「謙遜《けんそん》ですよ」ケヴィンがいった。「でも、僕もアイリーンには感謝しています。ディクシーが料理をオーブンから出そうとバタバタしなくて済むし、僕も皿洗いにかかりきりにならなくていいし」ケヴィンは声をたてて笑った。

シャンクスはケヴィンを好きになりはじめていた。これが悪い男？　いまのところ、ポケットからヘロインが突きでているようなことはなかった。テロリストの行動に同情を寄せて、みんなを驚かせるようなこともなかった。

ディクシーがバカンスのことを話しだすと、いままでむっつり黙りこんでいた株屋のフランクが急に元気になった。「〈高利回り《ハイヤー・イールド》〉をバミューダまで持っていくつもりです」

国際的な取引か何かだろうか？

フランクは笑った。「ちがいます、〈ハイヤー・イールド〉はわが家のヨットの名前ですよ」

「フランクはすばらしい船乗りなの」メイヴィスがいった。

その瞬間、シャンクスには今回のディナーの計画の要《かなめ》が見えた。

明らかにコーラにもわかったようだった。目を輝かせている。「それはすてきね！　いま書いている小説に、ヨットレースが出てくるの。お知恵を拝借してもいいかしら？」

「もちろんですよ。何が知りたいんですか？」フランクがいった。

メイヴィスもその会話に加わった。ディクシーの席はテーブルの向こう端だったので、これで実質的にシャンクスとケヴィンはふたりきりになった。

「ディクシーとはどんなふうに出会ったんだい？」シャンクスが尋ねた。

「おかしな話なんですけど」ケヴィンはえくぼを浮かべながらいった。ちょっと顔がよすぎるかも、とシャンクスは思った。「迷子の猫を探していて知りあったんです」

これはいままでとちがうぞ。すくなくとも、ディクシーと知りあうチャンスを求めてチャリティに手を貸したわけではない。ディクシーもようやくそういう疑わしい手合いに警戒することを学んだらしい。

「誰の猫?」

「僕のです。僕は以前、ショート・ヒルズのアパートメントに住んでいました。ある日、郵便物を取りに外に出たら小包が届いていましてね。注文したリュックサックでした。リュックそのものは手ごろな大きさだったんですが、入れられていた箱が大きくてかさばって。それを運びこんでいるあいだに、アンドリューが逃げたんです」

「きみの猫だね」

ケヴィンはうなずいた。「きれいなさび猫で、もう何年も飼っていました。ちょうどそのころ屋根の工事があって。大きな音がすると、アンドリューはいつもおちつかなくなるんです」

ケヴィンは肩をすくめた。「箱を置いて追いかけたんですが、曲がり角のあたりで見失いました。アンドリューの名前を呼びながら、一時間くらい探しまわったかな。ディクシーのオフィスはそのブロックの先にあったので、声を聞きつけたディクシーがどうしたのかと見にきました」

シャンクスは重々しくうなずいた。「なるほど、それはディクシーの注意を引いただろうね」

ディクシーは動物が大好きだったが、アレルギーがあって飼えなかった。そう考えると、悪い男が好きなのはそのせいかもしれない。傷ついた迷子というのはどんな種にもいるものだ。「それから午後じゅうずっと、ふたりでアンドリューを探して過ごしました。それで、お礼にディナーくらいご馳走しなきゃと思って」ケヴィンはまたもや男らしく肩をすくめた。「そこから付き合いがはじまりました」

「アンドリューは戻ってきたのかね？」

「いえ。そこがこの話の悲しいところです。いい家を見つけているといいんですが」

「ぼくならアンドリューの心配はしないいな」

ケヴィンは戸惑ったような顔をした。

シャンクスはため息をつき、パイの皿を押しやった。デザートを食べたい気持ちが失せてしまった。これは容易《ようい》ならざる事態だった。

「きみには正直に話すよ、ケヴィン。ディクシーは大事な友人だからね」

ケヴィンはうろたえた様子で目を大きく見ひらいた。

シャンクスは顔をしかめた。「いや、これは正直じゃないな。よく考えたら」シャンクスは低い声で話しつづけた。「じつはディクシーのことはかなりうっとうしいと思うことがある。だが彼女はぼくの妻の大事な友人だから、会話の趣旨からしたらおなじことだ」

「なにをおっしゃりたいのかよくわかりません」

「わからない？　では、こういったらどうだろう。きみが嘘つきであるオッズは五万対一だ」

ケヴィンは頭をのけぞらせた。「一体全体なんの話ですか？」

「さび猫の雄は、五万匹に一匹しかいないんだよ」

ケヴィンはまばたきをした。「ああ。僕はさび猫っていいましたっけ？　アンドリューは……」

先がつづかなかった。

「ぶち猫だったらうまくいったかもしれない」シャンクスはアドバイスをした。「だが、すこし変わった種類のほうが話がおもしろい、だろう？」

「ちょっと、何をいっているんです？」

「何をいっているかはわかってるはずだ。きみは年下の男が好きな金持ちの女性と出会いたかった。ディクシーのことをすこしでも調べれば、迷子のペット探しで彼女の注意と同情を引けることはわかったはずだ」シャンクスは一方の眉をあげた。「ちょっと考えたんだが。きみは猫用のボウルや皿を揃える手間をかけたかね？　万が一、ディクシーがきみのアパートメントまでついていった場合に備えて。本物のプロなら、準備は完全にしただろうね」

ケヴィンはしかめ面《つら》でテーブルを押してうしろにさがった。「オーケイ、わかりましたよ。あなたはたいした天才だ。あしたにでも消えるってことでどうですか？　それで遅くはないでしょう？」

シャンクスは否定するように手を振った。「きみがどこかに行かなきゃならないなんて誰がいった？」

「あなたは僕がペテン師だってディクシーに話す。そういう脅《おど》しだと思ったんですが」

シャンクスはテーブルの先を指差した。フランクがバージン諸島でボートに乗ったときのことを何かしゃべっているらしい。それを聞いて、ディクシーは声をたてて笑っていた。

「あんなに楽しそうなディクシーを見るのは久しぶりだよ。きみのおかげかもしれない」

「だけど、奥さんの友達を守らなきゃならないといっていたじゃないですか」

「無防備な状態で放ってはおけないよ。だけどディクシーだって大人なんだから。良かれ悪しかれ、自分のことは自分で決めるさ、ほかのみんなとおなじように。しかしきみには真実を話してもらう」

「それだけですか?」ケヴィンは混乱したようだった。「この場合の真実っていうのは、具体的にはどういうことです?」

「いい質問だ」シャンクスは熟考した。「きみは通りでディクシーを見かけ、とても美しい人だ、ぜひとも知りあいたいと思った。そこで猫の話をでっちあげた。そしていまやディクシーのことがほんとうに好きになってしまったので、嘘をついたことに罪悪感を覚えている」

ケヴィンは妙な目でシャンクスを見た。「それが真実というわけですね?」

「そうでないとは証明できない」シャンクスは肩をすくめた。「オッカムのかみそりだよ。すでに知られた事実と――最小限の仮説ではじめるべし」

「――矛盾しない、」

シャンクスはうなずいた。「きみが嘘つきであることを白状すれば、ディクシーには自分がどんなリスクを負っているかがわかる。それでもきみをそばに置く価値があると思うなら、それは彼女の問題だ」

シャンクスはさっきのパイに手を伸ばした。またおいしそうに見えてきた。

「あなたはおもしろい人ですね」ケヴィンはいった。「僕もあなたの本を何冊か読んだほうがよさそうだ」

「ミステリにしてくれ」シャンクスは忠告した。「ぼくのＳＦはひどいから」

コーラは座席とミラーを調節してから車を発進させた。「ディクシーは天使よ。きょう聞いた話のおかげで、何週間分もの調べ物の手間が省けたわ」

「それはすばらしい」シャンクスはいった。「料理もおいしかったね」

「彼のこと、どう思った？」

「ケヴィン？」シャンクスは思案顔で答えた。「いいやつみたいだよ、まあ、だいたいのところは。きみはどう思った？」

コーラは〝ふん〟と聞こえる音をたてた。「ちょっと不注意なんじゃない、シャンクス？ケヴィンが働いてるっていうあの会社だけど」

「なんだっけ、〈ライフハート・サプリメント〉？」

「何かで読んだの。マルチ商法の会社だって。ねずみ講と似たようなものよ」

「それは痛いな。ディクシーには話した？」

「当然。でもぜんぜん動揺してなかった。ビジネスマンなんてみんな不正直なものだって思ってるみたい」

「まあ、ディクシーが事実を知っているかぎりは……」

「そのとおり」コーラはギアを入れ替え、ＳＵＶを追い越した。「ひょっとするとディクシーにとっては、そのせいでますますケヴィンが魅力的に見えるのかも。あなたもいってたけど、悪い男に惹かれる女もいるんだから」

「そうだね」シャンクスは目をとじた。「きみが悪党に惚《ほ》れたりしなくてほんとうによかったよ」

コーラは手をシャンクスの膝《ひざ》に置いた。「そうかしら？」

著者よりひとこと

わたしがこの話を書いた理由はふたつある。第一に、「シャンクス、殺される」でディクシーを書いたのがとても楽しく、また彼女を登場させたくなったからだ。第二に、数年のあいだ頭にあった猫のトリックをどうしても使いたかったからだ。

この短編が売れるかどうかは心配だった。結局のところ犯罪は起こっていないのだから。しかしリンダはこれを買った。そして《アルフレッド・ヒッチコックス・ミステリ・マガジン》の二〇一六年五月号に掲載されることになった。

本書はこれでおしまいだ。

レオポルド・ロングシャンクスの冒険はつづくのだろうか？　そうなればいいと思う。十五番めの短編の初稿はすでに書きあげた。一年くらいのうちには推敲《すいこう》して整え、リンダに送っているはずだ。過去の実績に基づいて判断するに、リンダがこの短編を受けいれるオッズは二対一だ。

シャンクスのためのアイディアをたくさん書きとめたノートがある。このうちのいくつかが具体化し、短編のかたちになるといいのだが。シャンクスはぶつぶつ文句ばかりいっている中年男だが、一緒に過ごしていて楽しい相手なのだ。

読者のみなさんが本書を楽しみ、シャンクスの話をもっと読みたいと思ってくれますように。お読みいただき、感謝しています。

訳者あとがき

〝捜査は警察の仕事だよ。ぼくは話をつくるだけ〟。

主人公は五十代のベテランミステリ作家、レオポルド・ロングシャンクス（通称シャンクス）。冒頭のような、〝現実の事件の捜査は警察の仕事であって、自分は手出しするつもりはない〟という意味の台詞をなんどか口にしつつも、ほとんど毎回なにかしらの謎解きをするはめになります。相棒は結婚二十数年になる妻、コーラ・ニール。こちらも作家で、夫よりキャリアは短いものの、終盤では本の売れ行きが逆転し、それをシャンクスが気に病んだりもしています。本書はそんなふたりのやりとりもおかしいユーモアミステリ連作短編集で、作家の日常（と、ぼやき）がところどころに書きこまれた〝お仕事小説〟でもあります。

さて、本編についての詳細は解説にお任せして、ここでは翻訳作業中に気がついた、訳註をつけるほどではないけれど知っていると面白い（かもしれない）こまごましたことをいくつかご紹介しておきます。謎解きの本筋に関わるものではありませんが、本編読了後にご覧ください。

「シャンクス、昼食につきあう」で、シャンクスが警察に電話をかけたときに口にした名前にお気づきでしょうか。マイルズ・アーチャー、そう、ハードボイルドの名作『マルタの鷹』に登場するキャラクターで、探偵サム・スペードの相棒にして第二章で早々に退場する人物です。本書著者ロバート・ロプレスティ氏自身の思い入れの表れなのかどうなのか、『マルタの鷹』とその著者ダシール・ハメットの名前はこの後なんどか、べつの短編にも出てきます。

「シャンクスはバーにいる」でシャンクスが自説の下敷きとする〝梁《はり》が落ちてきた〟話は、本文ではハメットの「ある小説」が出どころとされていますが、じつはこれも『マルタの鷹』です。道を歩いているときに梁が落ちてきたことを人生における何かの警告のようなものと捉《とら》え、街を移って一からべつの暮らしをはじめた男はフリットクラフトという名前で、探偵サム・スペードが依頼人のブリジット・オショーネシーに話して聞かせる逸話に登場します。

それから、「バーにいる」の「著者よりひとこと」では、トニイ・ヒラーマンのナヴァホ警官シリーズの主人公ふたりを混同した女性読者について、「その読者には、ナヴァホ族の警官はみなおなじように見えたのだろう」といっていますが、これはやや辛口のコメントかもしれません。ヒラーマンはジョー・リープホーンのみを主人公とする作品を三作書き、次いでジム・チーのみを主人公とする作品を三作書き、そののちにふたりがともに登場する作品を書いたので、言及されている読者が順を追ってシリーズ全部を読んでいたわけではないのなら、勘ちがいしても仕方のないところではあります。

本編中、シャンクスも著者もぼやいてばかりで、少々偏屈なところもありますが、著者は――おそらくシャンクスものを書くうえでの決めごととして――事件をなるべくマイルドに描こうとしている節があります。それが顕著《けんちょ》なのが「シャンクスの牝馬《ひんば》」で、短編にしては謎解きが若干もたついているし、そもそも馬の謎自体がもってまわりすぎている印象もなくはないのですが、これは件の会社員の娘を直接害するようなどぎつい描き方を避けるための方策のようにも思われます。こうした、意図して狙った〝ゆるさ〟も、シャンクス・シリーズの美点のひとつなのです。

本書はいわゆる〝持ち込み〟（翻訳者が見つけた原書を出版社に紹介し、邦訳出版を持ちかけること）が通って出版の決まった本です。訳者が最初に読んだのは本書最後の短編「シャンクス、悪党になる」でした。趣味で定期購読している《アルフレッド・ヒッチコックス・ミステリ・マガジン（ＡＨＭＭ）》で見つけたものです。文章、内容ともに安定していると感じ、好みのユーモアミステリでもあったので、もっと読みたくなってこの著者のほかの短編を探したところ、ロプレスティ氏はＡＨＭＭの常連作家で、シャンクスものの短編もそうでない短編も過去に多数掲載されていることがわかりました。さらに調べてみると、シャンクス・シリーズの短編はすでに一冊にまとまっていました。

さっそくその短編集を読み、あらすじや所感をまとめたレジュメを用意し、東京創元社編集部の佐々木さんにお話ししました。この本の場合、ここで興味を持ってもらえるかどうかが第一のハードル、その後企画会議を通るかどうかが第二のハードル、翻訳権を押さえられるかどうかが第三のハードルだったのですが、幸運なことに三つとも越えることができました。最初に雑誌で見つけた「悪党になる」は、短編集刊行よりあとに書かれたものだったため原書に含まれていなかったのですが、翻訳権取得の際に併《あわ》せて交渉していただき、本書にはこれも収録できることになりました。さらに、「まえがき」と「著者よりひとこと」も日本版に合わせて一部改稿したものが送られてきました。

つねづね、翻訳短編をご紹介できる機会がすくないことを残念に思い、また、重厚な長編のあいまに楽しめるような、あるいは、疲れた日の寝るまえに読めるような、軽やかな読み物がもっとあってもいいのにと思っていましたので、本書刊行が決まったことは訳者としても一読者としても大きな喜びでした。お楽しみいただけましたら幸いです。

解説

大矢博子

本邦初紹介の作家、初紹介の作品集である。

この作家と作品がどのように見出され、訳出に至ったかは訳者あとがきに詳しいが、いやもう、翻訳者の慧眼《けいがん》には恐れ入る。よくぞ見つけ出してくれた。これはかなりのお宝発掘と言っていい。しかもこのお宝、実はありそうでなかった逸品である。

主人公はミステリ作家のシャンクスことレオポルド・ロングシャンクス。ロマンス小説家の妻のコーラとは結婚して二十余年になる。謎や事件に遭遇《そうぐう》しては、「本物の事件を解決する方法なんて知らないよ」と言いつつ、なんだかんだと解決に導く。本書にはそんなシャンクスの短編が、ショートショートも含めて十四本収められている。

たとえば、何気無い街の情景から犯罪の発生を見抜く「シャンクス、昼食につきあう」と「シャンクスの記憶」。逮捕された知り合いを助けるため事件の謎を解く「シャンクス、ハリウッドに行く」。財布を奪われたシャンクスが犯人をあぶり出すため凝《こ》りに凝った罠を考える「シャンクス、強盗にあう」は実に楽しいし、ミステリファンが集まるイベントで起きた『マルタの鷹』初版本紛失事件を巡る「シャンクス、殺される」はフェアプレイの本格ミステリだ。「シャンクス、物色してまわる」はシンプルにして論理的推理が光る。「シャンクスの怪談」は過去の事件の回想、「シャンクスの牝馬《ひんば》」は馬の誘拐事件、「シャンクス、スピーチをする」は出身大学での殺人事件。ショートショートの「シャンクスは電話を切らない」は、彼が何をしてるかわかった時点で思わずくすりと笑ってしまう、稚気《ちき》に溢《あふ》れた一作。「シャンクスはバーにいる」「シャンクスの手口」「シャンクス、タクシーに乗る」「シャンクス、悪党になる」は会話だけで隠された真相を見抜く安楽椅子探偵ものである。

ほとんどの作品が二十ページそこそこ。殺人事件あり、日常の謎あり、安楽椅子探偵あり、なんということのない会話が意外なところに落ちる話ありと、実にバラエティに富んでいる。共通するのは、サスペンスより謎解きの妙味を重視したコージーな味わいであることと、軽妙で気の利いたユーモラスな会話が随所に登場して楽しませてくれること。

いずれも読み心地のいい、ユーモアミステリの佳品ばかり。一言でいえば、〈小粋でしゃれた味わいのミステリ短編集〉だ。

冒頭で私は、本書を〈ありそうでなかった〉と書いた。だがもちろん、名手によるしゃれた短編集なら、多くの名作がある。

たとえば『クライム・マシン』（河出文庫）に代表されるジャック・リッチー。ヘンリイ・スレッサーの『うまい犯罪、しゃれた殺人　ヒッチコックのお気に入り』（ハヤカワ・ミステリ文庫)。『特別料理』(同)、『最後の一壜　スタンリイ・エリン短篇集』(ハヤカワ・ミステリ)のスタンリイ・エリン。SF作家のシオドア・スタージョンにも『輝く断片』(河出文庫)のようなミステリ色の強いものがある。『あなたに似た人』(ハヤカワ・ミステリ文庫)のロアルド・ダールは言うに及ばず、O・ヘンリーという大御所だっている。どれもまごうかたなき短編の名手、傑作ばかりだ。

これらの作品はツイストや切れ味で読ませるものが多いが、本書はむしろ逆。牧歌的で、世界に浸る楽しみが前面に出ている。ダールやスレッサーの短編が「わあビックリした!(ドキドキ)」だとするなら、こちらは「そう来たか(ニヤニヤ)」といったところ。

それはシリーズ主人公の造形に負うところが大きい。文句をいいながらも謎を解いてしまうシャンクスの控えめな明晰《めいせき》さ、とぼけたところ、押しの弱いところ、ちょっぴり皮肉屋なところ、コーラに頭が上がらないところなどなど、可愛らしさとかっこよさと親しみやすさが絶妙に同居した魅力が、そのまま短編の持ち味になっていると言っていい。

もちろん、そんなシリーズキャラクターの魅力が前面に出たコージーでユーモラスな名作短編だってたくさんある。

たとえばアシモフの〈黒後家蜘蛛の会〉(創元推理文庫)。クレイグ・ライスの『マローン殺し』(同)。〈ジーヴズの事件簿〉(文春文庫)などにまとめられたウッドハウスのジーヴズもの。ヤッフェの『ママは何でも知っている』(ハヤカワ・ミステリ文庫)もそうだ。

実際、本書はこれらの作品のテイストに近い。一作ごとに著者が登場してあとがき代わりに一言述べるなんて、まさに〈黒後家蜘蛛の会〉方式だ。これらのシリーズが好きな方は本書もきっと気に入っていただけるだろう。

だが、それでも。

敢《あ》えてもう一度言わせていただく。これは今までありそうでなかった作品だ、と。

理由はふたつある。ひとつは、これが現代の作品だということだ。

前述のジャック・リッチーからヤッフェまでは戦前からせいぜい七〇年代までの作品がほとんどである。わざと古いのばかり並べたわけじゃないぞ。これらのうち、『クライム・マシン』『輝く断片』『最後の一壜』『ジーヴズの事件簿』の四冊が日本で最初に刊行されたのは、いずれも二〇〇五年なのだから。二十一世紀の今になっても、〈短編の名手による傑作集〉といえば、この時代のものが真っ先に挙がるのである。古き良き時代背景も作品の持ち味のひとつだが、やはり、長編にくらべて短編は〈発掘〉が難しいという証左ではないだろうか。

だが、このシャンクスものは最も古い作品でも二〇〇三年。まさに現代のミステリである。だからこの手の牧歌的なミステリには珍しいネットやコンピュータが、当たり前に登場する。それがなんだかとても新鮮だ。

そしてもうひとつの理由は、主人公がミステリ作家だということである。

ほぼすべての作品に〈作家あるある〉がちりばめられ、本好き読者をくすぐってくる。思わず笑ってしまう作家の本音あり、我が身を振り返って反省してしまうものあり。本書は作家の本音が詰まった皮肉たっぷりのお仕事小説でもあるのだ。

ろくに本を読まずに来て、失礼な質問をするインタビュアーがいる。本を出したこともないのに、自分とシャンクスを同列に語る作家志望者がいる。創作にアドバイスを求める素人《しろうと》作家がいる。映像化された作品に登場していた女優に会わせてほしいとせがむファンがいる。ショックを受けて執筆できなくなるほど辛辣《しんらつ》な批評を書く書評家がいる（職業柄読んでいてヒヤヒヤしてしまった）。作家同士やジャンル間のさりげないマウンティングがある。ミステリは商売にならないと言い放つエージェントがいる。リアルにしてユーモラスなぼやきの数々！

また、実際の事件で見知ったことを創作に取り入れたり、警官の言葉遣いの間違いにひっかかったりという作家の職業病が出る話や、業界の裏側が語られる話もある。これらはメインの謎解きを阻害するものでは決してない。あくまでスパイスとしてまぶされるか、もしくはシャンクスが事件にまきこまれるきっかけとして存在する。そのあたりのバランスも絶妙だ。

現代が舞台の、出版業界の愚痴《ぐち》満載の〈小粋でしゃれた味わいのミステリ短編集〉なのである。ありそうでなかった、と書いた理由がおわかりいただけたと思う。

さて、本書を楽しむ上で、もうひとつポイントを挙げておこう。謎解きよりそのあとの処理に注目願いたい。ミステリの短編は、真相をずばり見抜く決定的な一言でスパッと終わる方が切れ味はアップする。たとえば「シャンクス、タクシーに乗る」は、三〇一ページ一行目で終わっても話は成立する。だが著者は〈その後〉を書いた。それによってこの短編は、ショッキングで皮肉な現実で終わるのではなく、平和ないつもの日常で終わることになる。

また、「悪党になる」も真相の指摘で終わってもよかったはずだ。だがそうしなかった。真相を見抜いた上でどうするかまで書いた。これは他のどの作品も同じだ。事件解決のあとのちょっとしたオチ、あるいは日常が戻ってきたことを示す軽やかな会話が最後に入る。

つまるところ、本書は切れ味やサスペンスやサプライズより、それらをくるんだ上で続いていく日常というものの愛おしさを大切にしていると言えるだろう。それが読み心地の良さに通じる。訳者の高山氏が「シャンクスの牝馬」の謎解きの〈ゆるさ〉を指摘しているが、それも同じ目的によるものだ。日常を愛する優しさがシャンクスシリーズの最大の魅力なのである。

著者のロバート・ロプレスティはワシントン州で図書館に勤務する傍《かたわ》ら、ここまで二冊の長編と一冊の短編集（本書の元になった*Shanks on Crime*）、そしてアメリカの統計学に関するノンフィクションを一冊上梓している。

初めての単著刊行は二〇〇五年の長編ミステリ*Such a Killing Crime*だが、短編のキャリアは長い。一九七六年から雑誌投稿を始め、一九七九年に初めて採用。以来、「エラリー・クイーンズ・ミステリ・マガジン」や「アルフレッド・ヒッチコックス・ミステリ・マガジン」などに六十を超える短編が掲載されてきたベテランだ。優秀な短編に送られるデリンジャー賞も二度、受賞している。

つまり、まだまだ短編の在庫はあるわけだ。本書を機に、ありそうでなかった、現代のしゃれたユーモアミステリ短編の佳品が、今後どんどん訳出されることを願っている。

検印
廃止

訳者紹介　1970年生まれ、青山学院大学文学部卒業、日本大学大学院文学研究科修士課程修了、英米文学翻訳家。マーソンズ「サイレント・スクリーム」、トンプスン「ドクター・マーフィー」、カーター「紳士と猟犬」など訳書多数。

日曜の午後は
　ミステリ作家とお茶を

2018年5月11日　初版

著　者　ロバート・
　　　　ロプレスティ
訳　者　高《たか》山《やま》真《ま》由《ゆ》美《み》

発行所　(株)東京創元社
代表者　長谷川晋一

162-0814/東京都新宿区新小川町1-5
電　話　03・3268・8231-営業部
　　　　03・3268・8204-編集部
URL　http://www.tsogen.co.jp
工友会印刷・本間製本

乱丁・落丁本は、ご面倒ですが小社までご送付ください。送料小社負担にてお取替えいたします。

ISBN978-4-488-28704-7　C0197

世界中の読書家に愛される〈フィデルマ・ワールド〉の粋
日本オリジナル短編集

〈修道女フィデルマ・シリーズ〉

ピーター・トレメイン◎甲斐萬里江 訳

創元推理文庫

修道女フィデルマの叡《えい》智《ち》
修道女フィデルマの洞《どう》察《さつ》
修道女フィデルマの探求
修道女フィデルマの挑戦

名探偵の華麗な事件簿

Safe As Houses And Other Stories

幻の屋敷

キャンピオン氏の事件簿◆II◆

マージェリー・アリンガム
猪俣美江子 訳　創元推理文庫

◆

ロンドンの社交クラブで起きた絞殺事件。現場の証言からは、犯人は“見えないドア”を使って現場に出入りしたとしか思えないのだが……。不可能犯罪ミステリの名作「見えないドア」をはじめとして、留守宅にあらわれた謎の手紙が巻き起こす大騒動を描く表題作。警察署を訪れた礼儀正しく理性的に見える老人が突拍子もない証言をはじめる「奇人横丁の怪事件」など、本邦初訳作を含む13編を収録。

収録作品＝綴《つづ》られた名前，魔法の帽子，幻の屋敷，
見えないドア，極秘書類，キャンピオン氏の幸運な一日，
面子《メンツ》の問題，ママは何でも知っている，ある朝、絞首台に，
奇人横丁の怪事件，聖夜の言葉，
年老いてきた探偵をどうすべきか